# AS LEMBRANÇAS

David Foenkinos

# AS LEMBRANÇAS

Tradução de
Carlos Nougué

Rocco

Título original: Les souvenirs


EDITORA ROCCO LTDA.
Av. Presidente Wilson, 231 – 8º andar
20030-021 – Rio de Janeiro – RJ
Tel.: (21) 3525-2000 – Fax: (21) 3525-2001
rocco@rocco.com.br / www.rocco.com.br

*Printed in Brazil*/Impresso no Brasil

CIP-Brasil. Catalogação na fonte.
Sindicato Nacional dos Editores de Livros, RJ.

F68L Foenkinos, David, 1974-
As lembranças/David Foenkinos;
tradução de Carlos Nougué.
– Rio de Janeiro: Rocco, 2012.

Tradução de: Les souvenirs

ISBN 978-85-325-2792-9

1. Romance francês. I. Nougué, Carlos.
II. Título.

CDD-843
12-4548 CDU-821.133.1-3

# I

Chovia tanto no dia da morte de meu avô que eu não via quase nada. Perdido na multidão de guarda-chuvas, tentei encontrar um táxi. Eu não sabia por que queria a todo custo me apressar, era absurdo, de que adiantava correr, ele estava lá, estava morto, ia seguramente me esperar sem se mexer.

Dois dias antes, ele ainda estava vivo. Eu havia ido vê-lo no hospital de Kremlin-Bicêtre, com a esperança constrangedora de que seria a última vez. A esperança de que o longo calvário tivesse fim. Eu o ajudei a beber com um canudinho. Metade da água escorreu ao longo de seu pescoço e ainda molhou bastante o camisolão, mas naquele instante ele estava muito além do desconforto. Ele me olhou com um ar desamparado, com sua lucidez dos dias válidos. Era certamente esta a coisa mais violenta, senti-lo consciente de seu estado. Cada respiração se anunciava para ele como uma decisão insustentável. Eu queria dizer-lhe que o amava, mas não consegui. Ainda penso nessas palavras e no pudor que me reteve no inacabamento sentimental. Um pudor ridículo em tais circunstâncias. Um pudor imperdoável e irremediável. Estive tão frequentemente atrasado com as palavras que gostaria de tê-las dito. Jamais poderei voltar a essa ternura. Salvo, talvez, com a escrita, agora. Eu posso dizer-lhe, aqui.

Sentado numa cadeira a seu lado, eu tinha a impressão de que o tempo não passava. Os minutos pretensiosos se consideravam horas. Era lento morrer. Meu telefone então mostrou uma nova mensagem. Fiquei em suspenso, mergulhado numa falsa hesitação, pois no fundo fiquei feliz com essa mensagem, feliz de ter sido arrancado do torpor, não seria senão por um segundo, até pela mais superficial das razões. Já não sei realmente qual era o teor da mensagem, mas lembro-me de ter respondido logo. Assim, e para sempre, esses poucos segundos insignificantes parasitam a memória desta cena tão importante. Eu me odeio terrivelmente por essas dez palavras enviadas a essa pessoa que não é nada para mim. Acompanhava meu avô para a morte e buscava em todo lugar meios para não estar ali. Pouco importa o que eu possa contar de minha dor, a verdade é a seguinte: a rotina me havia ressecado. A gente se habitua ao sofrimento? Há motivo para sofrer realmente e responder a uma mensagem ao mesmo tempo.

Aqueles últimos anos não haviam sido para ele senão uma longa decadência física. Ele havia viajado de hospital em hospital, de tomógrafo em tomógrafo, na valsa lenta e ridícula das tentativas de prolongar nossa vida moderna. Com que rimaram todos esses trajetos em forma de sursis? Ele amava ser um homem; ele amava a vida; ele não queria beber com um canudinho. E eu, eu amava ser seu neto. Minha infância é uma caixa cheia de nossas lembranças. Eu poderia contar tantas delas, mas não é este o assunto do livro. Digamos que o livro possa começar assim, em todo caso. Por uma cena no jardim de Luxembourg, aonde íamos regularmente ver o Guignol. Pegávamos o ônibus, atravessávamos Paris toda, ou talvez não se tratasse senão de alguns bairros, mas aquilo me parecia desmesuradamente longo. Era uma expedição, eu era um aventureiro. Como todas as crianças, eu perguntava a cada minuto:

– A gente vai chegar logo?

– Oh, não! O Guignol está no fim da linha – respondia ele sistematicamente.

E, para mim, o fim dessa linha tinha o gosto do fim do mundo. Ele olhava seu relógio durante o trajeto, com essa inquietude calma das pessoas que estão sempre atrasadas. Corríamos para não perder o começo. Ele estava excitado, tanto quanto eu. Ele gostava forçosamente da companhia das mães de família. Eu devia dizer que era seu filho, e não seu neto. Para além do limite, o ingresso para o Guignol era sempre válido.

Ele ia me buscar na escola, e isso me fazia feliz. Ele era capaz de me levar ao café, e não importava nada eu cheirar a cigarro à noite, na frente de minha mãe ele negava a evidência. Ninguém acreditava nele, e no entanto ele tinha este charme irritante daqueles a quem nunca se reprova nada. Toda a minha infância, eu estive maravilhado por esse personagem alegre e brincalhão. Não se sabia muito bem o que ele fazia, ele mudava de profissão todo o tempo e parecia mais um ator que um homem comum. Ele fora sucessivamente padeiro, mecânico, florista, talvez até psicoterapeuta. Após o enterro, aqueles seus amigos que haviam ido me contaram muitas histórias, e compreendi que nunca se conhece verdadeiramente a vida de um homem.

Meus avós se encontraram num baile. Na época, isso era comum. Havia as cadernetas de baile, e a de minha avó era bem cheia. Meu avô a notara, eles haviam dançado, e todo o mundo pudera constatar uma harmonia entre seus joelhos. Juntos, eles eram como uma rapsódia de rótulas. Sua evidência se transformou em casamento. Em meu imaginário, é um casamento paralisado, porque não existe desse dia senão uma única foto. Uma imagem em forma de prova e que, com o tempo, fixa de maneira hegemônica todas as lembranças de uma época. Houve alguns passeios românticos, uma criança, depois uma segunda, e uma criança natimorta. Como imaginar a violência do passado, aquela de um tempo em que se perdia uma criança como se erra um degrau. Diagnosticou-se a morte da criança no sexto mês de gestação. Minha avó bem sentira que ela já não se mexia, mas não dissera nada, recusando-se a pôr palavras em sua angústia, para persuadir-se também de que nada estava acontecendo realmente. De que os bebês tinham o direito de descansar como os adultos. Cansados de dar voltas no útero. E, depois, ela devia ter admitido a atroz realidade: uma ausência se instalara em seu ventre. Ela passara, assim, três meses esperando que a morte saísse dela. No dia do parto, foi um procedimento clássico. A criança foi expulsa, em silêncio. Em vez de uma coberta quente, colocaram-na numa mortalha. A criança sem vida foi chamada Michel. Minha avó não teve tempo de se deprimir. Era necessário trabalhar, ocupar-se das outras crianças, e depois ela ficou novamente grávida; eu sempre achei isso estranho, mas eles chamaram a este garotinho Michel. Meu pai é, assim, o segundo Michel e ele se construiu sobre o fantasma daquele predecessor natimorto. Não era raro na época que se desse, assim, o nome de um morto a uma criança. Eu sempre procurei aproximar-me de meu pai, antes de abandonar qualquer tentativa. Coloquei sua fuga incessante na conta do fantasma com que ele coabitava. Sempre procuramos razões para a estreiteza afetiva de nossos pais. Sempre procuramos razões para a falta de amor que nos rói. Às vezes, simplesmente não há nada para dizer.

Passaram os anos, houve guerras e muros, e os dois primeiros filhos deixaram o lar familiar. Meu pai ficou sozinho entre seus pais, e esse período lhe pareceu no mínimo estranho. Subitamente, ele era filho único. Toda a atenção se concentrava nele, o asfixiava. Então ele partiu por sua vez, um pouco prematuramente, para fazer seu serviço militar. Ele, que era covarde e pacifista. Minha avó se lembrava do dia em que seu último filho deixara a casa. Meu avô, para desdramatizar, ofegou: "Enfim, sós!", uma tentativa estéril de mascarar o pavor. Eles haviam ligado a televisão durante o jantar, ao passo que o haviam sempre proibido na época das crianças. Substituía-se o relato de um dia de escola pelo de um conflito afegão. Aquela lembrança assombrava minha avó, pois ela vira ali a linha de partida da solidão. Como seus dois irmãos mais velhos, Michel passaria uma vez ou outra sem avisar, para lavar roupa ou jantar. E depois, progressivamente, telefonaria para anunciar sua vinda. Antes de acabar escrevendo "jantar na casa de meus pais", muitos dias antes, quando planejasse ir vê-los.

Meus avós decidiram então mudar-se para um apartamento menor, pois "dissipar peças vazias, isso não se faz". Creio sobretudo que eles já não queriam a visão quotidiana do passado, quartos cheios de sua memória afetiva. Os lugares são a memória, e mais: os lugares sobrevivem à memória. Felizes em seu novo apartamento, eles tinham quase o ar de um jovem casal que começa a vida. Mas não, começavam a velhice. Iniciavam sua luta contra o tempo. Perguntei-me muito frequentemente como passavam seus dias. Já não trabalhavam, os filhos iam vê-los menos amiúde, seus netos menos ainda. Sua vida social também se restringia, roçando levemente o apagamento certas semanas, e o telefone tocava sobretudo para tentativas de venda em domicílio. Podia-se ser velho, mas conservando um interesse comercial. Eu me pergunto finalmente se minha avó não estava feliz por se fazer importunar. Meu avô se irritava: "Desligue! Oh! Mas por que você lhe conta sua vida?" Ele dava voltas em torno dela, todo vermelho: "Ela me irrita, ela me irrita, eu já não a suporto." Sempre fui fascinado por essa rotina de provocação entre eles, e demorei a ver ali um tipo de jogo melodramático. Eles brigavam, olhavam-se maldosamente, e no entanto nunca passaram um dia um sem o outro. Nunca conheceram o manual de instruções da vida autônoma. As brigas tinham o dom de ressaltar o sentimento de estar vivo. Morre-se com certeza mais rapidamente na harmonia conjugal.

E então um detalhe mudou tudo. Este detalhe é um sabonete. Meu avô havia sobrevivido à guerra; havia sido ferido logo nos primeiros dias de combate por um estilhaço de granada. A alguns metros dele estava morto seu melhor amigo, esmagado. O corpo explodido deste soldado atenuara, aliás, para ele o impacto da granada, protegendo-o, deixando-o atordoado, mas salvo. Eu repenso frequentemente nessa granada que, alguns metros mais perto, teria matado meu avô. Tudo o que vivo, as respirações de minhas horas e os batimentos de meu coração, não deve sua existência senão a alguns metros. Talvez até seja uma questão de centímetros. Às vezes, quando estou feliz, quando contemplo uma mulher suíça ou uma paisagem malva, penso na inclinação da granada, penso em cada detalhe que levou o soldado alemão a atirar sua granada aqui e agora, e não lá nem um segundo antes ou depois, penso na loucura do ínfimo que faz que eu esteja aqui. E que meu avô estivesse portanto lá, sobrevivente, e feliz de sair-se daquela confusão da qual ele não compreendia nada.

Volto ao detalhe, pois é este detalhe que me deixa louco. Uma simples queda, e sua vida se transtornou. Alguns milímetros bastaram para mergulhar um homem no perímetro da agonia. Ele caiu no chuveiro por causa de um sabonete (penso nesta palavra: "sabonete"). Quebrou duas costelas e fraturou o crânio. Eu o vi naquele momento, ele estava debilitado, mas pensei que se recuperaria, que tudo recomeçaria como antes. Mas nunca mais haveria antes. Ele ia encadear os problemas físicos até o último dia. No começo, eu estava muito mal, não suportava vê-lo assim, como homem ferido. Ele detestava visitas, ver-nos em volta de seu leito de hospital com nossos sorrisos patéticos. Não queria ser amado, queria ser esquecido, queria que ninguém o lembrasse de a que ponto se sentia infeliz. Minha avó lhe fazia companhia todas as tardes, tricotando, e eu sentia que até essa presença lhe era insuportável. Ele gostaria de tê-la expulsado, gostaria de que o deixassem em paz, e de morrer. Esse período durou muito tempo, das anginas incessantes às infecções pulmonares, como se ele tivesse de recuperar uma vida inteira de boa saúde. E, depois, notou-se uma lesão no olho. Não via quase nada. Ele quis acreditar que poderia recuperar inteiramente a visão. Estava pronto para fazer todos os exercícios, a se submeter às ordens dos excitados pela esperança. Mas seu sofrimento lhe queimava o rosto. Seu outro olho piscava de modo patético, como um pedido de socorro. Certos dias, ele estava desfigurado.

E agora, ele está morto.

No quarto, em frente a seu corpo, uma imagem me prendeu: a mosca. Uma mosca pousada sobre seu rosto. Era pois isso a morte. Quando as moscas pousam sobre nós e já não podemos espantá-las. É esta visão que me foi mais penosa. Sua imobilidade agredida pela babaca dessa mosca. Desde então, esmago todas as moscas. Já não se pode dizer de mim: ele não faria mal a uma mosca. Aquela mosca, pensei frequentemente nela depois, não sabia onde havia pousado suas patas de mosca, ela ignorava tudo da vida de meu avô, sem nem saber que esse homem havia sido um adulto, um adolescente, um recém-nascido. Fiquei um longo momento a observá-la, e então meu pai chegou. Com um rosto que eu não conhecia nele. Pela primeira vez o via chorar. Era tão estranho para mim assistir a isso. Suas lágrimas eram um peixe com pernas. Sempre havia tido a impressão de que os pais não podem chorar. Ao nos darem a vida, seus olhos se ressecavam. Ficamos assim, silenciosos, o que não mudava nossos hábitos. Mas havia como que um embaraço. O de externar sua mágoa. Nos bons dias, eu podia pensar que a secura afetiva de meu pai era uma forma de pudor. Eis que esse pudor estava maltratado. Estávamos constrangidos de mostrar nossa dor. Mas ao mesmo tempo, imobilizados como estamos na encenação permanente de nossas vidas, queremos que isso se veja. Choramos para mostrar aos outros que choramos.

Ficamos um longo momento sem falar. Três gerações de homens. Pensei que ele seria o próximo, e é isso o que ele devia estar pensando também. Como numa guerra de trincheiras, ao cair, o soldado que se encontra à sua frente o impele para a primeira fileira do abatedouro. O pai é aquele que desvia a morte, que protege. Quando ele já não está, eis-nos acessíveis ao nada. Contemplei longamente meu avô, e, no entanto, não era ele. Eu amara e conhecera um homem vivo. Ali, estava uma máscara de cera, um corpo sem alma, uma encarnação grotesca da vida escapada.

Todos os membros da família chegaram, um a um, procissão sinistra do último dia. E minha avó, é claro, extremamente digna, conseguindo ficar de pé enquanto cada pedaço dela estava desmoronado. Então, subitamente, ela se pôs a gritar. Gritos de dor em que urrava seu desejo de reunir-se a ele logo. Existe nessa geração que se vai a ideia concreta de que estamos unidos pela vida e pela morte. Passar a vida juntos é também morrer juntos. Senti que minha avó era sincera. Era preciso retê-la. Tentávamos acalmá-la, fizemo-la beber um pouco de água, mas sua dor continuava a parecer-me insustentável. Alguns dias depois, no cemitério, ela se manteve diante da sepultura. Ela sabia que jogava uma flor sobre sua futura morada. Já não chovia, nós choramos. Tentamos resumi-lo um pouco, esboçar as lembranças de uma vida, depois o pusemos sob a terra, e então isso foi tudo.

# 2

## *Uma lembrança de meu avô*

*Era um maravilhoso domingo. Meu avô acabava de comprar um carro, ele estava tão orgulhoso! Dizia "meu carro" como poderia ter dito "meu filho". Ter um carro significava ter êxito na vida. Ele propôs a toda a família um passeio na floresta. Minha avó preparou as coisas para um piquenique. E esta palavra também, "piquenique", soava de maneira tão mágica! Ele dirigia calmamente, sua mulher à sua direita e seus três rapazes apertados no banco de trás. Eles poderiam ter ido até o mar, e a Lua até parecia atingível. Ele encontrou um bonito recanto de floresta, perto de um lago. O sol passava entre os galhos das árvores, dando à visão do dia como que o brilho de um sonho.*

*Meu avô amava profundamente sua mulher. Admirava sua força e sua meiguice, respeitava suas qualidades morais. Isso não o havia impedido de ser atraído por outras mulheres, mas nada mais tinha importância agora. Não havia nada além do domingo em família, com os sanduíches. Todo o mundo tinha fome. Meu avô engoliu sua primeira mordida, e foi como uma aceleração da felicidade. Ele gostava de pão, gostava de presunto, mas sua mulher tomara o cuidado de acrescentar uma divina maionese*[1] *feita*

[1] Anos depois, ele perguntara à mulher: "Você pode fazer outra vez sua maionese?" Ela respondera: "Eu já não me lembro da receita." Meu avô, não aceitando essa resposta, e vendo certamente bem mais que o esquecimento de um ingrediente, e vendo o fim de uma época, e vendo algo tragicamente terminado, importunou sua mulher para que ela repro-

*em casa. Esta maionese ultrapassava tudo, esta maionese cristalizava a beleza de sua mais bela lembrança.*

## 3

Nos dias que se seguiram, fui um estrangeiro em minha vida. Eu estava lá, eu vivia, mas estava como que irremediavelmente amarrado à morte de meu avô. Depois as dores escaparam. Pensei nele cada vez menos frequentemente, e agora ele navega pacificamente em minha memória, mas já não sinto o peso no coração dos primeiros tempos. Creio até que já não sinto verdadeira tristeza. A vida é uma máquina de explorar nossa insensibilidade. Sobrevive-se tão bem aos mortos! É sempre estranho dizermo-nos que podemos continuar a avançar, mesmo amputados de nossos amores. Os dias novos chegavam, e eu lhes dizia bom-dia.

Naquela época, eu sonhava com tornar-me escritor. Enfim, não, eu não sonhava. Digamos que eu escrevia e não era contra a ideia de que toda essa simulação neuronal me fosse útil para ocupar concretamente meus dias. Mas nada era menos certo. Lembro-me muito bem desses anos em que eu não sabia nada de meu futuro. Eu teria dado tudo para ter elementos de minha vida adulta, para me assegurar, para que me dissessem que não me preocupasse, pois eu encontraria um caminho por seguir.

---

duzisse a famosa maionese. Ele ficou horas na cozinha com ela, experimentando cada tentativa, perdendo a calma por uma casca de limão ruim. Nada a fazer, não havia nenhum meio de reencontrar aquela forma estranha de paraíso perdido.

Mas nada a fazer, o presente permanece imóvel. E ninguém teve a ideia de inventar as lembranças do futuro. Eu queria viver uma vida um pouco heroica, enfim, nada de esportivo, mas digamos que eu escolhera tornar-me vigia noturno pensando que isso fazia de mim um marginal. Acredito também que era por causa de Antoine Doinel. Eu queria ser o herói de François Truffaut. O que eu chamava de "minha personalidade" era o fruto barroco de todas as minhas influências. De noite, num hotel, eu ia enfim reunir as condições para deixar aparecer a genialidade cansada que dormitava em mim.

Encontrei emprego num pequeno hotel parisiense. Era tão calmo. A burrice dos homens descansava, e eu estava em bom posto de observação nessa pausa. As mulheres também descansavam, mas isso me trazia outra sensação, de todo diferente. Quando uma desconhecida subia para seu quarto, ocorria-me imaginá-la nua, e isso me fazia mal. Minha vida ia ser assim? Estar bloqueado no térreo enquanto mulheres sobem os degraus? Eu podia fantasiar, maldizer também, às vezes, seus acompanhantes. Eu havia lido estatísticas que atestavam que se faz mais amor no hotel que em casa. Vigiar de noite é vigiar o amor dos outros. Minhas esperanças eróticas eram frequentemente interrompidas por turistas meio bêbados que voltavam tarde. Depois de terem sido expulsos de todos os bares do bairro, não lhes restava senão uma pessoa com quem tagarelar: eu. Tive assim as conversas mais idiotas da minha vida. Digo idiotas, mas talvez elas fossem extremamente inteligentes. Há uma hora da noite em que já não se pode ter julgamento a respeito das palavras. Eu escutava, pensava, fantasiava. Aprendia como tornar-me um homem.

Gérard Ricobert, o proprietário do hotel, parecia satisfeito com meu trabalho. E havia motivo para isso. Eu era sério e dócil. Não reclamava nem quando a substituição da manhã chegava atrasada. Acontecia ele passar em plena noite para verificar se eu não estava dormindo ou se não havia convidado uma garota para fazer-me companhia (hipótese altamente improvável). Cada vez eu via bem que ele ficava desarmado ao me encontrar sentado ereto em minha cadeira, perfeitamente ativo, e eu sentia que no fundo ele julgava tal profissionalismo ridículo. Ele sempre me oferecia um cigarro, e eu aceitava esperando que fazer espirais nos evitaria falar. Uma noite, notando meu bloco de notas posto sobre o balcão da recepção, ele perguntou:

– Você escreve?

– Hum... não.

– Os verdadeiros escritores são sempre aqueles que dizem que não escrevem.

– Ah... não sei.

– Sabe que Modiano, quando tinha mais ou menos a sua idade, foi vigia noturno aqui?

– Não! Verdade?

– Bem, não... estou brincando.

Ele partia cochichando: "Então, boa-noite, Patrick." Minha concentração estava acabada. Por que ele vinha exercer seu humor sobre mim? Sem dúvida ele era do tipo que monopoliza longos minutos nos jantares em restaurantes, contando histórias desde o aperitivo (sempre as mesmas; ele devia viver mal socialmente com um magro aquário de algumas histórias, cujo sucesso testara com os membros dóceis de sua família; sendo sua obsessão, é claro, repetir a mesma história para a mesma pessoa). Naquela época, eu não o conhecia, e tinha medo de ter de suportar, por obrigação profissional, suas saliências e outras considerações sobre a sociedade. Eu experimentava a angústia de ter de rir de suas piadas, enquanto nada me fazia rir menos que uma piada, ainda que fosse a mais hilariante do mundo.

Eu ia me enganar tantas vezes com respeito às pessoas em minha vida. Tanto, que chegaria à resolução seguinte: não emitiria mais a mínima opinião sobre uma pessoa antes de ter convivido com ela por pelo menos seis meses. Estava fora de questão que eu me fiasse em minha intuição doentia e certamente gangrenada pelo abuso de devaneio, ou pela simples falta de experiência em matéria de relações humanas. Que sabia eu daquele homem, no fundo? Eu não sabia que ele sentia certa ternura por mim, e que, com suas brincadeiras, tentava desajeitadamente manifestá-la. Cada um exprime seus sentimentos como pode. Podia eu adivinhar que ele ia agora voltar para casa e enfrentar a frieza de sua mulher? Ia abrir a porta do quarto, hesitar um momento antes de sentar-se sem ruído na beirada da cama. Como podia eu saber que ele se poria então a acariciar-lhe os cabelos de maneira tão delicada? Nada a fazer, ela continuaria a dormir. A tentativa do marido permaneceria num impasse sensual.

De manhã, eu gostava de caminhar um pouco antes de pegar o metrô. Cruzava com operários africanos, que deviam pensar que eu fosse um desses jovens endinheirados que saem da discoteca ao amanhecer. Eu dormia até o meio da tarde. Ao despertar, relia as poucas notas que pudera tomar durante a noite e ficava consternado com o brilho de minha mediocridade. No entanto, algumas horas antes, eu acreditara em mim, e pensava que tinha ali o início de um romance promissor. Era suficiente um pouco de sono para mudar a iluminação de uma inspiração. Será que todos os que escrevem sentem isso? A sensação de potência que anuncia a da fraqueza. Eu não valia nada, eu não era nada, eu queria morrer. Mas a ideia de morrer sem sequer deixar um rascunho válido me parecia pior que a morte. Não sabia quanto tempo eu continuaria a viver assim, na esperança de poder agarrar concretamente meu pensamento. Talvez isso não acontecesse nunca, e então eu precisaria encontrar outros caminhos para tocar minha vida. Eu fazia listas, nos dias de depressão, para vislumbrar todas as profissões possíveis. Ao fim de uma hora, em minha folha, escrevera: editor, professor de francês, crítico literário.

## 4

### *Uma lembrança de Patrick Modiano*

*Grande parte da obra de Patrick Modiano é dominada pela Segunda Guerra Mundial. Ele tem a estranha impressão de haver vivido naquele período; no entanto, nasceu em 1945. Sua obsessão pelos fatos, nomes, lugares, e até horários dos trens, oferece o sabor de uma autobiografia antecipada; talvez até pudéssemos falar de memórias de além-nascimento.* Livret de famille, *publicado em 1977, está entre seus livros mais pessoais. Em epígrafe, ele retoma este tão lindo verso de René Char: "Viver é obstinar-se em consumar uma lembrança." Em* Livret de famille, *há sobretudo esta frase que me parece ser uma das chaves de sua obra, uma frase que me toca particularmente de tanto que faz eco às estranhezas que penso sentir, e que confere à lembrança uma loucura que nos escapa: "Eu não tinha senão vinte anos, mas minha memória precedia meu nascimento."*

## 5

Eu visitava amiúde minha avó. À minha chegada, eu a encontrava sistematicamente sentada. Estava perdida em seus pensamentos? Eu o ignoro. O olhar no vazio, ela parecia como que perdida na ausência. Não sei como fazem as pessoas idosas para atravessar as horas vazias. Eu podia vê-la pela janela, ao passo que ela não me via. É o inconveniente do térreo: não se pode esconder a inatividade. Ela era como uma boneca de cera num museu empoeirado. Enquanto eu contemplava sua imobilidade, o mundo inteiro parecia parar. As épocas se misturavam em meu espírito. Eu queria ser uma criança de quem ela cuidava na quarta-feira; queria dar marcha a ré, devolver-lhe o gosto de sua utilidade. Após a morte de meu avô, seu mundo já não existia. O que é que poderia fazê-la levantar-se? Que esperança no futuro se pode ter aos oitenta e dois anos? Como se vive sabendo que o futuro desaparece progressivamente? Como posso sabê-lo eu, que espero tudo da vida? Espero o amor, a inspiração, a beleza do acaso e até a próxima copa do mundo de futebol. Antes de tocar a campainha, naquele dia, continuei a observá-la. Eu estava aturdido por aquela imagem de lago sereno. Disse a mim mesmo que a morte antecipa sua passagem, amplia seu território de influência, atacando os últimos anos de uma vida. Eu podia ver a fuga de seu olhar. No entanto, assim que ela ouviu a campainha, levantou-se para abrir. Ao ver-me, dirigiu-me um grande sorriso. Entrei na sala, e ela se precipitou na cozinha para preparar-me um café. Eu fora testemunha dos minutos precedentes, ela não o sabia, e então, subitamente, me oferecia um estranho comportamento. Ela era uma atriz encenando para mim a comédia da vida.

Na sala nos sentávamos nos dois sofás, frente a frente. Sorríamo-nos gentilmente e não tínhamos nada para nos dizer. Passadas as primeiras questões sobre o dia, sobre a família, sobre como vai você e você como vai, mergulhávamos na lacuna das palavras. Mas isso não me incomodava realmente. Com meu avô, era parecido nos últimos anos. Estamos aqui, perto deles. E isso é suficiente, não? Eu fazia o papel do bom neto, encontrava às vezes uma ou duas histórias capazes de roubar alguns segundos, de mordiscar terreno do silêncio. Mas eu nunca procurava fazer esforços simulados. Não estava numa situação social. Noutros dias, e não sei realmente por que mecanismo isto se produzia, éramos capazes de falar sem parar. Eu encontrava minha avó cheia de energia e de vida. Frequentemente essas conversas eram ligadas às lembranças. Ela me falava de sua juventude, de meu avô e até de meu pai, um assunto que não me interessava realmente. Eu preferia os relatos da guerra, os relatos da covardia corrente, os relatos que faziam que eu a escutasse como a um livro. Ela me contava a vida sob a Ocupação. Há passados extremamente carismáticos que se recusam a admitir que seu tempo acabou; o barulho das sentinelas alemãs nas ruas faz parte dessa categoria que não termina mais. Sinto que minha avó ainda as ouve. Ela é para sempre essa jovem mulher escondida num porão, encolhida junto à mãe, submetida ao silêncio pelo medo e pelo barulho das bombas. É essa moça assustada por já não ter notícias do pai, que sonha que é órfã agora...

... a imensa delicadeza de minha avó a levava a interromper suas lembranças quando elas se tornavam muito penosas. Subitamente me perguntava: "E você, então? Conte-me de seu hotel." Não havia grande coisa para contar, mas sua maneira de fazer-me a pergunta me levava a inventar. Foi talvez assim que nasceu meu gosto pela ficção. Contamos histórias às crianças; as histórias, eu as contava à minha avó. Inventava peripécias em meu hotel, clientes excêntricos, dois romenos com três malas, e começava a crer nisso eu também, nessa vida palpitante que não era a minha. Eu a deixava e reencontrava meu hotel para enfrentar a calma da verdade.

## 6

*Uma lembrança de minha avó*

*As consequências da quebra de 1929 da bolsa americana levaram um pouco de tempo a se fazer sentir no restante do mundo. Foi em 1931 que os Estados Unidos decidiram retirar seus capitais investidos na Europa. Essa decisão mudou radicalmente a vida de minha avó. Ela vivia então na Normandia, num pequeno vilarejo não longe de Étretat. Seus pais tinham uma loja de ferragens (assim, ela brincava frequentemente com pregos). Com a crise, cada um estaria obrigado a se virar como pudesse, a tentar obter gra-*

*tuitamente aquilo por que antes pagava. Reduzia-se cada despesa. Há pouco tempo, vi algumas fotos dessa época tão difícil, verdadeiro prólogo social do que aconteceria dez anos depois, com filas inusitadas para a sopa popular. Os comerciantes foram os primeiros a ser atingidos. Os pais de minha avó tentaram enfrentar a coisa o maior tempo possível, saltando uma refeição por dia, não trocando de roupas, mas o laço apertou a ponto de obrigá-los a fechar a loja. Para sobreviverem, eles tinham de ir procurar os clientes; dito de outro modo, tornar sua loja de ferragens móvel. Era preciso ir de cidade em cidade, instalar-se em lugares da prefeitura ou nos mercados, habituar-se à itinerância. Essa seria sua saída, e, muitos anos depois, abririam uma nova loja de ferragens, mas no Leste da França desta vez. Para viver o mais longe possível do passado.*

*Foi terrível para minha avó. Anunciaram-lhe que ela deveria parar com a escola. Sua mãe lhe dissera com convicção: "Será somente por algumas semanas..." Assim, em plena turma de 9ª (o equivalente a nosso CE2), ela teve de abandonar seus amigos e seus cadernos. Décadas depois, não teria esquecido a aula de geografia que ia ser a última de sua vida. Uma aula sobre os maiores cumes do mundo. Ela já não era nada, e eis que se lhe falava do Kilimanjaro e do Everest. Essas palavras, ela as conservaria como vestígios de sua infância inacabada. Após a aula, todos os alunos vieram beijá-la. Um pouco antes de sair, ela se virou para ver as crianças enfileiradas que lhe diziam adeus com a mão. Ela fixara este instante no espírito, todo o mundo estava lá, exatamente como para a foto da turma. Mas ela já não estava na foto.*

## 7

Minha avó havia passado por tantas provas, horrores, mortes. Tudo isso a tornara robusta apesar dela mesma. Possuía aquilo que alguns chamam de *carapaças do sofrimento*. Não sei onde ela buscava a coragem de continuar a mostrar-se forte e dinâmica. Quem sabe temia ser posta numa casa de repouso? Talvez tivesse compreendido antes de nós o que ia lhe acontecer, que era preciso a qualquer preço retardar esse terrível fracasso, parecendo o mais viva possível. E depois houve um episódio um pouco similar àquele do sabonete. Um dia, meu pai a encontrou deitada em sua sala, com sangue escorrendo da têmpora. Ele ficou um instante imóvel, petrificado, persuadido de estar em face da morte de sua mãe. Mas ela respirava. Por sorte, encontrada muito rapidamente após a queda, foi hospitalizada e recobrou rapidamente a consciência. Na visita o médico informou a meu pai que as quedas eram a primeira causa de mortes na França. Eu cuidei de minha avó no hospital durante a convalescença. Sua testa brilhava de suor. Fazia calor, o verão chegava. Eu a enxugava, exatamente como ela me enxugara durante minha varicela anos antes. Invertíamos os papéis.

Ela ficou em observação por vários dias. Fora um milagre que não tivesse quebrado nada. Meu pai e os irmãos começaram a evocar a ideia de uma casa de repouso, e um de meus tios confessou até já ter se informado a respeito. Eles fingiram hesitar, pesar os prós e os contras, mas a decisão estava tomada.

Não havia nenhuma alternativa. Em sua idade, tornava-se muito perigoso viver sozinha. O fato de que ela tivesse escapado dessa primeira queda era percebido por todos como um sinal indiscutível. Por ela, para protegê-la, eles não tinham escolha. E, se um de meus tios tinha uma grande casa, isso dava na mesma. Ele estava frequentemente em deslocamento, e ela se encontraria sozinha. Na casa de repouso, ela estaria sempre acompanhada. E depois os médicos iriam regularmente vê-la, verificar sua pressão, seu coração ou sei lá mais quê. Ela estaria protegida, e reside exatamente aí o essencial, não?

Eu estava protegido da necessidade de participar dessa escolha pela geração que me separava de minha avó. Não cabia a mim decidir, mas precisamente a seus filhos, e eu o sentia como um alívio. Digamos que o alívio é a versão suave da covardia. Minha avó declarou imediatamente que não queria ir para lá. Durante alguns dias, deixou de comer. Dizia: "Eu quero ficar em casa, eu quero ficar em casa, eu quero ficar em casa." Repetia três vezes essa frase. Para que nós a compreendêssemos melhor? Para cada um de seus filhos? Meus tios tentavam explicar-lhe que era para seu bem, mas ela retorquia que, se eles se preocupavam tanto com ela, deviam simplesmente escutá-la. Eu via bem que ela punha muita força nesse combate, perdia energia e talvez já não estivesse certa de seus argumentos. Sobretudo quando lhe falavam de sua queda. Que aconteceria se ela caísse de novo? Bem, morreria. Eis o que ela respondia. Eu prefiro morrer em casa, eu prefiro morrer em casa, eu prefiro morrer em casa. Seus filhos ponderaram, um tempo, se deviam voltar atrás, mas, reconsiderando friamente a situação, era evidente que não havia outra solução. Não havia somente a queda. Havia as compras, e para fazer as compras era preciso dinheiro. Tudo isso ela já não podia fazer. Já não podia ir retirar dinheiro de um caixa eletrônico, era muito arriscado, havia agressões demais; e tampouco já não podia carregar a água, o leite. Existia, sim, a solução de se dividirem todas as tarefas. Mas, no fundo, ficaria para meu pai fazer tudo. Pois, se um de seus irmãos se deslocava muito por seu trabalho, o outro passava sua aposentadoria no Sul. Era o impasse.

Sobreveio então uma mudança. Não um ato maior, nem sequer uma decisão, somente um sinal ínfimo que minha avó percebeu no olhar dos filhos. Ela cedeu ao discernir o pânico no olhar deles. Viu de repente a que ponto ela já não era uma mãe, mas um peso. É essa a linha de demarcação da verdadeira velhice? Quando nos tornamos um problema? Era insustentável para ela, que vivera livremente, sem depender de ninguém. Então, para simplificar tudo, ela sussurrou: está bem. Talvez também ela se tivesse adequado à opinião geral, pois sabia que os filhos não eram carrascos e que havia também uma parte de verdade em suas palavras, uma parte de justeza em sua insistência. Acredito que ela tivesse querido que a decisão viesse dela. Teria querido ainda um pouco gerir sua vida, mas era tarde demais. Estava em defasagem com a verdade de sua condição. E era o que vira nos olhos dos filhos, essa mistura de pavor e mal-estar que a conduzira a tomar consciência do presente. Foi aquele olhar que a fizera dizer: "está bem". Mas isso ela não pronunciara senão uma única vez.

No dia da mudança, meu pai estacionou o carro no pedaço de jardim diante do edifício de sua mãe. Eu estava com ele. Nós tocamos a campainha, ela abriu a porta, não disse bom-dia, mas somente: "Estou pronta." No entanto, nós não percebíamos senão uma mala bem pequena. Uma mala ridícula, patética. Uma paródia de mala.

– É tudo o que leva? – perguntou meu pai.

– Sim.

– Você... não vai levar alguns livros?... Eu estou de carro...

– ...

– Bem, então vamos.

Eu peguei a mala e constatei sua leveza. Ela queria deixar suas coisas em casa. Talvez isso fosse uma maneira de ficar ainda em seu apartamento. Aquela mala vazia pesava todas as palavras. Meu pai, no entanto, lhe levaria quase todas as suas roupas nos dias seguintes. No patamar, minha avó perguntou:

– Você me promete que não porá o apartamento à venda?

– Sim, prometido.

– Se eu não gostar, quero poder voltar.

– Está certo, está certo.

Meu pai tinha essa maneira de dizer sim a tudo, pensando o contrário. Mas devo confessar que ele me impressionou naquele dia. Pois fez tudo para não demonstrar nada. Para não desvelar seu mal-estar. Ele me lembrou essas comissárias de bordo que, no meio de insustentáveis turbulências, continuam a sorrir e a servir bebidas quentes como se nada estivesse ocorrendo. Sua atitude tornava mais leve a situação. Nós nos espatifávamos em plena montanha, e ele sorria para a mãe recomendando-lhe simplesmente pôr o cinto. Mais tarde, no carro, ele começou ainda assim a mostrar alguns sinais de nervosismo.

Na estrada, minha avó guardou silêncio. E, quando se lhe faziam perguntas, ela balançava a cabeça, ou se contentava com um sim ou um não. Eu estava atrás, sempre silencioso. Eu não era de grande utilidade para o fingimento instaurado por meu pai. O fingimento do maravilhoso futuro. Rodando, ele não cessava de repetir que seria formidável: "Sim, você vai ver... é realmente muito bom... eles estão muito felizes por acolhê-la... e depois, há um cineclube... você gosta de cinema! Hem, você não gosta de cinema? E, depois, há também uma academia de ginástica... no começo, isso me surpreendeu um pouco... mas você vai ver, é muito bom... eu me informei... todos se sentem bem... e... depois, há umas oficinas de memória... é... concertos... sim, é isso, eu vi no programa... Eles têm regularmente alunos do conservatório que vêm dar recitais... bem, isso lhes permite também treinar... mas é agradável escutar os jovens... Você me dirá quando eles vierem, está bem? Você me dirá, porque eu gostaria muito de aproveitar também... oh, realmente, você vai ficar bem, mamãe... você vai ficar muito bem... oh, sim... formidável... Tudo bem? Você não está com muito calor? Quer que a gente pare? Que eu abra a janela? Que eu diminua o ar-condicionado? Você me diz se está com calor, certo? Você me diz? Quer que eu ponha música?... Bem, estamos rodando bem... não deveríamos nos atrasar... normalmente, há um drinquezinho para recebê-la... ponche... eu lhes disse que você gostava bastante de ponche... não me enganei, não? É de ponche que você gosta?... E depois, esqueci-me de dizer-lhe, você tem um telefone em seu quarto... se quiser, pode me telefonar... em todo caso, eu vou telefonar para você esta noite para ver se tudo está indo bem... Mas, bem, quando eu o fizer, você não estará em seu quarto... você já terá feito amigas... e vocês estarão jogando Scrabble... Ah, veja, é verdade... vai encontrar parceiras... ah, isso é bom!... Em minha opinião, você vai vencer todo o mundo. Você é muito boa em palavra que conta três pontos... E me parece que na recepção há muitos outros jogos, se você quiser pegá-los... E a diretora me disse que, às vezes, eles lhes sugerem saídas... E até que uma vez foram assistir à gravação de *Questões para um campeão*... ah, tenho certeza de que isso vai agradar-lhe! Hem? Isso lhe agradaria, não? Você gosta bastante dessa transmissão? Hem, você não gosta bastante dela? Diga, então, isso é louco... falamos, falamos... e já chegamos... ah, então, um lugar soberbo... É realmente muito prática esta casa, podemos estacionar bem na frente... oh, sim, é realmente isso, é muito prática... um ponto muito positivo ainda... Então, chegamos... Estamos bem, não?"

Em todo o trajeto, meu pai não parou de falar. Como se ele quisesse a todo custo asfixiar pelas palavras qualquer possibilidade de um pensamento autônomo. Não se podia deixar nenhuma brecha para a lucidez. Mas, bem, ele talvez não precisasse acrescentar e inventar detalhes como o drinque de recepção. Quando minha avó chegou à casa de repouso, todo o mundo certamente foi muito gentil com ela, mas não havia nada de excepcional. Nada de especial estava planejado. Todos os velhos a olharam, e eles me pareceram bem mais velhos que ela. Ou ela parecia jovem, ou não havia ali senão centenários. E não era uma casa de repouso, no sentido de retirada da vida ativa, mas uma casa de moribundos. Eles puxam até o fim a meada de sua autonomia e chegam a essas casas de assistência no momento em que mal podem manter-se de pé. Descobri um mundo de rostos desencarnados, um mundo em forma de transição para a morte. Os últimos momentos daqueles homens e daquelas mulheres condenados a viver ainda. Eu estava amedrontado com o número de internos em cadeiras de rodas. Evidentemente, minha avó jamais faria amigos ali.

Encontramos seu quarto. Era pequeno, mas bem organizado. Havia uma cama, um armário e uma pequena geladeira. Meu pai disse que iria comprar para ela um novo aparelho de televisão. Eu o sentia prestes a recomeçar um monólogo do gênero daquele do carro. Mas minha avó estragou suas intenções assegurando que tudo estava bem e que ela queria descansar agora. Eu tinha um bolo no estômago com a ideia de deixá-la ali. No corredor, meu pai continuou o fingimento, até para mim desta vez. Dizia-me que ela ia ficar bem e que ele estava aliviado por sabê-la ali. Esta frase era como um pedido de socorro. Havia muitas horas que tagarelava no vazio. Esperava desesperadamente que alguém lhe respondesse enfim. Que alguém lhe dissesse o que eu ia dizer-lhe: "Sim, é verdade. Ela vai ficar bem."

No entanto, desde esse primeiro dia, eu soube que alguma coisa dramática ia acontecer.

# 8

## *Uma lembrança de meu pai*

*Meu pai faz parte dessas pessoas que fundam a mitologia de sua existência sobre uma história. História que os parentes ouvem ao longo do ano, cada um sussurrando no início desse discurso tantas vezes ouvido. Adolescente, ele era antes retraído, desconfor-*

*tável com seu corpo, e medroso. A estatura de meu avô havia certamente sido para ele um pouco asfixiante. Observador atento das moças, ele sonhava com elas, e pensava, despeitado, que estaria ali, para sempre, sua única maneira de aproximá-las: pelo sonho. Decidiu assim um dia de "fazer uma cruz" sobre as moças. Ironia absoluta: no momento mesmo em que sonhava traçar esta cruz, notou uma moça que saía de uma igreja. Sem saber por quê, foi atraído por ela, era louco, era evidente, era instintivo. Ele devia a todo custo falar-lhe. Mas, assim que avançou em sua direção, ele começou a sofrer. Essa imagem, essa moça saindo da igreja, já o assustava como se ela fosse uma lembrança e não o presente. Uma vez em face dela, ele se pôs em seu caminho e lhe disse: "Você é tão linda que eu prefiro nunca mais revê-la." Ele não sabia por que havia proferido tal frase, tão linda quanto estranha. Prefiro saltar todos os detalhes acrescentados por meu pai na composição da lembrança, pois, cada vez que ele contava esta história, aumentava uma coisinha: peripécias, mudanças climáticas, tanto, que o curta-metragem do instante ganhava ares de superprodução hollywoodiana.*

*Meu pai amava mais que tudo essa lembrança, pois estimava, certamente a justo título, que fora a única vez em sua vida que ele havia sido heroico, surpreendente, e até encantador. Ele sucumbia ao mal de se haver submetido a tal pulsão. E depois, é claro, para agarrar inteiramente o sabor deste momento, era preciso acrescentar que aquela mulher se tornaria a sua mulher. Aquela mulher ia tornar-se minha mãe.*

# 9

No dia em que acompanhamos minha avó, a atitude de meu pai me surpreendeu. Não tenho o hábito de vê-lo assim atacado, assim perturbado. Ele é antes do tipo que demonstra uma emoçao por década. Eu ia compreender que essa nova sensibilidade tinha uma ligação com sua própria situação. Havia alguns meses, ele estava aposentado. Ele, cujas agendas haviam sempre sido planejadas por secretárias, encontrava-se agora como o grande organizador de suas horas. Eu adivinhava que ele havia compreendido a vacuidade da grande maioria das relações humanas urdidas ao longo de uma vida profissional. Passara a carreira no universo dos bancos, e mais particularmente em um entre eles durante os vinte últimos anos. E tudo isso gentilmente terminara num honroso posto de gerente de agência.

Para seu último dia, haviam organizado uma grande festa de despedida na sede. O momento fora simpático; pode-se até ousar a palavra "convivial". Havia ponche, algumas palavrinhas aqui e acolá para exaltar os méritos de uma belíssima carreira, tapinhas nas costas, uma vaquinha de alguns colegas (alguns devem ter resmungado para dar seus dez euros, mas, bem, não se escapa assim da obrigação social da coleta) para oferecer uma viagem à Tunísia, num hotel-clube com desconto e numa data por escolher entre as mais desalentadoras do calendário. Depois cada um deve ter retornado a suas ocupações, e, muito rapidamente, se encontraram dois ou três em volta do bufete. Meu pai ajudou a arrumar, a jogar fora os copos de plástico planejados para sua festa de despedida. Este gesto foi o último de sua vida profissional. Uma colega, constatando que restava um pouco de suco de maçã numa garrafa, disse-lhe com um grande sorriso cheio de humanidade salarial: "Veja, você só tem de levá-la para casa." Ele cumpriu sem resmungar, como que para mascarar a doce humilhação do momento. Após tantos anos sentindo-se importante, voltava para casa com um restinho de suco de maçã. Era a versão moderna das honrarias.

Aquilo o abatera, provavelmente. Mas eu não sou suficientemente próximo dele para estar certo disso. Nos primeiros tempos, ele passava regularmente na agência, e todo o mundo fingia estar feliz por revê-lo, evocavam alguns dossiês que na hora pareciam divertidos ou surpreendentes, mas que, com o filtro dos anos, haviam perdido todo interesse. Perguntavam-se como iam, e então, como tudo ia bem, não havia nada para dizer. Então meu pai desejava um bom-dia nos bastidores e prometia voltar logo para saber as novidades. Mas um dia essa fórmula polida se transformaria em mentira, pois ele não voltaria mais. E ninguém se preocuparia em saber como ele estava. Ele se faria depois a pergunta seguinte: "Não tive êxito em minha carreira em detrimento de alguma outra coisa? Alguma coisa mais vasta, mais sólida, mais humana?" Esta questão, evidentemente, aparecera no momento da morte de seu pai, e ela se fazia mais urgente agora, nos primeiros dias passados por sua mãe numa casa de repouso. Eu detectava em seu altruísmo seu próprio medo de envelhecer. Estranhamente, eu estava comovido por sua confusão. Ele estava perdido entre seu papel de filho e seu papel de homem que envelhece. Isso o desestabilizava e provocava nele uma nova forma de sensibilidade, como na cena do carro em que ele desempenhara as comissárias de bordo.

Ao quadro familiar que já esbocei, seria necessário enfim acrescentar: minha mãe. Estou bastante surpreso que ela não apareça senão agora neste relato. É preciso dizer que, naquele verão, nós quase não a vimos. É provável que, se ela tivesse ficado, meu pai teria se achado menos disponível para minha avó. Ele sempre considerara sua mulher uma prioridade em sua vida. Mas, se muitas esposas teriam apreciado essa hierarquia emocional, não era este de modo algum o caso da sua. Ela estava bem contente de fugir. Como meu pai, ela descobria justamente a estranha planície temporal que se lhe oferecia: a aposentadoria. Professora de história no colégio, parecia ter sido testada pelos últimos anos. Apesar de seu amor evidente pela profissão, uma vocação de fato, eu sentia bem a que ponto ela não aguentava mais. Ela dizia sempre: "Quando eu me aposentar, poderei fazer isto, poderei fazer aquilo..." Não imaginava que seu sonho se transformaria em pesadelo – mas isso é prematuro dizer. No momento, ela o queria saborear. E, já no primeiro verão que não terminava para ela com uma volta às aulas, fizera as malas para uma longa viagem com amigas.

Ela se encontrava pois na Rússia no momento em que minha avó entrara na casa de repouso. Havia decidido fazer o grande circuito do "Anel de Ouro", o circuito dos mosteiros. Desde sempre ela gostava dos lugares religiosos, sem ser por isso, no entanto, praticante. Sua preferência ia para as igrejas ortodoxas, onde a atmosfera perfumada de incenso tinha, segundo ela, *o cheiro da eternidade.* Sim, lembro que ela me dizia isso quando eu era pequeno. Assistíamos às missas de Páscoa na igreja da Rua Daru, e ela sussurrava: "Sinta como é bom, sinta o cheiro da eternidade." Aquilo me parecia tão impressionante para o narizinho que eu tinha. E, ao mesmo tempo, achava aquilo tão lindo.

Naquele verão, ela me mandou uma carta com uma foto dela sob uma grande estátua de Lênin. Eu achava essa escolha antes surpreendente; havia ela esquecido que a chegada dos bolcheviques ao poder fora acompanhada de destruições maciças de lugares de culto? Não lhe parecia surpreendente ir visitar mosteiros, gostar mais que tudo de seus recintos, e posar toda sorridente ao lado de Lênin? Nesta foto, aparentava um ar muito feliz. Cheia dessa bondade um pouco inquietante. Eu ficara surpreso com que ela partisse imediatamente, logo no fim do ano escolar. Afinal, teria podido viajar um pouco depois. Em setembro, os preços teriam sido menos altos. Já nada a impeliria a seguir o movimento em massa dos trabalhadores. Mas não, quisera volatizar-se imediatamente. Era como uma fuga. Ou um medo. Mas eu não sabia realmente que medo. O de se encontrar com meu pai? Ela o amava, não estava aí a questão. Mas doravante os dois estariam em casa, todos os dias e todas as noites. Já não haveria congressos bancários. Já não haveria viagens organizadas à Polônia com os alunos. Minha mãe sonhara com este momento, mas a angustiava vivê-lo ao mesmo tempo que meu pai. Ela teria querido que ele continuasse a trabalhar. Isso havia sido considerado, mas finalmente a direção do banco não lhe pedira que permanecesse mais tempo. Era necessário abrir espaço. Uma nova geração chegava. Já a sua geração podia doravante ficar em casa. Isso não era necessariamente fácil de viver, posso compreendê-lo. E posso então finalmente apreciar a decisão de minha mãe, de partir logo para a Rússia. Visitar os mosteiros, percorrer uma região do mundo que permanece ancorada no passado. Sim, é isso, ela partira para um lugar onde o tempo não avança.

## 10

### *Uma lembrança de minha mãe*

*Ela saía de uma igreja naquele dia quando viu um jovem atirar-se literalmente sobre ela. Ela jamais poderia esquecer o susto que levara. Ele andava com um passo confiante, a loucura no olhar, algumas gotas de suor na testa. Evidentemente, ele se apressava para abordá-la, mas, uma vez diante dela, talvez ele tivesse tomado subitamente consciência do caráter estranho de sua pulsão, e não soube o que dizer. Ele ficou um instante imóvel, tão inexpressivo quanto um quadro de arte moderna. Era exatamente isso, havia modernidade nessa cena. Ao fim de um momento, minha mãe quis se livrar daquela situação constrangedora. Foi então que ele pronunciou a frase: "Você é tão linda que eu prefiro nunca mais revê-la." Depois ele partiu, tão rapidamente quanto chegou. Minha mãe se lembraria dessa cena, porque era original, é claro, mas também porque não podia imaginar por um só segundo que se casaria depois com aquele louco. Naquele momento, ela pensara: "Que grande louco."*[2]

[2] Encontrarei um meio de contar, mais adiante, a sequência desta história. Como o acaso fez que eles se revissem alguns meses depois. E sobretudo: como eles concordaram quanto ao estranho projeto de passar a vida juntos.

## 11

Dei-me conta muito rapidamente de que minha primeira impressão sobre meu patrão fora falsa. Já não sei que romancista escreveu: "É preciso desconfiar da primeira impressão, ela é frequentemente boa." Talvez Fitzgerald. Isso poderia ser Fitzgerald. Digamos que é Fitzgerald. Enfim, em suma, a citação não valia nada naquele caso. Atrás do riso gordo e da presença pesada, escondia-se um homem que ia contar em minha vida. E por uma razão, sobretudo: ele seria o primeiro a falar-me como se eu fosse um escritor. Era estranho para mim, que sempre carecera de ambição, que nunca teria apostado um centavo em minha capacidade de vencer, ser assim considerado. Quando evocava um assunto literário, e até político ou histórico, ele dizia: "Você, escritor, você deve saber isso." Eu nunca sabia bem sobre o que ele falava, mas ele permanecia empoleirado, acontecesse o que acontecesse, na alta estima que tinha de mim.

Ele me perguntava de que falava meu romance. Mas era de uma maneira muito pudica, muito pouco intrusiva:

– Se você não quer me falar disso, posso muito bem compreender. Vocês, os escritores, adoram o segredo. Eu o sei bem.

– ...

– Enfim, se você quiser a minha opinião... Você deveria escrever um romance histórico. Isso funciona sempre muito bem. A Segunda Guerra Mundial as pessoas adoram. A Shoah é muito forte, apesar de tudo.

– Ah... obrigado pelo conselho. Vou pensar nisso.

Eu não ousava lhe dizer que havia tentado muitas vezes escrever um romance sobre a colaboração. Sobre os últimos dias dos colaboradores, um pouco antes da depuração. Quando todos os chefetes da Ocupação se encontraram subitamente encurralados. Eu havia tomado muitas notas sobre a fuga de Robert Brasillach, quando ele estava escondido num quarto de empregada. E sobre o fato de terem prendido sua mãe para fazê-lo sair. Eu pensava muito frequentemente naqueles dias da queda. E, depois, eu havia tentado escrever a cena em que De Gaulle, sozinho em seu gabinete, decidira o destino de Brasillach. Decidira sua condenação à morte. Eu pensava neste soldado valente, imenso combatente, general que se tornou chefe da França livre, que, subitamente, se encontrava cortando uma cabeça com sua caneta. Eu tinha vontade de escrever este romance justamente por essa cena. Eu pensava tanto nela, que se tornou impossível. A obsessão é contraproducente. Isso é válido também com respeito às mulheres. E, além disso, eu havia tomado notas demais para escrever este romance. Eu me sentira apinhado de documentação. Em todo caso, havia utilizado esse pretexto para renunciar a meu projeto. E é preciso encontrar bons pretextos para pôr fim a uma ambição, sem ter de se dizer: "Eu não sou capaz disso."

Gérard (meu patrão me pedira eu o chamasse por seu prenome) viera me trazer, naquela noite, um ventilador:

– Eu não podia deixá-lo trabalhar nessas condições. Tem-se a impressão de estar todo o tempo no metrô. Na hora de pico.

– Ah, sim, é verdade.

– Ou a gente pensa que está numa sauna. Como se estivéssemos trancados numa sauna.

– Ah, sim, não é mentira. Parece mesmo isso.

– Ou no deserto de Nevada! Oh, sim, é isso. Sabe?, aquele que se chama o Vale da Morte. É insustentável. Você sufoca lá. Melhor evitar a falta de gasolina ali, eu lhe digo.

Não sei por que ele queria a todo custo encontrar comparações para nosso calor. No entanto, este era extremo, sufocante, incomparável. Era a estação que ia permanecer nas memórias francesas como *o verão canicular*. Eu lhe agradeci o ventilador. Havia achado adorável que ele chegasse em plena noite para melhorar minhas condições de trabalho. Depois de ligá-lo, sentou-se na grande poltrona do saguão. Depois, tentou o sofazinho situado no lado oposto da peça. Levantou-se novamente para fixar-se no meio da recepção. Parecia indeciso. Eu me perguntava o que ele estava fazendo.

– Esse ventilador ventila realmente bem. E a rotação dele é ampla. Não importa onde, você tem sempre uma brisazinha que vem lhe fazer cócegas. Não, realmente, é de bom material isso.

– Sim, é verdade, isso faz bem.

Eu nunca sabia como recomeçar a conversa com ele. Eu via bem que ele tentava estabelecer uma conivência, mas eu era ruim em reinício interrogativo. Cada uma de suas frases desembocava em mim com o enunciado de uma constatação definitiva. Há pessoas que poderiam falar por horas para não dizer nada, aqueles que dissertam sobre a meteorologia, e que seriam capazes de fazer uma tese sobre uma nuvem, tudo isso para não ter de voltar para casa. Gérard era desses, e eu não conseguia formular um pensamento suscetível de contribuir para o início de uma discussão. E talvez por causa dessa incapacidade eu me pus a falar de minha avó. Sim, eu lhe expus minhas angústias, quase para agradar-lhe. Mas muito rapidamente me dei conta de que falar disso me fazia bem. Sobretudo a uma pessoa que não tinha ligação direta com minha família. Havia alguns dias, eu estava obcecado por minhas visões iniciais da casa de repouso. Havia tido a impressão de visitar a sala de espera da morte. Já não podia pensar em outra coisa. Era talvez muito imaturo, mas tinha consciência pela primeira vez da decadência que me esperava. Experimentava alternadamente a necessidade de sentir a intensidade da vida e um sentimento profundo de vacuidade. Então, tudo me parecia derrisório e absurdo.

Aquele verão se tornaria assassino. Nossos velhos iam deixar de parecer discretos, invadindo subitamente os necrotérios. É uma forma de protesto como outra qualquer. A imprensa faria uma pergunta crucial: "Como um país ocidental pode deixar morrer assim seus idosos?" A resposta era, no entanto, evidente. É justamente porque somos ocidentais que a catástrofe aconteceu. Os europeus não têm nenhuma tradição ancestral a respeito do destino dos velhos. Os franceses descobriram assim o horror geriátrico. Subitamente, encontravam-se homens e mulheres abandonados, que morriam sozinhos em seu apartamento. Gérard estava feliz por ter um assunto de conversa tão lindo. Ele encadeou muitas reflexões, e eu não queria cortá-lo. Era fácil falar de um problema que ele ainda não conhecia; que faria ele em alguns anos com seus pais? Ele criticava todas as famílias que, entre dois licores de anis ao sol, davam um telefonemazinho para eliminar a culpa:

– Ei, mamãe, você precisa beber... É muito importante... hem? Não se esqueça... disseram dois litros de água por dia... então, todo o mundo manda um beijo... Você vai ver, nós lhe mandamos um cartão-postal... pensamos muito em você! Bem, tenho de desligar... Não se esqueça de beber...

Ele parecia orgulhoso de sua imitaçãozinha, mas percebeu que isso não me fazia rir. Porque também eu ia fazer parte do clube dos cartões-postais agora. Eu ia fazer parte daqueles que telefonam, e que se aborrecem por telefonar porque não sabem o que dizer, que não ousam perguntar se tudo está bem, porque necessariamente não está. E, além disso, como há sempre as lacunas na conversa, ao fim de um momento os velhos têm a gentileza de confessar que estão com dor em algum lugar, nos dentes nas pernas nos olhos, onde você quiser dá na mesma, eles nos oferecem assim o único papel que podemos ter: o da constatação da dor. Constatamos, constatamos, esperamos com convicção que isso vá passar, mas no fundo nos dizemos que é atroz sempre ter dor em algum lugar. Dizemo-nos também que é isso o que nos espera, essa agonia, esse sofrimento de cada gesto.

Recompondo-se, Gérard propôs:

– E se convidássemos sua avó para vir ao hotel? Uma ou duas noites. Isso a distrairá.

– É muito gentil de sua parte, obrigado. Mas não tenho certeza de que ela vá gostar.

– E um ventilador? Ela tem um, espero. Pois as pessoas se atiram em cima de um como loucas, é a penúria. Parece que estamos em tempos de guerra. Mas posso lhe conseguir um sem problema. Tenho bons contatos.

– É gentil, mas ela já tem um.

– Em todo caso, não hesite. Se você precisar do que quer que seja...

Nesse momento, um cliente desceu. Todo amarrotado, parecia que ele dormia em sua mala.

– Você não tem água mineral? Já esvaziei as duas garrafas do frigobar.

– Água mineral? Ah... caramba... vou achar uma... entrego-lhe em seu quarto – diz Gérard, todo constrangido.

Quando o cliente subiu, ele sussurrou:

– Felizmente tenho um pacote de seis garrafas no porta-malas. Estamos salvos.

Ele então saiu correndo, como um super-herói que ia salvar o planeta da sede. Uma vez sozinho, me aproximei do ventilador, e me pus a sorrir ao vento.

## 12

### *Uma lembrança de Francis Scott Fitzgerald*

*O escritor americano poderia mergulhar em tão lindas lembranças. Vestígios de festa, perfumes de mulher, champanhe, a grande época da Riviera Francesa, mas tudo isso... é passado. Agora, Fitzgerald já não é nada. Vive na miséria em Hollywood. Procura trabalho, todo o mundo o esqueceu. Sua vida é uma contagem regressiva para o nada. Desesperançado, doente, ficou surpreso ao saber, completamente por acaso, que um grupo de teatro de Los Angeles ensaiava uma peça extraída de seu livro* O diamante do tamanho do Ritz. *Ele decide ir até lá. Arruma-se, aluga um belíssimo carro para a ocasião. No momento em que entra na sala, decepciona-se logo do início. Está diante de um grupo de amadores.*

*Vê todos aqueles jovens e finalmente fica comovido, pois a juventude é seu paraíso perdido. Ele se aproxima deles, e todos notam esse homem que se dirige ao palco. Eles param, olham-no. Vão certamente reconhecê-lo, ficar muito emocionados com esse aparecimento do autor do texto que ensaiam. Mas não, nada. Um jovem, visivelmente irritado, talvez o diretor, não aprecia a interrupção. Pergunta a Fitzgerald o que ele faz ali, diz que isso não se faz, entrar assim num teatro. O escritor fica surpreso, mas afinal ele tem o hábito de já não ser reconhecido. Ele declina sua identidade, e é então que uma jovem mulher, uma belíssima jovem mulher, aliás, com longos cabelos lisos, se aproxima dele. Pode-se ler todo o espanto do mundo em seu rosto quando ela pronuncia: "Mas pensávamos que o senhor estivesse morto." É isso, é a lembrança dessa frase que o autor de* O grande Gatsby *nunca poderá esquecer.*

## 13

O verão passou, as temperaturas caíram, e uma nova forma de rotina nos capturou. Íamos ver minha avó alternadamente. Meu pai e eu éramos os mais assíduos. Eu me encontrava sentado na beirada de sua cama e sugeria um passeio no parque ou uma ida à cidade, para tomar um sorvete. Ela respondia que não tinha vontade, mas que eu era gentil em lhe propor isso. Eu ficava muito mal cada vez que ia embora. Pensava: "Como posso deixar essa mulher que me amou tanto, que me consolou, que me fez sopas e *moussakas*, como posso deixá-la ali?" A ironia de tudo isso: ela fazia esforços para não tornar mais pesadas minhas visitas. Procurava me mostrar que tudo ia bem, certamente não era fácil, mas ela garantia que ia se acostumar à nova situação. De certo modo, sua delicadeza acentuava meu mal-estar. Eu quase teria preferido que ela fosse odiosa; deixá-la ali teria então sido suportável.

Caminhávamos juntos pelos corredores da casa de repouso. Meu olhar parava sempre nas porcarias pregadas nas paredes. Sua vida já era suficientemente dura, e eu me perguntava por que infligiam aos residentes uma dupla pena visual. A maior parte eram paisagens deprimentes, terras ideais para provocar uma avalanche de pulsões suicidas. Havia também um quadro com uma vaca. O pintor devia ser um interno, e o expunham para agradar a ele. Pedia informação, mas não, ninguém sabia quem havia pintado tal horror, nem por que estava pendurado ali. Não se preocupavam com a estética. Meu desgosto por aquele quadro ia, no entanto, provocar em mim uma estranha reação: em cada uma de minhas visitas, eu não poderia fazer outra coisa senão parar em frente para contemplá-lo. Aquela vaca fazia agora parte de minha vida. Ela seria, para sempre, o símbolo da feiura. Não é pouca coisa ter assim um acesso à feiura, como um alvo no horizonte na direção do qual acima de tudo não se deve ir. Aquela vaca... eu passaria minha vida a fugir dela.

Compartilhava essa obsessão com minha avó, e esse desgosto comum nos levava a rir. Nos dias em que eu sentia que ela estava mal, em que eu respirava sua infelicidade de estar ali, eu me aproximava dela para cochichar: “Você quer que a gente vá ver a vaca? Isso lhe faria bem?" E ela sorria. Finalmente, aquele que decidira pendurar tal quadro era um espírito brilhante. Ele compreendera que a melhor maneira de aliviar-se da feiura é acentuá-la. Finalmente, eu não queria de jeito nenhum que tirassem aquela vaca de nós. Ela nos fazia um bem louco. Minha avó, sensível à elegância e às coisas refinadas, era profundamente esteta. Foi, aliás, seguramente ela quem me transmitiu esta forma de gosto necessária ao amor pelas palavras. Ela me dizia amiúde:

– Deveríamos envelhecer com a beleza. Ou, antes, deveríamos nos aliviar da velhice pela beleza.

– É verdade...

– Deveríamos ver belas pessoas, belas paisagens, belos quadros. Eu vi tantos horrores na vida... Por que devo assistir agora ao espetáculo do arruinamento dos outros?

Que dizer? Ela tinha razão. A cada passo, cruzávamos com homens e mulheres que tinham dificuldades para falar, para andar, ou até para ficar limpos. Deixávamo-nos abordar sem cessar por aqueles que me pediam um cigarro ou meu telefone para ligar para um parente. Teríamos podido muito facilmente crer que estávamos num hospício. Na multidão dos arruinados, um homem me comovia particularmente. Eu sabia até seu sobrenome: Senhor Martinez. Mas não estou certo sobre seu prenome: Gaston Martinez talvez, ou Gilbert. Enfim, pouco importa. Era impossível perdê-lo: ele estava sempre instalado no mesmo lugar, no corredor. Passava os dias, a cabeça colgada, com uma toalha sobre o pulôver para protegê-lo de um fio de baba que pendia eternamente. Eu criara o hábito de dizer-lhe bom-dia, mas ele não respondia. O enfermeiro o deslocava à noite para colocá-lo em seu quarto. Ele era discreto, ausente de si mesmo, e era quase difícil pensar que estava vivo. Aquele homem quase nunca tinha visitas. Eu me perguntava realmente em que ele podia pensar, e até se pensava.

Ao longo de minhas visitas, criara o hábito de olhar os internos. De *realmente* olhá-los. De considerá-los não como figurantes da casa de repouso, mas como homens e mulheres que tinham tido uma vida. Homens e mulheres que haviam recebido correspondências em suas caixas de correio, que haviam tido problemas para encontrar um lugar para estacionar, que haviam corrido para não chegar atrasados a um encontro importante, que haviam tido males de amor e momentos de alegria, que haviam sido surpreendidos pelo homem na Lua, que haviam parado de fumar por medo de morrer muito cedo, que haviam ficado brabos e depois se reconciliado com amigos, que haviam perdido a bagagem quando de uma viagem à Itália, que haviam esperado com grande impaciência para serem maiores de idade, e assim sucessivamente para chegar até hoje. Eu não pensava senão numa coisa: eles haviam tido minha idade um dia. E um dia eu terei a idade deles. Ali, eu caminhava através do que seria.

Enfim, para terminar a temática da feiura, havia as refeições. Para minha avó eram os piores momentos do dia. Duas vezes por dia (pois o café da manhã era tomado no quarto), ela era instalada em frente a uma mulher cujo rosto era um remédio contra o apetite. E que apetite? Os cardápios eram sempre idênticos: "Temos a impressão de que é diferente, mas eles trocam só a ordem das palavras. Olhe, venha ver o cardápio do dia!" Caminhamos então para o pequeno saguão onde estavam dispostas cotidianamente todas as informações. A terça-feira era dia de cinema. Propunham uma sessão às 15 horas. Hoje era *A grande escapada*.[3] Bem ao lado estava indicado o cardápio:

*Almoço*

*Velouté de abobrinha com alfavaca*

*Salada tourangelle*

*Filé de pescada com endro*

*Bulbo de erva-doce com nata*

*Tábua de queijos*

*Sobremesa láctea*

*

*Jantar*

*Sopa Crécy*

*Hachis parmentier*

*Alface americana*

*Cesta de frutas da estação*

Aparentemente, a direção fazia um esforço para apresentar as coisas de maneira agradável. Quase teríamos podido acreditar numa refeição gastronômica:

– Olhe – me diz ela, eles não param de acrescentar palavras que não servem para nada. A salada é só uma salada. E eles colocam *tourangelle* para nos fazer crer que estamos viajando. E a sopa Crécy... Crécy nada!

– Sim, eu nem sei o que é isso.

---

[3] Para o caso de alguém não tê-lo visto.

– E o melhor é isto... olhe bem, é fabuloso... é a alface americana!

– Ah, sim, isso é muito forte.

– Eu me pergunto se eles não riem um pouco de nós com isso. Isso quer dizer que vamos muito mal, você não acha?

Eu gostava quando ela estava com esse humor escarnecedor. A refeição era seu assunto de queixa preferido. Ela não podia mais parar. Já não suportava comer alimentos refogados ou moídos:

– Eles não pensam muito nos que ainda têm dentes. Só fazem cardápios para os desdentados. Isso é discriminação.

Eu comecei a rir. Ela também, um tempo depois. Ela não havia imediatamente percebido o caráter cômico do que me contava. Eu ia apoiá-la em sua luta. Ela seria a Che Guevara da causa dentária. Depois parou de rir. Tudo isso não era engraçado, definitivamente. Eu sugeri:

– Poderíamos almoçar fora, da próxima vez. Há uma cervejaria não muito longe, com frutos do mar.

– Você vai se arruinar.

– Mas eu não disse que era eu quem pagava...

– Eu não tenho dinheiro. Seu pai me dá um pouco, quando preciso. Você se dá conta?... É ele quem me dá minha mesada.

Ela disse isso com um sorrisinho, mas eu senti perfeitamente que era mais um baluarte que ela abandonara na luta pela preservação de sua autonomia. Era sem dúvida necessário tomar decisões em lugar de certas pessoas idosas, mas parecia-me que, neste caso, haviam antecipado o movimento. Minha avó tinha toda a sua mente, e não estava senão mais consciente de tudo o que lhe escapava.

Continuamos a caminhar um pouco, antes de nos sentarmos diante do filme. Não havia ninguém. Estávamos os dois sentados diante daquele grande televisor. De Funès então pronunciou o famoso: "*But* então... *you are french.*" E rimos como se nós os descobríssemos. Afinal, podia-se ter visto esse filme centenas de vezes, mas o prazer continuava o mesmo. Ainda funcionava. Essas imagens estão isentas de cansaço. Não envelhecem. E eu pensei nesta frase feita que, no entanto, adoro: "Este filme não ganhou uma ruga."

## 14

*Uma lembrança de Gaston Martinez*

*Há várias décadas, Gaston Martinez se encontrou enredado numa tormenta sentimental. Boxeador que marcou os espíritos do pré-guerra (alguns se lembrarão de seu combate mítico contra o franco-argentino Raoul Perez), ele decidira interromper sua carreira por amor. Seu ambiente, seu treinador, sua família, todo o mundo havia criticado essa escolha, mas era assim: ele ficara loucamente apxionado. Enfim, a palavra "ficar" não é exatamente justa, pois aquela moça não era outra senão sua companheira de cercadinho: ele tinha a impressão de ter nascido apaixonado por ela. Sua noiva sofria muito por vê-lo no ringue, e por isso ele abreviara seu calvário e seu medo de encontrar-se com um homem de nariz quebrado. Ela o achava muito bonito.*

*Éléonore era professora do ensino fundamental, e eles gostavam, à noite, de ler os dois os exercícios dos alunos. Se Gaston ganhara sua vida com as mãos, nem por isso era menos inteligente. O amor louco que ele sentia por Éléonore nunca se enfraqueceu, e eles tinham agora uma filhinha, chamada Anna em homenagem a Anna Karenina. E, depois, ele encontrou outra mulher. Não pensava que isso pudesse acontecer. Ele se dava conta de que as mulheres o olhavam, mas se sentia inacessível. Sentia-se protegido por sua evidência monogâmica. Deveria ter compreendido logo que isso já não tinha nada a ver com a razão, que aquela mulher, recentemente instalada em seu edifício, essa mulher que se chamava Lise, e que ia tornar-se sua Lise, fragilizava todas as suas certezas. Ele se lembrava dessa parte de sua vida com pavor, torturado entre duas mulheres e duas vidas. Mentindo para uma, e fazendo da outra cúmplice da mentira. Ele achava que o que lhe acontecia era o pior dos castigos: amar duas mulheres. Durante semanas, ele ia viver com a tortura no coração. Ia perder quilos, não sabendo o que fazer para sair dessa armadilha. Perder Éléonore lhe parecia impossível. Perder Lise o era igualmente. Finalmente, tomou uma decisão, uma decisão que não suportava julgamento, pois não era senão a única possibilidade admitida por seu corpo: decidiu partir, deixar a França. Na incapacidade de escolher uma das duas mulheres, abandonou as duas.*

*Alguns meses depois, voltou para casa. Assim, uma noite, sem avisar, entrou na sala. Sua mulher estava lá, exatamente como no dia de sua partida, o tempo não passava para ela, silenciosa, e bela por esse silêncio. Sem nada dizer, foram deitar-se. Alguns minutos antes, ao entrar no saguão, ele notara que o nome de Lise havia sumido das caixas de correio. Ele não teria mais notícias suas. Ele se sentia bem, não compreendia por que havia passado por aquela experiência, por aquela experiência que era preciso esquecer agora. Não o conseguiria, é claro. Mas a dor fugira, enfim. No coração da noite, Éléonore apertou o interruptor. Queria ver o homem que lhe fizera tanta falta. Pronunciaria palavras de rancor ou de dor? Mas não, ela simplesmente dissera:*

*– Meu amor, você é tão bonito!*

# 15

Meu pai me telefonou para me pedir um favor. Uma amiga de minha avó acabava de morrer, e ela queria ir a todo custo ao enterro. Como ele não podia acompanhá-la, esperava que eu estivesse livre. Acrescentou:

– Realmente lhe agradaria ir lá.

– Muito bem, eu irei com ela.

– Ah, obrigado. Emprestarei meu carro a você... – apressou-se a acrescentar, como se quisesse ainda assim estar lá, através dos aspectos técnicos dessa expedição sinistra.

Ao desligar, pensei nesta frase: "Realmente lhe agradaria." E também naquela: "Ela quer ir *a todo custo* ao enterro." Ele tinha razão; minha avó resmungava para ir passear, recusava todas as minhas propostas de visita a um museu pretextando fadiga ou dor, mas ali a máquina humana se organizava para encontrar as forças necessárias. Há uma idade em que as únicas saídas que aceitamos são para ir a enterro. Tenho dificuldade para compreender. Será que, mais perto da morte, eu também terei vontade de assistir ao enterro dos outros? Não teria antes vontade de fugir dessa cerimônia que me espera? As pessoas idosas vão ao enterro dos outros por medo de que não haja ninguém no dia de seu próprio enterro? Seria como uma forma inconsciente de reenvio de elevador preventivo. Enfim, não. Não vejo um morto entregar um convite. Se vamos ao enterro de alguém, ele não poderá vir ao nosso. É uma relação de mão única. Minha teoria não se sustenta. Não, realmente, eu não via por que minha avó queria *a todo custo* ir lá. Sobretudo porque tampouco se tratava de uma amiga muito próxima. Era uma amiga que ela via cada vez menos, e que agora não verá nunca mais. O melhor seria eu lhe perguntar (afinal, as circunstâncias fizeram que eu não lhe perguntasse nada).

Entrando na casa de repouso, compreendi que algo grave acontecera. Fui ver a recepcionista para perguntar-lhe qual era o problema. Nunca gostei daquela mulher. De uns cinquenta anos, era sempre muito desagradável (os dois fatos não parecem ligados). Cada vez que eu a via, ela estava reclamando. Tinha um lado 1942, mas o mau lado de 1942. Dizia que esperava a aposentadoria com impaciência, e eu tinha vontade de dizer-lhe que pegasse um quarto imediatamente ali. Eu achava uma coisa louca que uma mulher que mergulhava assim na decadência humana estivesse tão apressada para acelerar o movimento. Eu punha sua agressividade na conta de uma miséria sentimental qualquer, na conta de um mau signo astrológico, e finalmente na conta da simples babaquice. Conta última da qual ela ia dar prova agora:

– Houve um suicídio. Uma mulher de noventa anos se jogou pela janela de seu quarto.

– ...

– Pena é que vamos cancelar a representação teatral. Eram jovenzinhos do curso Simon que deviam vir hoje. É idiota mesmo, ela deveria é ter se matado amanhã.

Foi realmente o que ela disse. E é desolador que eu me lembre tão bem dessa frase, enquanto me ocorre às vezes procurar na ponta da língua versos perdidos de Paul Éluard. Por que a burrice é mais memorável que a beleza? Continuei meu caminho. Afora aquela estúpida mulher, todo mundo parecia aterrorizado com o que acabava de acontecer. O silêncio dominava o local. Os técnicos da ambulância levaram o corpo. Durante dias, o pessoal da manutenção tentaria em vão limpar a marca de sangue deixada no chão de cimento pela ocupante do quarto 323. A diretora do estabelecimento teria medo de um contágio. Ocorre muito frequentemente que um suicídio provoque outros suicídios. Mas ali não seria o caso. Este suicídio permaneceria único, no momento, pelo menos.

Eu ia ficar obcecado pela visão dessa mulher jogando-se de sua janela. Era preciso uma coragem inusitada para efetuar tal gesto. Para algumas pessoas idosas, a existência atinge um dia um patamar a partir do qual elas julgam que a vida já não vale ser vivida. Eu vi octogenários deixar-se morrer, recusando-se a comer. Era uma forma de suicídio. A possibilidade de exercer, uma última vez na vida, uma vontade. Aqueles lutavam com as únicas armas à sua disposição, não abrindo a boca, cuspindo, vomitando. A maior parte daqueles com quem cruzei na casa de repouso queria morrer. Eles não dizem morrer, aliás: dizem "partir". E também: "terminar isto", para salientar mais o calvário. Pois a vida nunca termina às vezes, é o sentimento que eles têm. Fala-se amiúde do medo da morte, e é estranho que eu tenha visto outra coisa. Não vi senão a espera da morte. Via o medo de que ela não viesse.

Pensava que encontraria minha avó arrasada. Certamente ela quereria cancelar nossa saída... Mas não, ela estava lá, de pé, pronta. E ainda: estava perfumada. Era surreal encontrá-la assim, alinhada, e eu acabava de deparar com que há de mais violento na condição humana. Eu lhe perguntei se ela sabia, e ela respondeu que sim. Não me parecia de modo algum afetada, toda concentrada que estava nos preparativos. Para dizer a verdade, compreendi mais tarde que não tínhamos a mesma noção do tempo. Este enterro... fazia três dias que ela pensava nele permanentemente. Era como um ponto luminoso em seu horizonte. Era como se ela tivesse uma razão válida para passar setenta e duas horas. E, esperando este momento, nada mais contava realmente.

Subimos no carro, e eu não podia pensar em outra coisa:

– Você a conhecia... aquela mulher que se suicidou?

– Não. Ela ficava o tempo todo no quarto.

– Deixavam-na assim?

– Ela quase não podia se deslocar. Não sei como fez para saltar. Em minha opinião, alguém a ajudou.

– Fala sério?

– É só uma opinião. Não sei, meu querido. É bizarro, é tudo.

Ela falava com a maior indiferença. E, no entanto, eu conhecia melhor que qualquer um sua sensibilidade e sua gentileza. Dirigi em silêncio. Ao fim de um momento, olhando o rádio, ela me perguntou se podíamos pôr música. Caímos numa canção de Serge Gainsbourg, *Je suis venu te dire que je m'en vais*, essa canção que Jane Birkin teria podido considerar como o anúncio de uma ruptura, ao passo que ela era o anúncio do tempo que não existirá mais: "Você se lembra dos dias antigos e chora." Havia tanta tristeza e beleza nessa melodia, nessas palavras inspiradas por Verlaine. Com o choque da manhã, algumas lágrimas me correram dos olhos. Eu não chorava havia muito tempo. Essa melodia superava em emoção momentos, no entanto, bem mais difíceis, como o enterro de meu avô, no qual eu não havia chorado. Estava fora de questão que minha avó me visse assim. Era absurdo chorar agora, quando eu a acompanhava a um enterro. De modo geral, eu começava a achar tantas coisas absurdas...

Toda a minha vida, essa canção estaria ligada àquele instante. Ocorre-me escutá-la por acaso, numa rua ou num apartamento, aqui ou ali, e eu me encontro então imediatamente no carro, a caminho do cemitério. Coisa estranha: essa melodia está tão profundamente ancorada em mim que lembro também todas as outras vezes em que pude escutá-la desde então. Assim, a cada escuta, sou lançado na boneca russa de sua melodia, onde se misturam lembranças diversas, incompatíveis, do ácido ao doce, e tudo isso desemboca na menor boneca, a do coração, a da lembrança inicial: a do carro (agora).

## 16

### *Uma lembrança de Serge Gainsbourg*

Le Divan *é um programa de televisão francesa criado por Henry Chapier e transmitido pela primeira vez em 4 de abril de*

*1987. O conceito consistia em deitar num divã uma personalidade e entrevistá-la à maneira de um psicanalista. Em 20 de setembro de 1989, alguns meses antes de sua morte, Serge Gainsbourg se prestou ao jogo. Mas ele se recusou a deitar-se no divã, pretextando jocosamente: "Gosto muito da posição deitada, mas nunca sozinho." No curso desta emissão, ele relatou suas lembranças. Principalmente as de sua infância. Seu pai, imigrante russo, era pianista em boates e bares. Ele iniciou o pequeno Lucien (o verdadeiro prenome de Gainsbourg) no piano. Segundo ele, era a melhor escola. Cada dia de sua infância, Serge escutava o pai tocar. Ele evoca na emissão os trechos de Bach, Chopin, os estudos e os prelúdios, e também Cole Porter ou Gershwin. As principais lembranças de sua infância são pois sonoras, e ele conclui a evocação com esta tão bela frase: "Cada dia de minha existência, eu tive essas vibrações premonitórias de meu futuro."*

## 17

Caminhamos pelas alamedas do cemitério. Às vezes, minha avó parava diante de um túmulo, e eu pensava: ela o olha tal como um jovem casal visita um apartamento decorado. Eu não podia evitar dizer-me que, da próxima vez, eu não estaria com ela, mas iria visitá-la. Nesse instante, eu estava cem vezes mais deprimido que ela. E meus olhos ainda estavam, com certeza, vermelhos. Ela avançava, quase apressadamente, para o local da cerimônia. Juntamo-nos ao grupo. Muito pequeno, realmente. Pouco mais que dez pessoas. E, assim, isso acrescentava horror ao horror daquele dia. Eu achava cruel assistir a um enterro tão vazio. Isso me dava vontade de ser mais sociável, de fazer muitos novos amigos (se possível mais jovens que eu). No entanto, eu ia saber que a mulher por quem estávamos lá, Sonia Senerson, havia sido uma bailarina muito conhecida e rodeada. A maioria de seus amigos já estava morta, os outros já não podiam se deslocar. Ela morreu em idade avançada, e assim somente os parentes próximos estavam presentes. É isso: quanto mais tarde alguém morre, tanto mais está só no dia de seu funeral.

Os filhos de Sonia, e seus netos, estavam muito felizes por nos ver. Enfim, "muito felizes", as palavras não são talvez as mais apropriadas, mas digamos que estavam contentes pelo fato de uma amiga ter-se deslocado até lá. Eu me lembro de uma moça que não parava de me olhar. E devo dizer que eu a olhava também. Na verdade, nós nos olhávamos. A morbidez do dia oferecia estranhamente uma luz nova sobre as possibilidades da vida. Minha tristeza me empurrava para uma vontade, e eu não estava longe até de certo frenesi. Aquela moça tinha longos cabelos, e a vida era curta. Não é espantoso que a proximidade da morte o leve a ter uma energia sexual. Eu teria mais de uma vez ocasião de me dar conta disso. Mas, desta vez, desta primeira vez, eu estava tão constrangido quanto excitado. Alguns minutos antes, eu achava a vida cruelmente sinistra, e eis que ela me aparecia subitamente como um caminho semeado de surpresas sensuais. Sem ousar confessá-lo a mim, creio até que paquerei um pouco durante o enterro. Um padre ortodoxo (veja-se que isto teria agradado à minha mãe) evocava os fatos mais importantes da vida da defunta, e às vezes, estando todo concentrado naquela moça, eu pegava no ar elementos biográficos de uma mulher que era uma desconhecida para mim. Evocavam-se suas façanhas, sua maneira miraculosa de interpretar *O lago dos cisnes*, e nós estávamos lá diante de seu cadáver, diante de seu corpo imóvel para sempre, a exaltar seus *entrechats* aparentemente míticos. Eu me perguntava como ia fazer para obter o telefone daquela moça; era pouco provável que a encontrasse outra vez por acaso; não tínhamos amigos comuns, e o vago fio social que nos unia acabava de reduzir-se a nada. Naquele instante, eu não pensava senão nisso. A lembrança da mulher que se suicidara naquela mesma manhã, quase sob meus olhos, já não me comovia. Tudo acontecia tão facilmente... E, no entanto, a realidade, naquele momento, era esta: o corpo de uma mulher em sua mortalha, fechado num caixão selado, era enfiado sob a terra.

A assistência ficou um instante silenciosa. Não havia uma imensa emoção; aquela morta não era em nada surpreendente. Podia-se sentir mais um tipo de doçura, de ternura até. A filha da defunta, que devia ter mais de setenta anos, veio em nossa direção. E eu não entendi imediatamente por que ela me disse:

– Jovem, comove-me que esteja emocionado assim.

– Sim... sim... minhas condolências, senhora...

Eu esquecera completamente as poucas lágrimas que havia derramado ao chegar. Meus olhos mentiam sobre a origem de sua emoção. Mas pouco importa. Tomavam-me por um rapaz sensível. Depois, a mulher se dirigiu à minha avó:

– A senhora sabe... minha mãe falava frequentemente da senhora...

– Era recíproco.

– E, além disso, creio que ela também gostava muito de seu marido. Pelo que compreendi, é um personagem consagrado!

– ...

Creio que minha avó gostaria de ter respondido logo, mas não conseguiu. Compreendi, por esse momento vazio, a que ponto seu marido estava sempre presente em seus pensamentos, a que ponto uma simples evocação podia fazer mal. Finalmente, ela balbuciou, mas sem dramaturgia excessiva, que o consagrado personagem estava morto. A mulher, desolada, teve um gesto pensado de ternura. Estávamos na valsa das condolências.

Minha avó sussurrou que estava cansada. Queria voltar, imediatamente. O projeto de abordar a moça caiu por terra. No fundo, isso devia me servir. Eu não tinha de admitir minha falta de coragem. Deixamos lentamente o local da cerimônia. Caminhando, eu virava a cabeça de quando em quando, e toda vez podia ver que ela continuava a me observar. Quanto mais eu me afastava, mais a achava linda. E mais acumulava frustração. O brilho de um instante, eu pensava na história de meu pai, aquela que ele nos contara milhares de vezes, do encontro com minha mãe, quando ele fora dizer-lhe: "Você é tão linda que eu prefiro nunca mais revê-la." Eu me disse que também eu podia ir dizer isso àquela moça. Mas não, era absurdo, completamente absurdo, pois eu não tinha senão uma vontade: revê-la. Eu não queria que ela entrasse na deprimente categoria de todas essas moças com quem se troca um olhar ou um sorriso, todas essas moças com quem se diz que teria podido acontecer alguma coisa, e que terminam na pior categoria: a dos lamentos. Não, eu não queria isso com ela. Mas que fazer? Eu devia escolher entre ser um bom neto ou um conquistador da feminilidade. A hesitação ocupou meu espírito até que chegamos diante do carro.

Eu não ia parar de pensar no rosto daquela moça e em seu sorriso, a brecha na morbidez daquele dia. Eu me perguntava como revê-la E então encontrei. Havia um meio. Vir o mais frequentemente possível recolher-me ao túmulo daquela amiga de minha avó, esperando que a moça tivesse a mesma ideia. Ninguém iria tanto quanto eu florir o túmulo de Sonia Senerson.

# 18

## *Uma lembrança de Sonia Senerson*

*O marido de Sonia era de origem russa, uma origem que ditava sua conduta. Foi assim que em 1941 ele decidiu deixar a França para juntar-se às tropas do Exército Vermelho. Ela tentou dissuadi-lo disso, mas foi trabalho perdido. Não ouviu mais falar dele, e viu-se sozinha com a filha.*

*Passaram os anos, e ela resolveu continuar sua vida sem ele. Depositou toda a sua energia e seu coração em sua obsessão pela dança. Tornou-se uma imensa artista, irradiando sua elegância nos numerosos balés. Sua reputação ultrapassou as fronteiras, e ela acabou por ser convidada para ir à Rússia. Naquela época, em plena guerra fria, quando ninguém queria ir lá. Mas ela motivou seu grupo a realizar a viagem. Sonhava com Moscou, sonhava em saber enfim o que seu marido se tornara. As apresentações foram um verdadeiro triunfo. Ela obteve um encontro com um alto funcionário que prometeu fazer investigações sobre seu marido. Já no dia seguinte, ele informou-lhe um endereço. À noite, teve muita dificuldade para dançar. Não parava de pensar no endereço. Seu marido, pois, estava vivo. Centenas de hipóteses percorriam seu espírito, e em primeiro lugar, é claro, a eventualidade de que ele tivesse casado novamente. Lágrimas correram abundantemente por suas faces durante os aplausos, e todo mundo viu ali o grau superior de sua sensibilidade de artista.*

*Ela pediu a um bailarino do grupo que a acompanhasse ao endereço em questão. Ela ia pôr um fim em dez anos de dor e de incerteza. Feito, o carro estava estacionado diante de um pequeno prédio da periferia moscovita. No saguão, ela procurou seu sobrenome nas caixas de correio, mas na Rússia, naquela época, elas não tinham sobrenomes. Ela subiu os degraus bem calmamente, depois tocou a campainha. Uma mulher abriu, perguntou o que ela queria. Era uma mulher, então era isso. Mas Sonia, após uma ausência de alguns segundos, percebeu que tal mulher era muito idosa. Não podia ser uma esposa. Ela pronunciou o sobrenome de seu marido, e a velha senhora lhe sugeriu entrar. Ele estava lá. Sim, ele estava lá. Sentado numa cadeira, na cozinha. Ela se imobilizou. Era ele. Era o homem de sua vida, o homem por quem ela tanto chorara.*

*Passou-se um minuto inteiro, durante o qual ela o observou. Ele não mexia a cabeça. Sonia avançou em sua direção e compreendeu então que ele estava cego. Ele preferira desaparecer a voltar à França e não mais poder ver a mulher e a filha. Sonia apoiou a cabeça em seu ombro. Alguns meses depois, ela chegaria a conse-*

*guir da administração soviética que pudesse levá-lo para a França consigo. Uma noite, ele lhe diria suavemente: "Seu rosto está em minhas lembranças."*

## 19

Pegamos o carro novamente. Minha avó parecia cansada, mas eu propus que fôssemos almoçar na cervejaria de frutos do mar. Era o momento de agradar-se. Ela não respondeu imediatamente, parecia perdida numa hesitação. Finalmente, anunciou:

– Eu prefiro que a gente vá para minha casa.

– ... Para sua casa?... Quer dizer...?

– Exatamente isso, para meu apartamento. Eu quero rever meu apartamento.

Fiquei quieto. Ninguém ainda lhe contara a verdade. Quando digo ninguém, falo de meu pai e de meus tios. Apesar de sua promessa de não vender o apartamento, eles o fizeram. Sem sequer dizer-lhe. E muito rapidamente. Havia sido um conjunto de circunstâncias. Quando ela deixara o imóvel, seu vizinho de cima contatara logo meu pai para comprar o apartamento. Dada a morosidade do mercado imobiliário, tal oferta não podia ser ignorada. Os três filhos haviam previsto manter o apartamento, mas sabiam muito bem que essa decisão era um fingimento. Fosse como fosse, ele seria vendido mais cedo ou mais tarde. Então, diante da insistência do vizinho, eles cederam. Insistência, e também uma maneira um pouco brutal de fazer negócios. Ele ameaçava retirar sua oferta, deu um ultimato. Eu saberia bem depois que houvera uma conversa com minha avó, alguns dias antes de sua partida. Ele perguntara, muitissimamente interessado: "A senhora vai embora?" E ela respondera: "É só provisório." Então ele compreendera a urgência da situação. Sonhava em aumentar seu apartamento, para ter uma peça onde pudesse enfim armazenar sua coleção de trenzinhos.

Alguns anos antes, ela havia posto o apartamento em nome do filho mais velho, para evitar os impostos sucessórios, eu acho. Então aí está: o negócio fora concluído. Mas eu não precisava dizer nada à minha avó no momento. Pois ela começava suavemente a acostumar-se à ideia da casa de repouso. Eles haviam planejado anunciar-lhe a venda depois. Menciono com precisão que não era uma questão financeira. Meu tio pôs o dinheiro da transação na conta de minha avó. Esperando que ela decidisse depois o que queria fazer com ele, quando lhe dissessem a verdade. Eles gostariam de ter prolongado ainda um pouco o segredo imobiliário, mas as circunstâncias e a insistência de minha avó fizeram que naquele dia ela descobrisse que já não tinha sua casa. Que sua casa era agora, e de maneira definitiva, a casa de repouso.

Aleguei que não tinha tempo, mas ela retorquiu: "Você tem tempo de ir à cervejaria, mas não de ir à minha casa?" De qualquer maneira, eu não queria mentir. Não queria representar esse papel. Então lhe disse tudo. Ela ficou em silêncio por um longo momento, antes de me pedir: "Leve-me, por favor." No caminho, tentei tomar a defesa, certamente sem vigor, de seus filhos. Mas, no fundo, eu pensava como ela. Pensava que eles tinham agido mal, que não deveriam jamais ter procedido à venda sem lhe dizer. Quando chegamos, ela me beijou a testa e me agradeceu. Eu me propus a acompanhá-la a seu quarto, mas ela disse não. Ela disse não. Ela disse não.

Essa verdade lhe fez muito mal. Ela não ligava para o apartamento: era obcecada pelos móveis, pelas cortinas, pelos cobertores. Tudo havia sido dado ou jogado fora, e isso a deixava louca. Seus filhos não se haviam dado conta da importância do material. Eles se disseram que isso não era nada, que ela não precisava disso, sem compreender que a questão não estava aí. Eles não haviam entendido a memória dos objetos; haviam pilhado a dimensão humana de um garfo; haviam jogado fora este cobertor que a aquecera durante vários invernos; haviam definitivamente apagado a luz desta luminária sob a qual ela havia lido tantos livros à noite antes de dormir. Fazer tudo isso sem avisá-la era empurrá-la para a morte. Eles fracassaram ao desculpar-se, e ao tentar explicar-lhe a oportunidade única que tornara obrigatória uma medida precipitada, não adiantou nada, ela tencionava permanecer trancada em seu ressentimento; tencionava morrer agora a salvo dos filhos.

Esta nova situação perturbou fortemente meu pai. Mais envolvido que os irmãos na preocupação com sua mãe, ele sempre tentara fazer o melhor, e eis que ela não lhe falava mais. Toda noite, ele tinha medo de que ela morresse assim. Sem ter perdoado. Ele não tinha ninguém com quem compartilhar sua angústia. Minha mãe nunca estava lá. Ela consultava cotidianamente a Internet para encontrar ocasiões para viajar a baixo preço. Meu pai não compreendia por que ela nunca lhe sugeria que viajasse com ela. Era assim. Quando voltava de viagem, sentíamos que ela ficava dando voltas e que lhe era preciso partir de novo. Não tínhamos ainda discernido o que havia de inquietante nessa fuga perpétua. Pensávamos que ela queria aproveitar a vida, não que ela não suportasse mais a sua. Meu pai estava infeliz, e por uma vez deixava transparecer sua mágoa. E foi a realidade dessa mágoa o que acabou com a vontade de minha avó. Ela o tomaria um dia nos braços, dizendo-lhe:

– Nunca mais me faça isso...

– Sim, mamãe, eu lhe prometo... estou tão triste...

Que surpresa para os dois viver essa cena que possuía um tão estranho eco do passado. Ter-se-ia dito um momento da infância, em que a mamãe perdoa o filhinho que cometeu uma grande besteira. No dia da reconciliação (e era como um retorno à vida), minha avó pediu dinheiro a meu pai: "Eu tenho vontade de ir ao cabeleireiro." Ele ficou tão feliz por poder novamente ser útil!

## 20

*Uma lembrança do vizinho, proprietário atual do antigo apartamento de meus avós*

*Na idade de treze anos, ele fantasiava sobre sua vizinha, uma mulher de uns trinta anos tão sensual quanto casada. Linda, era sobretudo dotada de uns peitos generosos. Toda noite, ele se imaginava, como Robinson Crusoé, encalhando não numa ilha deserta, mas nos seios da vizinha. Ele queria viver lá, era seguramente o mais belo país do mundo. Foi então que ele teve uma ideia: cavar um buraco na parede de seu quarto. Segundo seus planos, o quarto de dormir dos vizinhos se encontrava justo atrás. "De dormir... e não só isso!", rasgava-se de rir elaborando seu projeto maquiavélico. Aproveitou uma ausência do pai (condutor de trens, ele se ausentava por longos períodos) para começar a obra. Tanto faz dizê-lo imediatamente: foi um fracasso. Os vizinhos descobriram o buraco na parede e deram queixa. O pai do vizinho resolveu enfim o problema amigavelmente, mediante dinheiro, e deu uma grande bofetada no filho. Gritou com ele: "Mas isso não é certo, você é completamente louco!" E foi assim que seus projetos de autoeducação sexual abortaram.*

## 21

Sem me dar conta realmente, vivendo de noite, eu me afastara de muitos de meus amigos. Começando o expediente às 20 horas, eu já não podia ir às noitadas, ao cinema, compartilhar a despreocupação noturna. Era bom estar recluso para poder escrever, mas tudo isso acabava por parecer um impasse. Eu não vivia o bastante para tornar-me romancista. Como podia eu falar de amor se estava isolado ali, na solidão das noites? A pessoa que eu mais via, afinal, era meu patrão. Ele aparecia cada vez mais amiúde. Uma noite, tomado pela chama de recolherse, pegou sem hesitar um quarto em seu hotel. Como ele estava tão presente em minha vida, eu podia tentar fazer dele um personagem de romance. Com a condição de mudar seu nome, absolutamente não literário. Eu buscava a imaginação onde podia, pois minhas fantasias nunca resultavam em nada de concreto. Eu não chegava a inventar o que quer que fosse. Meu espírito passeava num campo delimitado como um cercado: o de meus olhos. Eu começava a angustiar-me seriamente. Era preciso que eu vivesse coisas. Era preciso que eu pulasse de um trem, em algum lugar da Europa, ao acaso de uma loucura premeditada. Eu podia também tomar notas sobre minha avó, sobre as casas de repouso, mas tinha medo de afugentar as pessoas com tal assunto. Enfim, tinha sobretudo medo de afugentar-me a mim, de não suportar o quotidiano das palavras sobre este tema. Eu pensava seguramente que era preciso torcer o real, e não submeter-se a ele. Queria contar histórias com dois poloneses, estar no heroísmo da vírgula. No fundo, eu sonhava com que me aconteceria algo grande.

O que mais me surpreendia é que eu me encontrava amiúde com meu pai. Nós nos víamos na casa de repouso, e eu não tinha o hábito de tal regularidade em nossas relações. Tínhamos um tema de discussão, e era algo espantoso para mim, que passara a adolescência a dividir com ele silêncios, para não dizer incompreensões. É claro, ele nunca me interrogava sobre minha vida. Que eu trabalhasse num hotel à noite ou num açougue de dia suscitava nele a mesma ausência de curiosidade. Talvez devesse, ponderaria eu, em determinado momento, comprar um apartamento, e isso nos abriria súbitas possibilidades de discussão, pois o crédito imobiliário permanecia seu assunto favorito. Mas nós temos tempo, e eu não tenho espírito de proprietário; não compreendo ainda o interesse que há em emprestar dinheiro para reembolsá-lo durante vinte ou trinta anos. Eu já gostaria muito de saber o que fazer amanhã. Havia algo de patético em sua maneira de tentar fazer-me crer, por suas observações, que ele ainda estava no âmago da atualidade econômica. Ele não via a que ponto sua atitude traía brutalmente a realidade, a que ponto se podia ler em seu rosto que ele fora afastado dos caminhos da competitividade. Pela primeira vez na vida, comecei a sentir pena dele; isso substituía progressivamente a indiferença.

Logo seria o aniversário de minha avó, e ele me perguntava se eu tinha uma ideia para agradar-lhe. Eu lhe disse que sim, que havia planejado algo que a surpreenderia. Eu estava realmente muito contente com minha ideia. Infelizmente, meu presente era pessoal. Ele devia se virar sozinho. Subitamente, ele pensou em um roupão, antes de lembrar-se de que já lhe comprara um havia um ano. "É complicado com os velhos. Eles não querem nada. Mas, se você não compra nada, eles vão ralhar com você", termina ele por dizer para concluir sobre sua falta de inspiração. Ele não estava errado. Minha avó era do tipo que não gostava de presentes. Mas, bem, também não era para ficar em tal estado. Eu o aconselhei a levá-la para comer frutos do mar, e, é claro, ele me confessou que essa fora sua ideia inicial. Ele esperava que seus dois irmãos pudessem liberar-se naquele dia. Não sei por que essa visão dos três filhos e de sua mãe numa cervejaria me pareceu imediatamente deprimente. Havia tanto mal-estar agora, nesta família! Por que os laços estavam tão distendidos? Meu pai não se entendia muito bem com os irmãos, e eu não tinha realmente relações com meus tios. As lembranças alegres de minha infância haviam sido varridas por uma realidade morna, e eu já não conseguia saber muito bem se havia embelezado o passado por minha inocência, ou se o presente havia realmente se tornado mais terno. Pensei também que meu avô havia sido como um tipo de patriarca carismático, e que a família se rasgava em farrapos afetivos, agora que ele estava morto. E as coisas iam piorar. Meus tios iriam festejar o aniversário de sua mãe, com meu pai, e o almoço seria sinistro. A apoteose dessa coisa sinistra seria certamente a chegada do bolo trazido por uma equipe de garçons mal pagos que encenavam exageradamente um bom humor com abatimento.

Talvez as coisas tenham sido mais alegres. Afinal, eu não estava lá. Mas tampouco invento. Havia grande letargia, exatamente à semelhança da discussão com meu pai sobre o presente de aniversário. Era como se a velhice de minha avó tivesse contaminado todo mundo; como se a culpa de havê-la deixado lá, contra sua vontade, impedisse qualquer recuo na leveza. Avançávamos todos por uma rua de muros estreitos, cada vez mais estreitos, e o estreitamento parecia inelutável. Eu não aguentava mais aquilo. Frequentemente, quando vivia instantes de lassidão, de mal-estares momentâneos, sonhava com alguém em quem repousar. Com uma mulher que fosse como um refúgio, ou simplesmente uma aliada. Meu coração era como uma corrente de bicicleta que se solta; eu estava cansado de dar voltas no vazio; queria que meu coração batesse enfim utilmente. Eu esperava tudo da ternura.

No dia seguinte ao aniversário de minha avó, fui buscá-la por volta das 13:30. Todo mundo estava dormindo, atmosfera de sesta, e nós escapamos como ladrões. Não é fácil fazer uma surpresa a uma mulher dessa idade. Ela não queria sair sem saber aonde íamos.

– Não é longe, você vai ver. Confie em mim.

– Bom, de acordo.

– E, se não lhe agradar, eu a trago de volta. Não se preocupe.

Apesar dos esboços de zanga em seu rosto, ela se preparara para a ocasião. Havia posto seu vestido preferido, o mesmo do enterro de Sonia Senerson, aquele das grandes ocasiões. Eu estava no nível de uma ida ao cemitério; isso aumentava a pressão.

– Pensei que você quisesse ir ao cabeleireiro.

– ... Mas eu fui...

– Não se nota muito.

– Você não tem percepção. Isso é problema seu.

– ...

Preferi parar abruptamente. Evitei ter a opinião de minha avó sobre minha capacidade de passar ao largo das modificações da feminilidade. Isso não me impediu de praguejar interiormente enquanto dirigia. Acho cansativas as mulheres que nos perguntam se notamos tal ou qual mudança física. Elas são tiranas quanto à sua aparência, e nós escravos da constatação. Pode-se estar apaixonado por uma mulher, amá-la profundamente e, pois, cegamente, sem ter de notar sua nova base de maquiagem. Às vezes, são mesmo detalhes invisíveis a olho nu! Acontece que as mulheres se ofendem com o fato de que o movimento microscópico que elas acabam de operar não nos salta aos olhos, num tipo de atentado à evidência. Não se pode dizer que naquela época eu tivesse muita experiência em matéria feminina, mas já havia notado esta obsessão narcísica que parecia obrigatoriamente ligada ao nascimento de um sentimento. O fato de ser amada provoca não uma segurança, mas um novo terreno de fragilidade. Assim, vi mulheres que me pareciam fortes ou autônomas com respeito a essa necessidade de ser admiradas começar a exigir atenções de amor à medida que a reciprocidade afetiva era estabelecida. Era um dos (inumeráveis) paradoxos do sistema feminino. E é uma digressão o tempo do trajeto.

Nos últimos meses, minha avó contraíra o capricho do cabeleireiro. Nunca era significativo, cortavam-lhe vagamente uma mecha, mas devia fazer-lhe bem ocupar-se assim de si; era uma prova tangível de vida. Meu pai lhe dava dinheiro e lhe dizia que ela podia também ir à manicure ou fazer um tratamento no rosto. Não era preciso hesitar em agradar-se. Eu achava magnífico que ela levasse em consideração sua aparência. No entanto, apesar de sua preparação ativa para nossa saída juntos, ela tentava gentilmente dominar sua angústia. Aonde iríamos? Estacionei diante de um pequeno prédio do 20º distrito de Paris. Era um lugar bastante mal servido pelo metrô, o que seguramente tornava os aluguéis mais acessíveis. Estávamos numa quinta-feira, e no entanto havia naquele bairro um ar de domingo. Eu tinha a impressão de que deixávamos a semana, de que deixávamos a vida ativa, de que entrávamos numa sociedade anestesiada.

Entramos no prédio. No momento de tocar o interfone, vi que a porta do saguão estava aberta. O que me convinha. Assim, eu não tinha de anunciar nossa chegada, e arriscar-me a estragar a surpresa. Localizei o andar. Uma vez no elevador, minha avó me perguntou:

– Bem, você ainda não vai me dizer aonde vamos?

– Você vai sabê-lo em dois minutos.

– Isto aqui não está cheirando muito bem.

– Nem dois minutos. Olhe, chegamos.

Um longo corredor que servia aos apartamentos, um pouco como nos hotéis, mas, afora isso, não se parecia realmente com um hotel. Eu disse à minha avó que não se mexesse, o tempo de eu localizar o número. Depois voltei para buscá-la. O homem vivia no fim do corredor. Eu já tinha medo de que minha ideia fosse ridícula, ou furada, ou as duas coisas. E de que os poucos metros que nos separavam da porta não fizessem senão aumentar minha angústia de ter organizado tudo isso por nada. Justo antes de tocar a campainha, cochichei: "Tudo bem? Você está pronta?" E, de maneira totalmente surpreendente, ela me respondeu: "Você me faz pensar em seu avô." Fiquei um momento sem me mexer. Paralisado por uma emoção súbita. Ela tinha razão. Era certamente dele que eu herdara tal gosto pelo não sei quê que vivíamos naquele instante.

Toquei a campainha. Durante alguns segundos, nada aconteceu. Talvez a campainha não estivesse funcionando... Bati. Nada ainda. Eu não queria acreditar que houvesse organizado tudo aquilo por nada. Enfim, ouvimos um ruído ínfimo. Era preciso concentrar-se para distingui-lo, e eu ia compreender por quê. O homem que abria a porta caminhava com chinelas de feltro. Era um meticuloso de primeira linha, que tinha horror aos sapatos. E horror também ao barulho, donde a desativação da campainha. Ele perguntou com uma voz um pouco fanhosa: "Que querem?" Respondi, então, com uma frase que acabou de mergulhar minha avó na perplexidade: "Somos seus maiores fãs." Tranquilizado provavelmente por esse início bajulador, ele abriu a porta, mas sua surpresa não conseguiu mascarar um fundinho persistente de preocupação. Encontramos, então, um homem sem idade (digamos que ele estava perdido entre quarenta e dois e sessenta e cinco anos) e muito alto; sim, realmente alto, talvez como devia sê-lo o general De Gaulle. A comparação para certamente aí. Aquele homem maciço tinha olhos redondos e lutava contra uma calvície com a ajuda de mechas desajeitadamente estendidas sobre uma testa larga. Sob seus ares de colosso calvo, havia algo de muito surpreendente: dir-se-ia que era ele quem chegava à casa de alguém.

Ele pigarreou; isso queria dizer que era minha vez de falar:

– Caro senhor, obrigado realmente por nos receber. Como acabo de lhe dizer, minha avó e eu somos seus maiores admiradores. Não conhecemos inteiramente sua obra...

– ...[4]

– É sobretudo o quadro da vaca... isto pode parecer-lhe um pouco excessivo... mas devo confessar-lhe que nós devotamos um tipo de culto a esse quadro...

– ...

– Ocorre... que ele está exposto não longe do apartamento de minha avó ... e... e...

– Entrem, por favor – diz o pintor.

Nós o seguimos em sua sala de decoração minimalista. Não se exibia lá senão um sofá, um pouco perdido, como uma criança abandonada. Ele disse que ia procurar algo em seu quarto. Nós nos olhamos, em silêncio, antes de subitamente abafar a gargalhada. Surpreende-me empregar o verbo "abafar", mas havia realmente isso, esse lado colegial do riso.

– Mas você é louco!

– Quê? Isso não lhe agrada? Você encontra seu ídolo!

---

[4] Ponho reticências, e não para indicar um silêncio; o homem abriu a boca, e teríamos realmente dito que três pequenos pontos saíam dela.

Nosso anfitrião voltou com uma cadeira, uma garrafa e três copos. Ele serviu a todos. Visivelmente, já não estava de fato à vontade com a ideia de estar numa situação social. Quis que brindássemos. Eu não conseguia saber se aquele homem me emocionava ou se me dava medo. Não sabia se estávamos diante de um artista comovente e um pouco exaltado ou de um psicopata da pior espécie.

Ao fim de um momento, ele balbuciou:

– Faz muito tempo que não me falavam de meus quadros... Vocês estão falando sério ou estão me gozando?

– Não, nós o adoramos realmente...

Então ele deixou um branco na conversa. E eu não tinha nenhuma ideia de como colocar um pouco de cor em seu branco. Tinha medo de que ele percebesse a ironia de nossa iniciativa, mas não, ele não parecia desconfiar excessivamente. Vivera tanto tempo a salvo do menor interesse de que quem quer que fosse que perdera todo o senso da segunda intenção.

– Eu parei há tanto tempo...

– Seu quadro da vaca, é dele que gostamos. Vamos vê-lo regularmente.

– Quando o senhor o pintou? – perguntou minha avó.

– Não sei. Não me diz nada esse quadro. Já não me lembro dele. Numa época pintei muito. Às vezes várias telas por dia.

– ...

– Era a minha obsessão. E depois, sei lá, aconteceu assim... parei com tudo... eu me disse que aquilo não servia para nada... que eu era uma nulidade.

– ...

Ele falava calmamente, e tínhamos a impressão de que era o primeiro a ficar surpreso com suas palavras. Falava da pintura como se busca reconstituir um sonho de manhã ao acordar. E nós, nós estávamos lá, a ouvi-lo. Fazíamos o papel de fãs. Mas, bem, ao mesmo tempo não era certamente tão ruim que ele tivesse parado. Ele demonstrava uma bela lucidez, pois o quadro da vaca, apesar de toda a afeição que balbuciava em mim por aquele homem, permanecia uma porcaria incontestável. Uma porcaria que atravessaria a posteridade com seu estatuto de porcaria. Minha avó, certamente um pouco apiedada, ousou:

– É pena, o senhor deveria ter continuado...

– Ah, é? A senhora acha?

– Sim, o senhor tinha um estilo. Ninguém pinta vacas assim.

Isso é certo, ninguém pinta vacas assim, pensei eu. O pintor pareceu verdadeiramente emocionado. A partir desse instante, compreendi que minha surpresa ia tomar um novo caminho. Tínhamos vindo para rir, para caçoar talvez um pouco também, e finalmente íamos outra vez motivar um artista perdido. Eu via seu rosto retomar cores, e terminaram os brancos entre suas palavras. Ele tinha vontade de falar:

– Agora eu me lembro... Houve um período em que fazia quadros de animais. Fiz uma longa série de gatos. Há algo de muito surpreendente no gato. Ele atingiu essa desenvoltura suprema da felicidade de não fazer nada. Os homens não chegam a isso. Ao fim de um momento, eles se obrigam a gesticular, a falar, a organizar alguma coisa.

– Ah, sim, agora que o senhor o diz... – aquiesceu minha avó.

– Se não for indiscreto... o senhor faz o que agora? – perguntei.

– Eu não faço nada. Há dez anos, recebi uma herança. Não enorme. Mas dá para viver. Então parei de trabalhar. Eu era professor de artes plásticas. Enfim, tinha sobretudo turmas do ensino fundamental. Eu não aguentava mais as crianças. Elas me fizeram ter aversão ao guache.

– ...

– Mas vocês querem que eu lhes diga o mais engraçado? – retomou ele.

– Ah, sim...

– É que me reencontrei trabalhando no colégio Pablo-Picasso. É forte, de qualquer modo. Todas as manhãs, eu tinha o nome de Picasso acima de minha cabeça... Tinha parado com a pintura, e o Picasso observava minha mediocridade... Mas, bem, eu os aborreço com minhas histórias...

– Não... não, é claro que não – respondemos com um tom que carecia, como quer que fosse, de convicção.

Mas nosso anfitrião não o notou e continuou. Pela primeira vez depois de muito tempo, ele evocava sua vida, e algumas lembranças. Algo de emocionante estava acontecendo. Tínhamos momentaneamente arrancado aquele homem de sua profunda solidão.

Depois ele se pôs a nos fazer perguntas. Interessou-se por meu trabalho, disse-me que eu o escolhera bem, que as melhores ideias nascem à noite. Lembro-me de que ele disse: "As boas ideias vêm à noite enquanto as más ideias dormem." Não é talvez a citação exata, mas se aproxima dela. Após uma primeira impressão um pouco patética, nosso pintor me comoveu cada vez mais. Eu estava diante de um homem que devia ter tido sonhos; certamente, não tivera meios para concretizá-los; e eis que ele estava ali, a viver naquela sala quase vazia, a roer uma magra herança até ela desaparecer. Talvez eu nunca fosse capaz de escrever um romance, e, cada vez que eu fosse perseguido por esta angústia, seria a visão daquela sala que me assombraria.

Minha avó ficou tão comovida quanto eu. Ao partirmos, ela apertou-lhe a mão longamente para agradecer-lhe a acolhida. Ele se abaixou para beijá-la, pode-se até dizer que se dobrou ao meio, e eu memorizei esse beijo de beleza desajeitada. Após nossa partida, o velho pintor ficou uma hora em seu sofá sem se mexer. Depois, ele se levantou subitamente para ir buscar uma cadernetinha, em que escreveu: "Comprar uma tela, pincéis, guache." É assim que ele se reconciliaria com sua paixão dos velhos tempos. É assim que ele começaria uma nova série de quadros intitulada: "As vacas."

Ao sairmos da casa dele, ficamos um momento sem falar. O bairro ainda estava mergulhado em seu domingo perpétuo. Rodamos igualmente em silêncio. Uma vez chegados à casa de repouso, acompanhei minha avó a seu quarto. Diante da porta, ela me agradeceu. Obrigada por este belo aniversário. Eu a beijei, depois voltei para meu hotel, perdido entre a felicidade e a melancolia. Naquele instante preciso, como em cada dia que precede a um drama, eu não podia imaginar por um só segundo o que ia acontecer.

# 22

## *Uma lembrança do pintor do quadro da vaca*

*À época, ele se fazia chamar por Van Koon. Edgard Van Koon. Ele achava aquilo muito chique, ter um sobrenome holandês quando se era pintor. Vivia num pequeno apartamento, o que não o impedia de ter uma ambição desmesurada; ou antes: uma imensa esperança de tornar-se um grande pintor. Tinha vinte anos e gostava de pintar animais. Acumulava as obras em casa, tanto que não lhe restava, afora suas telas, senão lugar para o sofá em que dormia. Tentara galerias, em vão. Ninguém queria seu trabalho. Ele já não tinha dinheiro para pagar o aluguel. Sua senhoria havia tocado a campainha da casa dele muitas vezes, e a cada vez ele se fazia de morto. Criara o hábito de andar com chinelas de feltro para não ser notado. Um dia, ela ameaçara chamar os oficiais de justiça, e então ele abrira a porta. Ao descobrir uma peça repleta de quadros, ela se emocionara. Mas ele devia pagar um aluguel. Ele confessou ter alguns problemas, estava complicado para ele naquele momento. Ofereceu uma tela. Sim, disse ele, pegue a tela que a senhora quiser, eu lhe ofereço para fazê-la ter paciência. A mulher entrou no apartamento e sentiu logo que nada lhe agradaria, e então, para abreviar o suplício vivido pelos dois lados, pegou a primeira tela que apareceu. Um quadro medonho com uma vaca. Ele poderia ter ficado aliviado com que ela tivesse aceitado a troca. Ao contrário, foi horrivelmente doloroso. Ele vira a piedade em seu olhar. Pouco tempo depois, parou de pintar, por causa daquele olhar.*

*Trinta anos depois, aquela mulher foi obrigada a ir para a casa de repouso. Seus filhos e sobrinhos ajudaram na mudança. Eles não paravam de dizer-lhe: "Acima de tudo, não leve coisas demais, pegue só o essencial." Então, para contrariá-los, quase como uma zombaria, ela foi buscar o quadro da vaca que agonizava na adega, e disse que fazia questão levá-lo. Foi assim que o quadro se encontraria na casa de repouso. A proprietária logo o enfiou atrás de seu armário. Sete anos depois, em sua morte, no momento de retirar seus móveis, seu sobrinho descobriu o quadro, e o deixou lá. Em vez de jogá-lo fora, um membro do pessoal da manutenção teve a ideia de pendurá-lo em um corredor.*

## 23

Naquele momento, minha vida amorosa consistia em ir regularmente a um cemitério (salto o aspecto simbólico). Ia lá com uma esperança tenaz no início, que se transformou ao longo das semanas em sentimento de ridículo. Ela nunca viria. Ninguém ia ao túmulo de Sonia Senerson. E até eu não se podia dizer que ia lá realmente. Eu me recolhia na possibilidade de uma história com uma jovem desconhecida. A esperança era extremamente frágil.

Ela não ia, e seu rosto começava a se apagar de minha memória. Eu já não tinha certeza da cor de seus cabelos. Minhas visitas tomavam a aparência de uma notável perda de tempo. No entanto, um dia aconteceu algo. A alguns metros do lugar onde eu me encontrava, um agrupamento se formava. Um enterro se preparava. Era preciso que eu fosse lá também. Se minha desconhecida não ia, então as mesmas condições me trariam talvez outra como ela. E eu não estava completamente errado. Via chegar algumas mulheres; quem sabe elas não precisassem de consolo? Conto esta história, e, no entanto, desde o início da cerimônia me senti estúpido. E envergonhado, até. Eu estava lá, a olhar as moças, como se participasse de um *vernissage* ou de um coquetel qualquer, ocultando a dor das pessoas enlutadas. Elas choravam, e eu estava impressionado com isso, com todas as lágrimas. Tive a intuição de que choravam por alguém de bem. E este pensamento aumentou meu mal-estar. Deixei discretamente a cerimônia. Era preciso parar com os cemitérios.

Eu tinha uma antiga colega de liceu a quem revia de tempos em tempos, mas ela acabava de se instalar com seu novo noivo. A vida avançava para os outros, deixando-me sempre de lado, e eu permanecia bloqueado na idade das coisas imóveis. Minha vida sexual parecia um filme sueco. Às vezes até sem legendas. Eu sonhava com aventuras tórridas e passageiras, e de quando em quando isso me parecia quase possível. No hotel, havia uma cliente russa que tinha a beleza mágica das mulheres russas, com esse olhar com a densidade de um romance trágico de oitocentas páginas. Toda vez que vinha a Paris, ela pegava um quarto. Eu não sabia o que ela fazia, e aliás isso não me interessava realmente; eu permanecia paralisado na fascinação superficial de sua aparência. Ela teria podido ser uma assassina serial, ou até o equivalente moscovita de uma jornalista dos *Inrockuptibles*, que eu a teria olhado com a mesma candura tola. Eu a via pegar o elevador, sonhava tanto em subir com ela. Uma noite, ela telefonou para a recepção, para não dizer nada. Enfim, sim, só para dizer: "Eu queria verificar se encontro você discando este número. Boa-noite." A noite toda eu transpirei repensando nesta frase. Isso queria dizer o quê? Ela queria que eu subisse? Foi o que fiz. Fiquei vários minutos diante da porta de seu quarto, fazendo idas e vindas ligeiramente barulhentas, para que ela me ouvisse. Eu não podia bater. Esperava que ela abrisse, esperava que ela abrisse. Anos depois, ocorre-me ainda esperar que ela abra a porta.

Tive de descer. Eu não tinha o direito de deixar assim meu posto de vigilância. No dia seguinte, no momento de sua partida, ela quase não me olhou. Compreendi que eu havia feito idas e vindas diante de seu quarto por nada. Exatamente como eu havia passado um tempo diante de um túmulo por nada. Minhas tentativas de ter acesso à sensualidade fracassavam não numa algazarra desmoralizante, mas, antes, num tipo de força tranquila da desolação. Eu ia aprender depois que não é preciso procurar para encontrar; todo o mundo repete todo o tempo este adágio absurdo, e no entanto ele é verdadeiro. Eu ia compreender também, e de maneira mais surpreendente, que era igual para o romance. Não era preciso necessariamente correr atrás das ideias, agarrar-se aos rascunhos: cabia ao romance dar o primeiro passo. Era preciso simplesmente estar em boas condições para recebê-lo quando ele batesse à porta da imaginação. As palavras avançavam em minha direção com a graça de sua invisibilidade.

Apesar de tudo o que pude contar a respeito da organização de sua surpresa, e que me fez parecer como um neto quase perfeito, eu ia cada vez menos ver minha avó. Eu punha isso na conta da leve depressão que atravessava; não se pode entrar numa casa de repouso se não se está sólido moralmente. Mas no fundo acredito que a razão era bem outra. Não importa o que aconteça, acaba-se por espaçar as visitas. E o movimento de deserção era coletivo (meu pai também ia menos amiúde). No início, eu ia vê-la duas ou três vezes por semana. Depois, eu ia num ritmo semanal, antes de me conduzir lentamente a um aparecimento bimensal. O mais terrível é que não se trata de uma questão de disponibilidade. Eu teria podido muito bem visitá-la com mais frequência. Mas recentemente eu experimentava um grande mal-estar ao ir vê-la. Acontecera que nós não tínhamos grande coisa para nos dizer, e essas ocasiões me pareceram como suplícios. Minha avó podia ser dinâmica, viva, até engraçada, e eu sentia bem que ela fazia um esforço particular comigo, mas na maior parte do tempo nossos momentos consistiam em percorrer o terreno imenso de sua solidão. Eu já não inventava histórias como pudera fazer antigamente, mas tentava ir com um pequeno reservatório de casos. Palavras planejadas para preencher o vazio. Mas é tão importante o que nós temos para nos dizer? Às vezes a simples presença basta. Meu avô me disse antes de morrer: "Fique um pouco mais." Ele estava morrendo, já não havia discussões por ter, e no entanto ele expressou o desejo de minha presença. Então, por que estava eu abandonando minha avó? Depois, isto se tornaria uma obsessão. Essa questão da alta velhice. Que querem os velhos? Eles se isolam lentamente, no caminho que os conduz à brancura. Tudo o que constitui matéria das conversas desaparece. E estamos lá, como vigias de mágoa.

# 24

## *Uma lembrança desta mulher russa cujo nome desconheço*

*Ela passou grande parte da infância em São Petersburgo, frequentemente sozinha com a mãe. Seu pai era um industrial que viajava muito, principalmente a Paris. Ele lhe trazia sempre presentes, de um frasco de perfume Guerlain a uma réplica da torre Eiffel, de um livro de Balzac a macarrão Ladurée. Ela imaginava este país como o de seu pai, e isso tomava uma dimensão quase feérica. Não é raro que o amor que uma criança sente por um pai seja inversamente proporcional à sua presença. No entanto, um dia ela sonhou que essa ausência do pai era bem mais longa que as outras. Ela não podia imaginar que ninguém ousava dizer-lhe que ele morrera num acidente de carro meses antes. Ninguém tampouco podia imaginar que buscando poupá-la assim a mergulhariam num mundo incerto. Um mundo que se desmancharia na revelação do drama. Ela passaria a adolescência encolerizada, com a obsessão de ir a Paris. O que faria na idade adulta. Esta cidade inteira era para ela a lembrança de seu pai. Ela vinha aqui regularmente, num tipo de recolhimento. Os Champs-Élysées, a Rua Oberkampf, ou ainda a avenida Kléber, tudo era como as alamedas de um imenso cemitério citadino. A alma de seu pai estava ali, era certo. Às vezes, sentindo escapar a realidade, era-lhe preciso subitamente agarrar-se a algo; ela era então capaz de telefonar a qualquer um só para verificar que havia mesmo uma voz humana do outro lado.*

# 25

Logo parti para encontrar meu pai na casa de repouso. No metrô, não parei de pensar em suas palavras. Minha avó desaparecera, eis o que ele havia dito. Conhecendo-o, a ele e seu incessante tatear verbal, sempre pensei que ele fosse do tipo que anuncia assim o falecimento de sua mãe: *Ela partiu*, ou *Ela nos deixou*, ou ainda *Ela desapareceu*. Penso até que ele teria podido simplesmente dizer: *Acabou*. Eu não podia imaginá-lo dizendo: *Sua avó morreu*. Seu telefonema matinal, eu o sentira imediatamente como uma derrapagem de nossa rotina. Estávamos ligados por momentos precisos e marcados, nunca espantosos, um tipo de estrada relacional. Eu não me enganara ao perceber desde o início o caráter dramático do momento. "Sua avó desapareceu", sim, foi o que ele disse. E eu me repito ainda esta frase. Não pensei um segundo em compreendê-la em sentido literal, tirando-lhe sua dimensão de precaução pudica. Foi depois de uma lacuna, certamente deixada para a digestão da primeira informação, que ele acrescentou: "Ela realmente desapareceu. Ela não dormiu em seu quarto, e eles não sabem onde ela está." Meu pai tinha, pois, capacidade de utilizar às vezes as palavras justas.

O metrô progredia em seu imutável movimento,[5] e eu me sentia flutuar; com certeza porque não dormira ainda. Observava

[5] Fala-se o tempo todo da rotina dos usuários do metrô, ao passo que em matéria de rotina nada iguala o próprio metrô.

o nome das estações; pela primeira vez, lia *realmente* as placas. Há momentos em que o que vemos todo dia aparece subitamente sob uma cor diferente; a matéria dramática daquela manhã oferecia como que uma posteridade absurda ao insignificante. E os passageiros com que eu cruzava tornavam-se, eles também, personalidades em minha memória, arrancando-se subitamente de seu anonimato cinza. Eu poderia estar submerso pela emoção, e no entanto esses são os momentos mais fáceis para escrever, pois a memória está intacta. Ela está inchada de detalhes inúteis, e eu só tinha de abaixar-me simplesmente para colher o fruto da cena. Esta cena que continua agora quando chego à casa de repouso e encontro o rosto de me pai paralisado no pânico. Lembro-me de meu espanto por encontrá-lo assim, não sabendo o que fazer, nem sabendo se devia ter um acesso de raiva ou abandonar-se à fraqueza da desordem. Ao me ver, ele quase se atirou sobre mim para me contar os fatos. Suas frases transbordavam umas sobre as outras, numa precipitação nervosa, e eu tentava espaçá-las mentalmente para melhor compreendê-las, à maneira de alguém que quer separar duas pessoas que estão brigando.

Alguns minutos mais tarde, estávamos diante da diretora do estabelecimento. Ela dispôs de tempo para repetir para mim o que já contara a meu pai. É preciso dizer que não havia nada que acrescentar, nenhum elemento novo, e então minha chegada lhe permitia satisfazer sua incapacidade de decidir o que fazer. Ela não estava à vontade; eu via seus lábios tremer a ponto de fazer tropeçar certas palavras em sua boca. Aquela mulher, que eu sempre vira sentada na segurança de sua autoridade, se desmanchava sob meus olhos. Ela tinha provavelmente um medo terrível de que o desaparecimento de minha avó se tornasse um caso sórdido que arruinasse a reputação de seu estabelecimento. O suicídio de que eu havia sido testemunha indireta a afetara menos, pela simples razão de que uma mulher que se joga de sua janela não era coisa de sua responsabilidade. Afinal de contas, quem pode impedir alguém de se matar? Mas, para minha avó, houvera talvez uma falha no sistema. Sobretudo se se considerava o tempo que fora necessário para constatar o desaparecimento:

– Sabemos que ela estava aqui no almoço. Sim, isso é uma certeza. E depois, esta manhã... como servimos o café da manhã no quarto... vimos...

– E ontem à noite? – perguntei.

– Ontem à noite... aparentemente, ela não estava em sua mesa.

– E então? Alguém foi necessariamente vê-la, não? – irritou-se subitamente meu pai.

– Acontece que internos não tenham vontade de jantar. Ou que se deitem cedo...

– E vocês não verificam? Ninguém vai vê-los se eles não aparecem?

– Sim... sim... normalmente... mas uma de nossas empregadas não estava aqui... ontem... ela estava doente, e é ela quem habitualmente...

– Ninguém então verificou! Mas vocês se dão conta de sua responsabilidade? Teria mudado tudo se tivéssemos sabido desde ontem à noite. Ela talvez tenha caído em algum lugar... ela passou a noite fora!

– Eu sei bem... mas, bem... se tivesse havido um acidente... nós teríamos sabido... nós teríamos encontrado..

– Teríamos encontrado o quê?!

– Escute, senhor, eu estou muito triste. Vamos fazer tudo para ajeitar a situação... mas mantenha a calma.

– Não sabemos nem a que horas ela saiu!

– Aqui não é uma prisão! Não anotamos as idas e vindas dos internos!

A diretora optara finalmente pela agressividade. É sempre a defesa dos culpados. Eu agarrei meu pai pelo braço e tentei acalmá-lo. Sua fúria me surpreendera, e aliviara também. Eu queria que ele assumisse a situação. Eu me sentia fraco, muito fraco, terrivelmente oprimido pela ideia de não saber onde ela estava. Os cenários mais cruéis eram, naquele momento, concebíveis. Naquele instante, não adiantava nada responsabilizar a diretora impotente, era melhor sair. Talvez alguém tivesse visto alguma coisa.

Ao fim de alguns minutos, eu disse: "Precisamos ir à polícia." Inconscientemente, devíamos recusar essa ideia, necessariamente associada a um crime, ou, em todo caso, a algo muito grave. Caminhamos até a delegacia mais próxima. Uma vez no local, nossa iniciativa nos pareceu absurda. Estávamos lá os dois, pai e filho, esperando que a polícia nacional pudesse encontrar uma pessoa que amávamos. Uma mulher muito idosa que se volatizara. Justo antes de nos dirigirmos ao primeiro policial à nossa frente, perguntei a meu pai:

– E mamãe? Por que ela não veio?

– ... Sua mãe... ela não está bem neste momento.

Não respondi nada. Essa frase me deixou perplexo. Meu pai, como já o descrevi, nunca anunciava nada de maneira tão frontal. Eu ia descobrir que ele procurava havia semanas esconder de mim o estado de minha mãe, para me proteger de alguma maneira; ia descobrir sua capacidade para a benevolência, e isso me emocionaria. Mas subitamente, dado o contexto, já não se tratava de embelezar a realidade. Estávamos mergulhados nessa espécie de brutalidade que proíbe as aproximações e os contornos da verdade. Eu não ia tardar a descobrir por que minha mãe passava. Não tinha visto nada suceder. No fundo, criticava a estreiteza afetiva dos outros, mas podia começar a me perguntar se, sob meus ares preocupados, eu também não tinha uma tendência a atravessar a vida de maneira autônoma. Esta solidão que era a minha, e que eu constatava regularmente, eu era responsável por ela. Eu fazia parte de minha época, este tempo em que já nenhuma ideia é suficientemente forte para nos ligar uns aos outros. A guerra, a política, a liberdade e até o amor são lutas que se tornaram pobres, para não dizer inexistentes. Somos ricos de nosso vazio. E há algo de confortável em tudo isso, como na beleza de um adormecimento progressivo. Meu mal-estar não tem acidez. Ele viaja levemente, e sem bagagem. Eu descobria o sofrimento de minha mãe, e tudo me parecia coerente; não podia ver nada, pois vivia no capacho da realidade.

Essa realidade com que eu era confrontado agora, na delegacia. Há algo de fascinante no rosto de alguns policiais: sua capacidade de nunca parecerem surpresos. Eles estão tão diante de todas as esquisitices possíveis, dos atos mais disparatados, que a extensão comportamental do movimento humano já não gera neles a menor surpresa. Teríamos podido dizer que minha avó partira para a Lua para fazer uma *moussaka* ao queijo de cabra, que a reação do policial não teria sido diferente. No fundo, creio que o papel do funcionário na linha de frente de uma delegacia é repugnar o demandante. Ele é como um leão de chácara na entrada de uma boate que decide que queixas ele pode deixar passar.

– Sua mãe é maior? – perguntou ele a meu pai, e não entendi bem se ele ria de nossa cara ou se a burocracia o atomizara mentalmente.

– Quê?

– Eu lhe pergunto se sua mãe é maior.

– Mas... é minha mãe... como quer que ela não seja maior?

– Sou eu quem faz as perguntas.

– O senhor está zombando de mim?

– Escute, senhor, não fale comigo assim, senão eu chamo meus colegas. Eu lhe faço uma pergunta simples e, se o senhor não quer responder, bem, pode ir embora.

– Bem... bem... sim, minha mãe é maior.

– Nesse caso, não podemos fazer nada pelo senhor.

– Mas ela tem quase oitenta e dois anos! Está necessariamente em perigo. É preciso ajudá-la. Fazer alguma coisa. Eu não sei. É preciso enviar um comunicado de busca, não?

– Não é possível, senhor. O senhor me disse que ela é maior. Não se envia um comunicado de busca para uma pessoa maior.

– Mas ora bolas! Nessa idade... não se pode dizer que ela não seja maior!

– Queira acalmar-se, senhor, por favor.

Cochichei na orelha de meu pai que era melhor evitar irritar-se. Evidentemente, estávamos diante de um bruto que queria nos fazer perder a paciência. Ficamos lá, plantados. Idiotas. Incapazes de tomar uma decisão. Depois de um tempo, o policial nos perguntou se precisávamos de outra coisa. Não respondemos. Penso que ele ia nos pedir que fôssemos embora, mas uma lágrima escorreu do olho de meu pai. Era sem dúvida mais uma lágrima de raiva e de impotência que de tristeza. Uma lágrima de raiva, e sobretudo de raiva de nós. Logo seus irmãos iam chegar, e ele poderia dividir com eles o peso das decisões, dos degraus por seguir, e mais que tudo aquele imenso da culpa. Pois ele se dava conta agora, quando estava diante de uma encarnação humana da anestesia, de que tudo havia sido escrito antes; que a fuga de minha avó, pois aquilo não podia ser senão uma fuga, fora anunciada. O dia de sua instalação na casa de repouso iniciara a contagem regressiva sórdida do drama que se encenava agora.

Diante desta visão de um pai e de um filho imóveis e apavorados, o policial finalmente disse:

– Vou chamar um colega. Ele vai tomar seu depoimento. Tente pensar no máximo de detalhes que puder lembrar.

– ...

– Coragem – acrescentou ele de maneira surpreendente.

Era para não compreender mais nada. Seu colega pareceu um pouco mais simpático, mas no fundo víamos perfeitamente que ele anotava os detalhes só para nos agradar. Para aparentar que aparentava alguma coisa.

– O que o senhor tem intenção de fazer? – perguntou meu pai.

– Não se pode fazer muita coisa. Vou informar às delegacias vizinhas o desaparecimento, por precaução. Enfim... é útil, não?

– Vocês não podem enviar uma patrulha? Interrogar as pessoas?

– O senhor imagine se fizéssemos isso para cada pessoa que não diz onde está.

– Mas aqui não é o mesmo... ela é muito idosa...

– Eu sei, senhor, mas não se pode abrir um inquérito assim...

– Então o quê? É preciso que eu lhes traga o cadáver de minha mãe para que vocês comecem o inquérito? É isso?

O segundo policial nos pediu que saíssemos. Uma vez fora, tínhamos os dois a impressão de haver perdido uma hora de um tempo precioso. O telefone de meu pai tocou. Era a diretora da casa de repouso:

– Eu lhe telefono só para dizer que o chá de sua mãe ainda está sobre sua cômoda. Ela não o tomou.

– Sim, e daí?

– Isso quer dizer que com certeza ela deixou o estabelecimento antes do lanche. Antes das 16 horas... ontem. É isso, eu queria lhe dizer isso.

– Eh... obrigado...

– Vou organizar uma reunião com todo o pessoal, para ver se posso recolher outras informações.

– Está bem. Está bem – resmungou meu pai ao desligar.

Hesitamos em partir cada um para seu lado, como para uma batida, para ampliar o campo da busca, mas finalmente preferimos caminhar juntos, sem saber muito bem por que rua começar.

# 26

## *Uma lembrança do policial na linha de frente*

*Tantas pessoas gostam de dizer que sua mais bela lembrança é a do nascimento de seus filhos. É o caso deste jovem policial, que se tornou papai de maneira precoce, aos dezenove anos. Ele dormira com uma moça, após uma noitada numa boate. Depois, toda vez que eles se encontraram, um pouco constrangidos, eles simplesmente trocaram algumas palavras. Mas três meses após sua noite, ela lhe anunciou: "Eu estou grávida." Ele teve a impressão de que seu mundo desmoronava. Decidiu assumir a situação, e o casal de uma noite começou uma vida em comum. No dia do parto, ele tomou a filha nos braços e, sem compreender muito bem por quê, se pôs a chorar. Não sabia a origem de suas lágrimas, algo entre a confusão dos últimos meses, a angústia dos dias por vir e o rosto iluminado desta criança. Perturbado (para ele, um homem não chora), devolveu a filha à enfermeira de crianças e foi refugiar-se no banheiro. Olhando-se no espelho, sussurrou: "Bem, agora eu não choro mais durante dez anos." Esta frase fazia referência a um pensamento inculcado por seu avô: "Um homem não pode chorar senão uma vez por década."*

## 27

Pensei numa fuga. Sim, uma fuga, como uma adolescente. Muitos elementos eram perturbadores. Sua cama estava feita, tudo estava perfeitamente arrumado em seu quarto, e parecia que ela havia posto um lindo vestido. No bairro, ninguém havia ouvido falar da menor agressão. É claro, não se tratava de elementos determinantes, e talvez fosse sobretudo uma questão de intuição, mas era cada vez mais provável que ela tivesse desaparecido por sua livre e espontânea vontade. Nós nos acalmávamos talvez assim, quem sabe? Meu pai não acreditava nessa teoria; dizia que ela não tinha dinheiro suficiente para partir assim. Quanto à polícia, não tinha nenhuma informação concreta para nos dar. Dias de horas infinitas começaram então.

O absurdo movimentara seu cursor: nossos atos tinham uma tonalidade de desespero que impedia qualquer julgamento relativo. Pensei que deveríamos colar cartazes no bairro, como se faz para os gatos perdidos. Procurei uma foto de minha avó bastante recente, mas as últimas poses haviam todas sido feitas diante de um bolo de aniversário ou por ocasião de uma festa qualquer. Parecia-me ridículo anunciar ao público o desaparecimento de alguém com esse tipo de foto. Mas, bem, eu não tinha escolha, e sobretudo tempo de me perder nesse tipo de considerações. Escrevi no cartaz o dia e a hora provável de seu desaparecimento. Senti olhares postos sobre mim cada vez que eu colava um cartaz. Julgavam-me. Era certamente inédito. E, em vez de uma forma de simpatia, eu percebi como que uma agressividade ambiente. Como se o anúncio da fuga de alguém fosse necessariamente uma confissão de culpa. Aos olhos daqueles que me olhavam, eu me transformava subitamente em um neto que maltratara a avó, e que se sentia idiota agora que ela havia ido embora. No cartaz havia meu número de telefone para qualquer pessoa suscetível de ter informações. Ninguém levaria muito a sério essa tentativa, seguramente um pouco patética, de encontrar uma velha mulher. Em algumas horas, eu ia receber todos os tipos de chamadas. Adolescentes aos risinhos (eu podia imaginar a acne no som de sua voz) que diziam ter *liquidado a velha*; ou ainda pessoas que procuravam passar o tempo fazendo-me perguntas quando era evidente que não podiam me ajudar. Tive até ao telefone um jornalista do *France-Soir* que achava o assunto no mínimo original e pensava em escrever um artigo. Claro, certa midiatização poderia nos ajudar, mas eu me sentia assustado com a ideia de transformar minha avó em manchete. Não dei sequência. E nem falo das velhinhas que diziam ser suas amigas, anunciando saber perfeitamente onde ela estava, *sim, senhor, é claro que eu sei, espere, vou me lembrar*, e daí nada vinha porque nada existia. O picadeiro ridículo desse dia em que colei cartazes me obrigou na mesma noite a voltar atrás. Enquanto eu os descolava, alguns passantes me perguntaram: “Ah, tudo bem? Você a encontrou, então?” E eu dizia não, bem baixinho.

O melhor era com certeza fazer a busca a partir da casa de repouso. Talvez outros internos estivessem em posse de informações importantes. Eu era suficientemente próximo de minha avó para saber que ela não era ligada por amizade a ninguém. No máximo, trocava algumas palavras, mais com uns que com outros, mas era pouco provável que tivesse desabafado a respeito de seus planos. A diretora, por sua vez, interrogara seu pessoal. E o resultado permanecia nulo. Não se sabia nada. Meu pai havia voltado para casa, para cuidar de minha mãe. Eu pensava também neste problema, sem conhecê-lo bem ainda. Ele estava superposto em meu espírito ao desaparecimento de minha avó, e eu havia planejado ir no dia seguinte visitar minha mãe. Um de meus tios me acompanhava em minhas buscas; depois do anúncio do desaparecimento, ele tirara alguns dias de folga. É surpreendente como os dramas unem as famílias. Eu quase nunca o via, nós não tínhamos nada para nos dizer, e ali, naquele instante, parecíamos incrivelmente próximos. Estávamos grudados, e isso não tinha nada que ver com os pontos comuns ou mesmo com as lembranças; mas estava lá a evidência da ordem da afinidade do sangue.

Andávamos nos corredores, e eu sentia a que ponto ele se odiava por não ter visitado o bastante sua mãe nos últimos tempos. Ele se lembrava de ter olhado para o relógio várias vezes durante o almoço de aniversário na cervejaria, apressado que estava por voltar a um assunto qualquer, e agora, em face do vazio da ausência, ele teria dado tudo para encontrar esse tempo da refeição que ele perdera pela inconsciência de sua sorte. Se ela morresse agora, ele se odiaria muito. Teria querido tanto voltar atrás para os frutos do mar... Eu via em seu rosto essa impressão de tarde demais. Ele parecia constrangido, e isso se traduzia numa maneira um pouco peremptória de mostrar-se seguro por tomar as decisões corretas. Mas não havia nenhuma decisão por tomar; mentíamo-nos sobre nossa capacidade de agir de modo concreto sobre a realidade, à maneira de um resistentezinho que pensa poder derrubar o exército que o cerca. Estávamos repletos de uma vacuidade derrisória. Caminhar ali, fazer algumas perguntas a torto e a direito, tentar encontrar uma prova num canto de seu quarto, tudo isso eram ventos. No entanto, houve um momento mágico. Quando nos encontramos os dois diante do quadro da vaca. Eu lhe expliquei que íamos frequentemente vê-lo, minha avó e eu; ele me observou um instante sem dizer nada, antes de subitamente explodir em riso. Um minuto antes, ele estava roído pela culpa, e eis que a vaca, imensa vaca, varria tudo à sua passagem como um furacão de derrisão.

Fiquei um pouco mais de tempo que ele. Os internos da casa me olhavam gentilmente, alguns vinham me ver para desejar-me coragem. Havia muita beleza nessa terna manifestação de solidariedade. Uma mulher se aproximou para confidenciar-me:

– Eu não a conhecia, mas tinha certeza de que ela partiria um dia...

– Ah é? Por quê?

– Ela nunca teve ar de ser resignada...

Não soube o que responder. Caminhei um pouco com aquela mulher, e depois veio outra, que eu segui por sua vez, era como uma estranha valsa, eu me perdia nos braços de velhas mulheres no labirinto de um reino impossível de datar. Quase já não pensava, até o momento em que fui testemunha de uma estranha cena. Ali, aqui, no fim de um corredor que eu não conhecia, meu olho foi atraído pelo vão de uma porta. Eu vi, como um voyeur, um casal de pessoas idosas beijar-se. Tinha a impressão de surpreender amantes ilegítimos. Eles estavam lá, aquele homem e aquela mulher, a se fazerem doces carícias por todo o corpo. Eu não podia ouvir o que se murmuravam, mas adivinhava facilmente as sílabas de ternura, e até, parecia-me, algumas palavras um pouco mais cruas. Eu me fiz frequentemente a pergunta sobre a sexualidade nas pessoas idosas. E finalmente era uma questão pessoal: o desejo morre? Eu me tornaria um dia insensível à sensualidade? Eu fizera amiúde perguntas à minha avó sobre as histórias afetivas numa casa de repouso. Ficara surpreso, e um pouco maravilhado, ao saber que não há verdadeiro fim para a aspiração de um beijo. Ela me contara fofocas sobre alguns internos, e às vezes até umas explosões de ciúme. Eu continuava a olhar o casal que estava lá, sob meus olhos.

Eles agora tinham parado de acariciar-se e permaneciam colados um ao outro num tempo que me pareceu subitamente imóvel. Eles formavam como que um escudo contra a morte.

A partir dessa época, não parei de viver minha vida amorosa pensando na velhice. Pensei que era preciso viver as coisas, esquecendo os limites e até a moral. Não parei de sentir desde então a urgência do desejo. De pensar na sensualidade como essência da vida. Parece-me que se ama diferentemente, quando se vive com essa consciência íntima da velhice. Não falo do medo da morte e da bulimia sexual ligada à nossa condição efêmera; não, falo da ideia de acumular, talvez ingenuamente, um tesouro de beleza para os dias da imobilidade física. Eu ia amar cada vez mais as mulheres, viver no fascínio de cada um de seus detalhes, nessa obsessão crescente do prazer. Eu queria que elas se oferecessem a mim sem me fazer perguntas, que elas me beijassem como ladras de meus lábios, que elas permanecessem para sempre estrangeiras que eu conheço tanto. Não era um acaso que eu pensasse em tudo isso agora; era como os olhares trocados com a moça durante o enterro; havia sempre essa coerência íntima entre o drama e uma forma de comédia erótica. Eu continuava a olhá-los, e minha avó ainda estava ausente. Eu continuava a observá-los e pensava na velhice que me esperava sabiamente. Eu também estaria com certeza lá, deitado, sonhando que me acariciavam ainda e sempre. Pensei então no livro de Kawabata, *A casa das belas adormecidas*, em que os velhos vão a uma pensão para dormir com jovens mulheres. Já não se trata então de uma questão sexual, mas simplesmente de avançar para a morte com o gosto do paraíso na boca. Prosseguir com mulheres que oferecem sua respiração e seu cheiro, e os homens têm a possibilidade suprema de sonhar nas cabeleiras femininas. Eu estava cercado pela morte e não pensava senão numa coisa: queria morrer pela sensualidade.

## 28

*Uma lembrança de Yasunari Kawabata*

*O grande escritor japonês, Prêmio Nobel de literatura em 1968, possuía mais que ninguém o senso da beleza. Sem cessar, ele buscou a sensualidade. Era para ele o refúgio permanente de uma vida começada no drama. Seu pai morrera de tuberculose quando ele tinha dois anos; e sua mãe sofrera o mesmo destino um ano depois. Órfão aos três anos, Kawabata foi então separado da irmã, e nunca mais a reviu, pois ela também ia morrer muito jovem. Foi acolhido pelos avós, mas a hecatombe continuou: a avó morreu muito rapidamente. Assim, as primeiras lembranças de Kawabata foram as de uma relação solitária com o avô. Durante oito anos, os dois iam viver juntos. Quando ele estivesse em idade de compreender a tragédia familiar, seu avô lhe diria: "Nós fomos atingidos pela morte, e isso nos dá a obrigação de amar." Quarenta e cinco anos depois, ele se lembraria dessa afirmação, e eis o que responderia a uma jornalista dinamarquesa que o interrogava sobre a obsessão pela morte em sua obra: "A morte dá a obrigação de amar."*

# 29

Eu não dormira por dois dias. Isso afetava necessariamente minha capacidade física. Eu via através do prisma pequenos pontos multicores, um pouco à maneira de um despertar dolorido, ou no coração de um sonho. As formas à minha volta escapavam numa realidade escorregadia e desajeitada, e eu queria sem cessar agarrar algo que não existia. Eu sentia uns tipos de vertigens, mas não ousava dizer nada. Meu chefe, que agora vinha me ver toda noite, constatou minha palidez. Eu mal lhe explicara a situação, e ele se enraiveceu:

– Você deveria ter me avisado imediatamente. Volte para casa, vá descansar.

– Mas... como você vai fazer?

– Isso não é problema seu!

Ele era sempre muito benevolente em relação a mim. Ele se viraria, mesmo sendo necessário ficar ali algumas noites ele mesmo. "Isso me lembrará minha juventude", acrescentou ele com um largo sorriso. Ele tinha essa qualidade dos que lhe prestam serviço fazendo você crer que a nova situação lhe cai bem. Sua atitude me emocionou. Voltei para casa, para redescobrir que se podia também dormir à noite.

Várias vezes acordei sem saber onde estava. Eram-me necessários então alguns segundos para distinguir os contornos de meu quarto, e deste ponto de partida visual provinha o retorno consciente à situação. Pensei que a felicidade se encontrasse talvez ali, bem no início do despertar, quando abrimos os olhos sobre nossa vida, quase surpresos de sermos nós. Este instante se parece com as lembranças que se podem ter da infância, esses fragmentos estranhos que atravessam os anos sem que se saiba realmente por quê.[6] Não se sabe por que a memória escolheu tal momento em vez de outro. É verdade, a escolha é irracional: eu me lembro da cor de um carrinho de bebê, do rosto de uma babá, do assassinato de John Lennon; mas não me resta nenhuma imagem da escola maternal onde passei três anos, dos périplos na Espanha com meus pais, da morte de um cão que eu adorava mais que tudo, segundo as testemunhas. Há cores, vozes, instantes que são como investidas em nossa memória balbuciante; essas imagens são espeleólogos capazes de perfurar a rocha intacta da infância. Eis aquilo em que pensei naquela manhã; eu com certeza pensei naquilo para me embalar na ilusão do tempo suspenso. Para ficar o maior espaço de tempo possível na margem da consciência; para permanecer no cais desse dia por enfrentar.

Eu planejara visitar minha mãe, mas antes queria passar na casa de repouso, fosse como fosse. Eu sabia no entanto que, se a diretora não tinha telefonado para meu pai, é porque ela não devia ter nada de novo para nos comunicar. A situação permanecia em ponto morto. E eu pude constatar em seu rosto, desde

[6] De passagem, eu paro numa questão que me obceca: por que não nos lembramos da infância? Certamente o cérebro ainda não está formado, e há tantas explicações fisiológicas para este fenômeno... Mas não quero crer na gratuidade deste dado; há necessariamente uma razão. A infância é frequentemente o campo dos prazeres primários, é para muitos o paraíso das alegrias simples e fáceis de saciar. Haveria seguramente um risco em lembrar-se de tudo isso. Eu me digo que nunca poderíamos nos tornar adultos se estivéssemos parasitados pela consciência dessa felicidade. Viveríamos permanentemente com uma nostalgia beata completamente paralisante.

minha chegada, esse ponto morto. Ela me disse que não dormira à noite, que a situação a contrariava *enormemente.* Telefonara para seus colegas diretores de estabelecimentos geriátricos, e todos evocaram casos similares. Mas, cada vez, tratava-se de pessoas senis, ou ao menos que já não estavam em posse de todos os seus recursos intelectuais. Um caso como o de minha avó permanecia raro. Ela me ofereceu então um café, ou um chá, ou o que eu quisesse, mas preferi partir. Eu não conseguia mensurar seu grau de sinceridade. Perguntava-me de fato se ela não encenava um pouco exageradamente o drama para que a deixassem em paz. Mas algo me irritava naquela babacona – pois agora que eu penso nisso posso escrevê-lo, é uma verdadeira babacona – , ou seja, essa sua maneira de querer suplantar meu mal-estar. Cheguei diante dela constrangido, angustiado, e sua encenação me lançou numa posição ainda mais desconfortável. Como se coubesse a mim reconfortá-la e dizer-lhe que tudo ia voltar ao normal. Ela não tinha o direito de fazer isso. Eu me lixava para que ela me oferecesse chá ou café: queria só que encontrasse minha avó.

Então saí muito rapidamente, sem supor que nunca mais voltaria a pôr os pés naquele lugar. Caminhei nas ruas vizinhas, guiado pela mesma incerteza que na véspera. Aonde ir? No momento em que me dizia que tudo isso não adiantava nada, que seria melhor abandonar essa busca inútil, aconteceu alguma coisa. É frequentemente assim, não? Passei em frente ao salão de beleza aonde minha avó ia amiúde. Por que eu não fora ali antes? A cabeleireira devia conhecê-la bem. Os cabeleireiros suscitam confidências, é sabido. Enfim, digo cabeleireiro, mas é válido para todas as profissões de cuidados. Todas as profissões em que o cliente está sentado ou deitado sem fazer nada. A palavra se libera mais facilmente. Era um salão bem pequeno, que vivia essencialmente graças aos cabelos brancos da casa de repouso. A cabeleireira principal certamente devia chamar-se Marilyn, minha memória falha, digamos que se chame Marilyn. Estava sentada num sofá, lendo uma revista. Quando me viu, disse:

– Oh, que bagunça!

– Eh... não, eu não venho por causa do meu cabelo, mas por causa da minha avó.

– Pena, havia coisa para fazer...

Por um instante eu me olhei no espelho. Eu saíra sem me dar ao trabalho de pentear-me; de qualquer modo, meus cabelos eram um povo revolto.

– Sua avó está onde? – perguntou Marilyn.

– Justamente, eu não sei.

– E você quer que eu a penteie? Quando você não sabe onde ela está?

– Não... Desculpe-me, eu não estou sendo muito claro... É exatamente que minha avó desapareceu, e como ela vinha muito vê-la... eu pensei... que a senhora talvez tivesse informações...

– Como ela se chama?

Dei seu nome, que não despertou nada na cabeleireira. Eu me pus a descrevê-la, tentando precisar alguns sinais distintivos. Nada ainda. Isso lhe lembrava vagamente alguma coisa, tão somente. Então tirei da bolsa um dos cartazes da velha, e em face da foto a constatação se impôs: ela não a conhecia.

– A senhora tem certeza?

– Sim... enfim, vejo tanta gente passar... espere... dê-me novamente o cartaz... ah, sim, ela veio... mas há vários meses, eu me lembro agora... uma mulher muito simpática...

– Há vários meses? Isso é tudo?

– Sim, eu não a revi desde então.

– Ela não veio novamente? A senhora tem certeza?

– Eh, sim... eu me canso um pouco às vezes, mas não saio dos trilhos. Ainda sei as pessoas que penteio.

– A senhora tem certeza?

– Precisa que eu lhe diga em chinês, ou o quê!?

– ...

Um silêncio se instalou entre nós, e subitamente ouvi barulho no depósito, um ruído muito leve, como uma discrição perdida. Perguntei logo:

– Há alguém mais aqui?

– ... Sim, é minha filha.

– Sua filha? Ela está lá... atrás da cortina?

– Sim, é minha filha... ela está brincando.

– Ela está brincando?

– Escute, jovem... eu não o compreendo bem...

– Posso ir ver?

– Quê?

– Atrás da cortina. Eu gostaria de ver atrás da cortina.

– Mas isso não está bem!?

– Por favor.

– Prefiro que você saia.

– Eu lhe peço.

– E eu, eu lhe peço que saia!

Ela me olhou direto nos olhos. Eu certamente era esquisito, mas estava longe de ser assustador. Creio que ela reconheceu a sinceridade de minha atitude, e finalmente disse: "Bom, está bem." Caminhei para a cortina e pensei que minha avó estivesse ali, que ela se escondesse ali desde o começo. Aquele barulho não podia ser senão ela. Diante de minha confusão e angústia, a cabeleireira decidira confessar tudo. Ela resistira um pouco, mas compreendera que era melhor pôr um fim a essa comédia que não era engraçada. Caminhei para a cortina, puxei-a lentamente, muito lentamente, e encontrei uma menininha sentada no chão brincando com uma boneca.

Recuei sem dizer nada e deixei a loja, sempre em silêncio. Eu acreditara naquilo, pelo espaço de um instante. Sim, eu avançara até a cortina com a certeza de que ela estaria atrás, e me dei conta do imenso absurdo de minha segurança. O que ela teria podido fazer no depósito abominável de um salãozinho de beleza? Eu fora tão estúpido... Peguei o trem para chegar à casa de meus pais, e, durante todo o trajeto, não parei de me achar ridículo. Foi somente quando cheguei, uma vez diante de meu pai, que subitamente compreendi tudo.

# 30

## *Uma lembrança de Marilyn*

*Era uma lembrança bastante recente. Um jovem entrara em seu salão e lhe dissera tremendo: "Pode parecer-lhe um pouco esquisito, mas eu gostaria de saber se a senhora ainda tem as mechas da moça cujos cabelos cortou há pouco... é minha noiva, e eu gosto tanto deles... então, acho um pouco idiota jogá-los fora assim... se a senhora ainda os tem, eu gostaria de juntá-los..."*

# 31

Não gosto das casas médias urbanas. Acho-as sinistras. Gosto das casas de campo ou dos apartamentos; gosto de poder escolher onde morar. Não sei por que sinto às vezes tamanha agressividade quando penso em alguns detalhes quaisquer da vida de meus pais. Eu poderia escrever linhas de ódio contra tais casas, tornar-me um panfletário contra elas, inventar teorias sobre as categorias socioprofissionais que tomam posse desses loteamentos bem arrumados, não sei, excitar-me, humilhar, desprezar. No entanto, não me importo com tais casas. Eu não me importo realmente. São pulsões que me invadem, não consigo dominá-las, e depois me acalmo. As coisas passam, nada é grave, vou simplesmente visitar meus pais.

Eu ia tocar a campainha, agora. E encontrei meu pai como nunca o vira. Seu rosto era uma queda; cada dia sua expressão caía um pouco mais. Uma atitude não enganava: ele deixava lacunas entre seus gestos, entre suas palavras. Interrompia cem vezes cada ação, já não havia realmente liame entre seus movimentos, tanto que davam a impressão de sobressaltos sucessivos. Ele era como uma emissão de televisão que se capta mal; mas eu não ia apesar disso bater-lhe nas costas, tão irracionalmente quando se bate às vezes no televisor pensando assim ter uma chance de consertá-lo (que estranheza). Depois de ter aberto a porta, ele levou quase dez segundos para dizer-me bom-dia, e um tempo suplementar para me convidar a entrar.

– Eu preparei café. Você toma café, hem? – disse ele caminhando para a cozinha. Eu o segui no corredor sem luz. – Sim, um café. Vou fazer-lhe um café, hem? Comprei café bom, você vai ver.

Bebemos então um café, sem dizer nada, de pé. Depois ele emendou:

– Você está com fome? Não está com vontade de beliscar alguma coisa, hem?

– Não... tudo bem, não estou com fome.

– Ah, bom, tem certeza? Realmente, eu sei o que é preciso. Você deveria comer alguma coisa. Isso lhe faria bem. Você tem certeza de que não está com fome?

– Bom... está bem...

Aliviado, ele pegou um pacote num armário. O fato de eu aceitar comer um biscoito o tranquilizava com respeito à sua própria existência.

– Como vai? – perguntei.

– Tudo bem.

– Você deveria ter me falado antes sobre mamãe.

– Quer outro biscoito? Você gosta destes, eu acho.

– Sim, obrigado. São muito bons.

– ...

– E mamãe? Por que você não me disse nada?

– Eu não sabia realmente. Foi ao mesmo tempo rápido e progressivo... senti muito rapidamente que não estava bem... e depois, alguns dias depois, ela estava completamente normal. Então eu não sabia muito.

– Ela está dormindo?

– Está no quarto. Está descansando, eu acho. Está sob efeito de antidepressivos.

– Ela sabe que estou aqui?

– Sim, eu lhe disse.

Nesse instante, tínhamos os dois esquecido a história de minha avó. Desamparado pelo ambiente que reinava na casa, não pensei em dizer-lhe o que me veio à mente após minha visita à cabeleireira. Eu estava desconcertado pelo teor daqueles últimos dias. Era tão estranho ter vivido tantos anos a salvo das dificuldades, ter navegado numa vida familiar pouco excitante, mas tranquila, e ser confrontado assim com vários dramas simultâneos... Eu tinha a impressão de que se pagava por esses anos frouxos, esses anos de não se preocupar. Era seguramente um pouco duro demais de viver. Eu procurava minha avó, perdia de certa maneira minha mãe e, em vez de avançar no corredor que leva a seu quarto, queria sair correndo. Queria fugir. Tinha minha vida para viver. Tinha um livro para escrever (meu fraco álibi). Não queria ter nenhuma responsabilidade, nunca. Queria que me esquecessem. E subitamente, pensando em tudo isso, eu me disse que essa vontade de apagamento era o que unia nossa família.

Entrei bem calmamente, sem bater. O grande sorriso que se esparramava no rosto de minha mãe foi um alívio. As palavras de meu pai me haviam angustiado. Uma vez confrontado à situação, ela me parecia menos grave do que eu temera. Minha mãe parecia feliz em me ver. No entanto, nossas relações se haviam tornado muito distantes, sem que eu soubesse realmente por quê. Provavelmente ela não me tomou o suficiente nos braços, quando criança, para que eu pudesse facilmente compartilhar essa ternura que ela me oferece às vezes. Mas então a beijei longamente, depois me sentei na beirada de sua cama. Mudei rapidamente de opinião sobre sua feição descontraída. Não era verdadeiramente ela, mas, antes, uma mulher sob efeito (medicamentoso). Uma vez mais, eu não sabia o que dizer. Então olhei todos os detalhes do quarto, um a um, tal como um náufrago procura uma boia, em busca de um assunto de conversa. Sobre sua mesinha de cabeceira, havia um ícone dourado, certamente uma santa, e isso me surpreendeu. Minha mãe sempre gostara de igrejas, estudara sua arquitetura e, como já disse, gostava também dos rituais. Mas isso nunca estivera ligado a nenhuma crença. Ao contrário, ela era bastante virulenta, e eu sempre a ouvira dizer: "A religião é para os fracos." Citava Nietzsche, parece-me. A presença do ícone pertinho dela havia pois de surpreender, como uma reviravolta absoluta de suas crenças, para não dizer uma confissão inconsciente de sua súbita fraqueza. Ela se agarrava como podia a imagens, a pequenos objetos, na esperança de que a salvassem de sua confusão. Do vazio que a oprimia. Em seus momentos esparsos de clarividência, ela se perguntava o que lhe ocorria, e dizia calmamente: "Tenho medo."

Durante sua longa carreira no ensino, havia sido várias vezes testemunha da depressão de alguns de seus colegas. Desgastados, exaustos, eles partiam para um tratamento de repouso. Sua profissão era difícil, nervosamente penosa, mas ela não compreendia como se podia derrapar assim. Abandonar da noite para o dia suas funções mentais. Ela pensava nisso agora que passava dias deitada tendo por única companhia o medo do próximo minuto. Perguntava-se por que se sentia tão mal. Nenhum sinal precedente havia anunciado a experiência que ela atravessava. Muito pelo contrário: pensara na aposentadoria como num eldorado de prazeres. Nos últimos anos, não cessara de sonhar com esse tempo que ela poderia dedicar a suas paixões. Poderia caminhar, ler, viajar, dormir. Seria a felicidade. Terminados os adolescentes agitados (eles o estavam cada vez mais ao longo dos anos; ela tinha pena dos professores do novo milênio), terminadas os exercícios por corrigir no domingo à noite, terminados os pais de alunos agressivos. No fim de seu último ano escolar, haviam-lhe prestado homenagem, e sua festa de despedida fora, segundo a opinião de todos, *muito emocionante.* Todo o mundo se cotizou para oferecer-lhe vales-presentes em uma agência de viagens: assim ela poderia partir *para onde quisesse quando quisesse.* Ela pegara todas as suas coisas, fechara uma última vez seu armário, e prometera, como todos os assalariados em final de carreira, passar ali de quando em quando para saber as novidades. Sua doença a impedia de fazê-lo. De qualquer modo, sem dúvida as coisas teriam acontecido exatamente como para meu pai: ela teria passado algumas vezes, antes de admitir que não tinha mais nada para trocar com os colegas atuais. E isso teria sido igual para os antigos alunos; os professores ficam tão contentes de revê-los, de saber o que eles se tornaram, mas após essas perguntas não há mais nada que dizer. O passado não pode alimentar mais que dez minutos de conversa. Ela com certeza teria se dado conta disso bastante rapidamente, e talvez tivesse antecipado a passagem da tristeza, evitando, pela depressão, viver toda a panóplia dessa forma de decadência.

Perto do fim do verão, ela sentira acontecer alguma coisa. Bem no início, pensara que estivesse ligada ao cansaço de suas viagens, mas não, não podia ser isso, ela dormira muito desde seu retorno. Era como uma mancha que progredia nela, em seu corpo e em seu espírito. Sim, era o que ela sentira: uma mancha. Era vago, impreciso, mas era a única palavra que lhe vinha ao espírito para definir o que a parasitava cada vez mais. Passara a falar bem baixo, a ter conversas consigo mesma, a ser incapaz de responder a meu pai. Já não queria falar. Foi o que ele acabaria por confessar-me. Já minha mãe me diria bem depois que o ponto de partida fora ver meu pai um dia inteiro diante da televisão, que fora essa visão o que a fizera transtornar-se. No mês de setembro, ela se encontrara sem volta às aulas, pela primeira vez depois de quarenta anos. Não pensara que o corpo pudesse estar submisso a um tipo de dependência dos ritmos. Ela passara uma manhã a arrumar os armários, a organizar velhos livros, e a preparar o almoço. Durante essa mesma manhã, meu pai não fizera nada, nem um mínimo gesto. Ficara como que prostrado diante da televisão, a ver os programas de vendas. Parecera até maravilhado com essa máquina que permitia fazer esporte dormindo; observara por um instante seu tronco para tentar imaginar mentalmente o lugar das ventosas aspiradoras. Meus pais estavam nas primeiras horas da aposentadoria, e isso teria podido ser maravilhoso. Meu pai teria podido dizer: "Venha, vamos passear... venha, vamos a Honfleur para almoçar... venha, vamos ao cinema...", mas não, ele não dizia nada, ficava lasso em sua nova condição. O surgimento do sombrio tivera algo de brutal. Habitualmente, a vida rói sorrateiramente os dias e não se impõe logo no início. E daí? O que iria acontecer? As únicas saídas de meu pai consistiam em ir visitar sua mãe na casa de repouso. Voltava de lá abatido. Durante anos, meus pais haviam mascarado a lassidão com sua vida profissional. Tinham agora de se confrontar com sua vida simplesmente, e nenhum dos dois tinha energia para criar a ilusão. No entanto, estou convencido disto, havia ainda amor entre eles. Certamente, nunca fora um amor explosivo. E eu sentia perfeitamente que não fora fruto de uma paixão. Mas esse amor existia. Um amor que ainda estava bem presente, no olhar assustado de meu pai diante dessa situação nova.

Talvez seja o momento de contar como meus pais se reviram após sua estranha primeira vez.[7] Depois da estranha pulsão que provocara nele a visão daquela jovem, meu pai voltou para casa. Uma vez calmo em seu quarto, ele reencontrara uma forma de lucidez. Por que ele, que sempre fora um temível exemplo de discrição, se havia precipitado para aquela moça? Que vira ele de tão particular em seu rosto para que ela o tocasse assim tão em cheio no coração? Era a manifestação súbita de uma vida anterior? Ou talvez fosse isso que as pessoas chamam de paixão à primeira vista? E, neste caso, por que ele não buscara conhecê-la em vez de fugir dela? E por que pronunciara tal frase? Ele se afogava na incompreensão de seus próprios sentimentos, na arritmia barroca dos batimentos de seu coração. Os dias passaram, sem que sua obsessão cessasse de rodopiar em torno daquela moça. Não dispondo de nenhuma informação sobre ela, não podia reencontrá-la. Ele se diz que sua única chance seria espiar a saída da igreja, esperando que ela voltasse ali um dia (escrevendo estas linhas, dou-me conta subitamente de que empreendi a mesma iniciativa anos depois, indo regularmente me recolher num túmulo na esperança de rever uma desconhecida; não consigo escapar; meu inconsciente terá me levado a reproduzir uma história que eu conhecia? Assim, meu pai, que

---

[7] Se por acaso você saltou páginas ao ler este livro, o que me entristeceria, pode sempre se reportar aos capítulos 8 e 10 a fim de refrescar a memória.

nunca me transmitiu nada, talvez fosse uma influência subterrânea que agiu sobre meus gestos, repousando nossa ligação sobre sombras). Todo dia ele ficava diante da igreja. Em vão. Minha mãe fora visitar aquele lugar uma única vez e não tinha nenhuma intenção de voltar ali. Eu não sei quanto tempo durou a obstinação de meu pai em seguir essa pista incerta, mas sei que teve prazer em viver essa parte um pouco irracional de sua existência, essa parte que ninguém conhecia. Todo o mundo o considerava um jovem adulto sério que começava uma bela carreira no banco. Ninguém podia supor que seu coração batesse de maneira estranha, para não dizer demoníaca. Ocorria-lhe dizer-se que tudo aquilo era ridículo: "Eu sou louco de vir aqui. Nunca vou revê-la. Pior: se a revisse, não tenho certeza de que poderia falar-lhe. Tudo isso não tem nenhum interesse." Ele decidiu finalmente parar. Iria uma última vez, seria a última chance do acaso.

É claro, ela não foi. Mas aconteceu algo naquele dia. Havia um casamento. Meu pai decidiu misturar-se à multidão dos convidados. Aos amigos da noiva ele disse ser um amigo do noivo; e aos amigos do noivo ele disse ser um amigo da noiva. Era uma bela cerimônia, emocionante, o tipo de cerimônia que dá vontade de casar também. A noiva estava linda, uma jovem mulher russa, um pleonasmo. O noivo parecia submeter-se aos costumes ortodoxos por sua mulher, e podia sentir-se o cheiro de sua felicidade apesar da difusão abundante dos incensos. No momento da saída da igreja, uma mulher veio ver meu pai.

– Você... você não faz parte dos convidados.

– Quê? É claro que sim...

– Eu tampouco sou convidada. Acho bonitos os casamentos ortodoxos, e por isso entro de penetra.

– Mas eu sou convidado...

– Bem, eu acabo de dizer que tampouco sou convidada; então pare. Aliás, é muito mais discreto fazer isso a dois. Se ficarmos juntos, teremos um ar realmente crível.

Foi assim que ele encontrou Agathe. Tanto faz dizê-lo imediatamente: foi a partir de Agathe que começou a cadeia humana que levou meu pai à minha mãe. Era uma jovem atriz, particularmente apreciadora das cenas de improviso. Todas as segundas-feiras à noite, ela fazia um espetáculo com seu grupo. Eles pegavam num chapéu, ao acaso, assuntos bizarros como "Risoto e Gestapo" ou ainda "Veneza e Alzheimer". E deviam inventar situações. Agathe convidou meu pai a assistir a uma de suas apresentações. Fascinado e maravilhado por todos aqueles jovens capazes de elaborar histórias a partir de nada, aqueles verdadeiros gênios da eloquência, ele se tornou um espectador assíduo. Na segunda-feira à noite, sua vida de banqueiro derrapava no artístico; sua vida descansava dos créditos imobiliários. Não sei quantas vezes ele foi ao teatro, nem sequer a natureza exata de sua relação com Agathe, mas me parece que *o fato determinante* se produziu muito rapidamente. No coração do tema "Romantismo e Sodomia", um ator se pôs de joelhos diante de uma moça e lançou: "Você é tão linda que eu prefiro nunca mais revê-la." Meu pai foi tomado por uma profunda surpresa. Era a *sua* frase. Como era possível que aquele rapaz tivesse podido dizer exatamente as mesmas palavras? Depois da apresentação, foi vê-lo para perguntar-lhe a fonte dessa réplica:

– Às vezes, quando se improvisa, já não se sabe realmente de onde saem as frases. Nem sempre conhecemos a origem do que nos inspira...

– Ah...

– Mas quanto a esta frase eu me lembro. Foi uma amiga que me contou esta história. Um sujeito a abordou na rua para dizer-lhe isso.

– Ah é? – balbuciou meu pai...

– Sim, um sujeito um pouco esquisito, pelo que ela me disse. Um tipo de psicopata. Mas eu não estava de acordo com ela. Achei esta frase genial. E lhe disse que o sujeito devia ser formidável.

– Obrigado...

– Por que obrigado?

– Eh... não, por nada...

Meu pai perguntou como era aquela amiga. A descrição correspondia. Ele encontrara seu rastro de maneira muito surpreendente. Era um romance. Depois de um tempo, ousou (ele fazia um esforço sobre-humano para tratar por você todo o mundo, porque Agathe lhe explicara que, no espetáculo vivo, as pessoas se tratavam por você):

– Sei que isso vai lhe parecer esquisito... mas eu gostaria muito que você me apresentasse essa moça.

– Ah é, por quê?

– Estou escrevendo um livro... enfim... não é um livro... mas antes uma coletânea... onde eu coleto todas as informações... sobre as moças que se deixam abordar. Isso sempre me intrigou... eu lhes peço que me contem suas melhores histórias... o que dizem os sujeitos que vêm vê-las na rua... e, depois, se elas já tomaram café com um desconhecido.

– Ah, sim... é um assunto lindo – disse o ator, interessado, contrariamente ao espanto sustentado de Agathe:

– Ah é? Você escreve? Você?

– Sim... isso me ocorre...

– Ah é? Você? Você escreve? – repetira ela pesadamente.

Meu pai tinha, pois, de admiti-lo: ele fazia parte dessa categoria de seres humanos em quem a possibilidade de um empreendimento literário parecia tão improvável quanto a conquista de Marte em cima de um camelo. No entanto, ele não se perturbou:

– Sim... eu escrevo... e daí? Podemos querer nos tornar banqueiros e escrever. Não é incompatível, que eu saiba.

– Tudo bem... não se melindre... isso me surpreende um pouco, é tudo.

Meu pai ficara surpreso com sua própria altivez. Era como se ele levasse uma vida covarde e frouxa, mas, desde que se tratasse de minha mãe, ele encontrasse as palavras e os recursos para enfrentar todas as situações. Ele era como um super-herói cuja única missão seria conquistar o coração daquela desconhecida. Respondera com segurança a Agathe, e sobretudo tivera essa ideia do livro, que era absolutamente crível. O ator deu o telefone de minha mãe, e meu pai lhe ligou para convidá-la a um encontro.

Foi assim que meus pais se reencontraram num café. Minha mãe reconheceu imediatamente o louco que a abordara. E ela o achava ainda mais louco agora que ele estava diante dela, após ter inventado aquela história de entrevista para um livro. Mas, um pouco como dois sinais de menos formam um mais, as duas loucuras superpostas tiveram capacidade de se positivar. A história se tornava tão estranha, que minha mãe ficou mais intrigada que preocupada. E depois ela estava num café: que podia lhe acontecer? Enfim, e era um elemento por não negligenciar, crescia nela o sentimento irreversível do narcisismo, sentimento que toda mulher normalmente constituída tem diante da manifestação de um homem que demonstra tal astúcia para revê-la. Ela se pôs então a achar bonita aquela história, e mais ainda à medida que meu pai tentava contá-la, com um sem jeito evidentemente tocante. Ele evocava o momento em que a percebera na saída da igreja, depois as horas em que tanto sonhara em revê-la. Minha mãe pediu alguns detalhes, e mais detalhes, para que essa paixão que ela suscitara tomasse o aspecto de um romance russo. Ela aceitou um segundo encontro, para conhecer melhor aquele estranho jovem, mas isso não tinha importância tão grande. Não importava o que acontecesse, ela navegaria sobre sua primeira impressão: ninguém nunca a desejara assim. Pode-se estabelecer uma vida sobre esse sentimento. Sobre o sentimento de existir de maneira tão viva no olhar do outro. No fundo, meu pai teria podido ser qualquer um, fazer qualquer coisa, ele despertara em minha mãe (de maneira explosiva) o que cada um traz em si: a esperança de ser loucamente amado.

Passaram-se os anos. Não sei como foi sua vida antes de meu nascimento. Sei que eles esperaram muito tempo antes de decidir fazer um filho. Viveram e viajaram. Depois eu cheguei. Tenho a lembrança de haver crescido num lar pacífico, para não dizer extremamente calmo, e a vida avançou com uma doçura um pouco triste. Atribuo com certeza minha melancolia a essa tonalidade. Agora, eu os deixei. Agora a aposentadoria chegou. E agora, continuamos.

Observo sempre o ícone que está perto de minha mãe com o sentimento de que é recíproco. Eu sei, é absurdo, mas se diria realmente que a santa me olha. Ela me interroga sobre minha vida, sobre minhas escolhas, aí está o que me digo. É talvez ela que seja a causa da depressão de minha mãe. E eu vou ficar louco também, de contemplá-la assim. Minha mãe continua a sorrir-me, sempre um pouco beatamente, e durante esse tempo eu procuro as palavras justas. São as mais duras de encontrar, elas se escondem no fundo de nós, mas não deixam nenhum indício quanto ao caminho a tomar para tocá-las. Eu lhe digo que ela é ainda tão jovem (argumento básico, um pouco patético)... Depois tento, miserável representante comercial da vida, exaltar-lhe tudo o que ela poderia ainda viver.

– Mamãe, você poderia escrever um livro sobre as igrejas ortodoxas. Você conhece tão bem o assunto...

– Você é gentil, mas não tenho vontade de escrever.

– É pena, é sempre apaixonante quando você fala disso.

– Obrigada, meu querido.

– Quer descansar? Quer que eu a deixe?

– Não, estou bem com você. Agrada-me que você tenha vindo.

– Sabe que estou aqui. Você me telefona quando quiser e eu venho.

– Você é gentil. E sei que você se preocupa com sua avó. Como vai ela?

– Ela vai... bem... ela manda um beijo.

Não sei se consigo transcrever a ternura dessa troca. Era a primeira vez que eu conversava assim com ela. Falávamos lentamente, e havia uma beleza nessa lentidão. Como se cada sílaba tivesse um valor. Eu sentia sua fragilidade e seu mal-estar, mas tinha esperança de que eles fossem passageiros. No momento, era preciso envolvê-la. E cuidar dela. O que fizera meu pai não a informando do desaparecimento de sua mãe. Devia ser duro para ele não poder compartilhar a gravidade desse momento;

e talvez até tivesse encontrado algum conforto ao evocar com sua mãe a crise que atravessava sua mulher. Seu barco fazia água por todos os lados.

Acariciei furtivamente os cabelos de minha mãe; eu estava tranquilo. Mas ela me disse:

– Mande um grande beijo meu à sua mulher.

– Que mulher?

– É, bem, sua mulher.

– Mas eu não sou casado, mamãe.

– Oh, pare de rir de mim. Não é o momento. E, depois, você pode dizer-lhe que venha me ver também. Ela é tão gentil. É uma pérola que você encontrou.

Eu via no olhar de minha mãe a que ponto ela estava séria. Ela me acreditava casado, e eu a sentia capaz até de descrever a cerimônia. Hesitei por um instante quanto a forçar a barra de seu delírio, só para saber que cara teria minha mulher em sua imaginação. Se isso acontecesse, eu teria ali uma mulher muito bonita; uma mulher meiga e amante, uma suíça com longos cabelos lisos. Talvez minha mãe torcesse sua realidade para nela deixar aparecer o fantasma de minha felicidade. Meu sonho momentâneo escondia minha incerteza. Que dizer num caso como esse? Apaziguar a loucura do outro aceitando a nova realidade, ou lutar sem trégua para trazer a incoerência para o campo da verdade? Hesitei um momento entre essas duas possibilidades, antes de dizer:

– Sim, ela vai muito bem. E ela manda um beijo. Ela lhe deseja um pronto restabelecimento.

– Você fez realmente muito bem em casar-se com ela.

– Sim, eu sei, mamãe. Tive a sorte de encontrá-la...

Deixei minha mãe. Ao sair de seu quarto, fiquei um instante no vão da porta. Eu a observei, sem ela saber. Ela resmungava alguma coisa que eu não podia distinguir. Uma sucessão de palavras em forma de lamento. Depois ela pegou o ícone e fechou os olhos apertando o objeto muito fortemente contra o coração.

Meu pai estava ainda na cozinha. Exatamente na mesma posição que antes. Ele logo me perguntou:

– Então? Como você a achou?

– Não sei bem. Ela estava calma... e bem normal no início. Mas depois começou a falar de minha mulher.

– Ah... sim... o médico disse que é muito frequente... as crises de delírio...

– Que mais ele lhe disse?

– Disse que isso acontecia frequentemente, as violentas depressões no início da aposentadoria. Sobretudo com os professores, ou nas profissões que se baseiam num ritmo muito regular.

– Ah, é?

– Sim, foi o que ele disse. É bem reconfortante.

– E ele lhe disse quanto tempo isso podia durar?

– Oh, depende... em geral não é muito demorado. Após um ou dois meses de tratamento, melhora. Mas às vezes... pode durar mais tempo... bem, creio que não se pode realmente prever. É variável. Como tudo o que acontece na cabeça.

Era mais simples confessá-lo. Ninguém tem domínio real sobre a depressão. Eu me dizia que tudo podia acontecer; e pensava no pior, necessariamente. Eu ia ser surpreendido pela sequência de acontecimentos, mas naquele instante eu estava perdido. Meu pai e eu estávamos perdidos. Ele me ofereceu de novo um café. Eu disse sim. Ele me ofereceu de novo um biscoito. E eu disse sim. Deixamos transcorrer um silêncio, e depois anunciei:

– Creio que vovó planejou sua fuga.

– Quê?

– Tenho até certeza disso.

– Por que diz isso?

– Ela nunca foi ao cabeleireiro. Há meses ela guarda o dinheiro que você lhe dá.

Contei a meu pai minha visita ao salão de cabeleireiro. Essa informação confirmava nosso pressentimento. Nossa angústia se atenuou; ela ainda estava viva, podíamos temer que ela caísse ou que lhe acontecesse algo grave, mas os pensamentos sórdidos do início já não tinham razão de ser. Isso não impedia o mal-estar da verdade: ela partira sem nos avisar. Nós nos tornáramos estrangeiros para ela. Ela fugira de livre e espontânea vontade. Isso me assustava tanto quanto me fascinava. Sim, creio que senti naquele momento um tipo de admiração por ela.

## 32

### *Uma lembrança de Friedrich Nietzsche*

*A vida de Nietzsche se acabou uma dezena de anos antes de sua morte. É o que suas biografias chamam de "episódio do desmoronamento", que ocorreu em Turim, em 1889. Ele mergulhou num estado quase vegetativo, entremeado de violentas crises e de iluminações delirantes de seu passado. Principalmente em torno de sua história passional com Lou Andreas-Salomé. Esta russa, que se tornaria a musa de Rilke, foi o grande amor de Nietzsche.*

*Um amor insuportável, no sentido primeiro da palavra, tanto que a irmã do filósofo teve de afastar a jovem mulher para protegê-lo. Fragilizado por esta história, ele se pôs então a consumir muitos medicamentos, e, para muitos especialistas, está exatamente aí a fonte do que seria seu transtorno fatal alguns anos depois. Obcecado por sua história com Lou, e principalmente durante uma longa errância estival na Itália, Nietzsche escreveu ao amigo Franz Overbeck a incessante dor que pode tornar-se uma lembrança: "Sofri lembranças vergonhosas e dolorosas deste verão como uma loucura. Chamo em meu socorro todo o meu governo sobre mim mesmo, mas vivi tempo demais na solidão e me alimentei tempo demais de minha 'própria substância' para não ser, mais que qualquer um, esquartejado pela roda de meus próprios sentimentos."*

## 33

Apesar da gentileza de meu patrão, eu quis voltar a trabalhar. Queria ocupar minhas horas concretamente, e talvez também exaurir-me de fadiga. Naquela noite, quando me instalei atrás do balcão, experimentei um estranho bem-estar. Senti que meu lugar era ali. Não era um hotel especialmente encantador, não era um trabalho particularmente excitante, mas aquele perímetro, que era o meu havia já vários meses, me oferecia o que eu procurara por muito tempo: uma forma de estabilidade. Eu me sentia como numa moldura. Quando estava pendurado naquele lugar, já não havia extravio possível.

Gérard estava lá. Para poder responder às suas questões, tentei selecionar os últimos acontecimentos. Mas ele sentiu que eu não tinha muita vontade de falar. Ficou lá, sentado na entrada, antes de anunciar subitamente:

– Eu talvez devesse vender meus dois outros hotéis, só manter este aqui, e aproveitar a vida...

– ...

– O que você acha disso?

Não vejo como eu pudesse ter uma opinião. Tive de dizer que era com certeza uma boa ideia, como dizem os que não sabem. Ele acrescentou:

– Eu poderia lhe deixar este aqui para gerir, quando eu não estivesse aqui. Você poderia tornar-se sócio.

– ...

– Isso lhe interessa?

Isso me interessava? Era essa a sua pergunta? Mas o que é que eu sabia disso? Os últimos acontecimentos quase me haviam feito esquecer que eu tinha uma vida para viver. Já não tinha realmente ideia de nada. Tentei retomar o curso dos acontecimentos. Procurara um lugar num hotel para trabalhar à noite, para viver o clichê do jovem que escreve. O resultado não fora glorioso, eu não tinha sobre o que escrever uma novela. Mas, bem, eu sentia que isso vinha, que as ideias progrediam em mim, era como um nascimento anunciado. Eu fora atraído pelos hotéis por esta razão literária, certamente não para fazer uma carreira em hotelaria. Por outro lado, era uma oportunidade formidável. Era pouco provável que eu ganhasse um dia a vida com livros; assim, o que fazer? Nada. Eu não devia fazer nada. Expliquei que não podia responder imediatamente. Ele me disse que não havia pressa, era só uma ideia, sobre a qual eu deveria refletir. Tudo era simples com ele.

E depois ele se pôs a me falar de sua mulher. Era a segunda. A primeira partira para a Austrália com suas duas crianças: "Há mulheres que o deixam, tudo bem, mas a mim, quando me deixam, partem para o fim do mundo!", disse ele rindo. No entanto, aquilo devia ter sido terrível. Não a separação de sua mulher, pois seu casamento não funcionava, mas a de suas crianças. Escutando-o falar delas, e principalmente do filho, que tinha mais ou menos minha idade, eu compreendia melhor a relação paterna que ele mantinha comigo. Enfim, é assim que eu analisava um pouco facilmente sua benevolência espontânea. "É incrível a modernidade. Nós nos falamos por Skype. Eu escuto suas vozes, eu os vejo. Tanto que já não sei muito bem há quanto tempo não os vejo realmente..." Ele me abreviou detalhes sobre a vida deles; bem no começo, eu não compreendera bem por que ele quisera desenrolar assim diante de mim sua biografia. Era sua maneira de preencher o vazio, de não me deixar sozinho a remoer minhas angústias. Se eu não quisesse falar de mim, muito bem, ele ia falar dele. Ele emendou e continuou seu discurso com o aparecimento de sua segunda mulher. Explicou-me que ficara estupefato ao constatar a repetição do esquema amoroso com ela; tudo fora, menos as crianças, exatamente como com sua primeira mulher. Atravessavam uma crise profunda (naquele dia, teria me surpreendido que alguém estivesse bem em algum lugar), mas ele acreditava tê-la superado. Nos últimos tempos, ele compreendera muitas coisas; compreendera que sob seu ar gentil se escondia um solitário, para não dizer um egoísta. Ele era incapaz de dar o que esperavam dele. Havia feito uma terapia, e seu analista lhe perguntara: "Em sua opinião, por que você investiu em hotéis? Pensa que existe uma razão inconsciente atrás dessa escolha?" Esta pergunta o perturbara. Ele admitira que a fuga fora o motor de sua vida. Havia pouco tempo, tinha o sentimento de querer pousar. Vender seus hotéis era uma maneira de dizer à sua mulher: "Eu estou aqui."

Ele não parou essa noite de me exaltar sua proposta: "Eu preciso de alguém como você. Alguém sério. Sei que você é também sonhador. Sei que é escritor. Vê-se em sua cara que vai escrever um bom romance. Você poderá tirar folgas quando quiser para poder avançar. Mas precisa também da concretude para escrever. É o que eu penso. Não se pode criar no vazio, sem ter referências, horários. Olhe a vida dos grandes artistas: todos eles têm limitações." A escutá-lo, eu ia me tornar James Joyce aceitando seu contrato por prazo indeterminado. Escrevo isso e, ao mesmo tempo, sabia a grande parte de verdade de seu discurso. Trabalhar à noite, com horários regulares, me fizera um grande bem. A inspiração não viera, mas, pelo menos, eu tinha o sentimento de ter feito faxina em minha confusão. Neste ponto ele tinha razão. E depois, incessante versatilidade, eu mudava de opinião. Pensava que todos os grandes artistas haviam nascido do vago, do vazio, da instabilidade. Eu queria deixar tudo, não ter nenhuma amarra, encontrar as palavras na loucura do incerto. Os romances não se escondiam entre as horas fixas, não era possível. Escondiam-se na desordem, na ausência de limitações, e até de moral. Os romances escondiam-se na infidelidade. E, ademais, eu podia de novo mudar de opinião.

Eu não sabia nada, no fundo, sobre o caminho por percorrer; ninguém nunca conhece o caminho que deve tomar para ir aonde quer. Havia somente a confusão. A inspiração viria talvez dali, surgindo da neblina.

A ideia de fuga me fez recair necessariamente na de minha avó. Quando eu pensava nisso, era atravessado pela dúvida: eu precisava sistematicamente de alguns segundos para ter certeza de que essa história de desaparecimento era bem real. Muitas vezes, tentei colocar-me em seu lugar. Aonde eu iria, em sua idade, se quisesse fugir? Era difícil de imaginar. Era complicado tocar mentalmente aquela idade, mesmo que eu sempre tivesse tido uma relação muito estreita com a velhice. Aos dezesseis anos, fora operado do coração. Aquilo de que eu sofria não ocorria senão em pessoas idosas, e eu me lembro perfeitamente da expressão do médico quando me disse: "Você deve ser velho." Eu pensava frequentemente nisto, nessa senescência que me dava uma forma de lassidão crônica.[8] Mas essa operação despertou em mim sobretudo a sensibilidade que me permite observar os mundos ocultos da sensualidade; e se estou aqui, a escrever, é unicamente porque meu coração saiu dos trilhos num descarrilamento das idades. Esta proximidade com a velhice e a ligação que me unia à minha avó não me permitiam, no entanto, pensar em seu lugar. Eu não tinha nenhuma ideia do lugar onde ela podia estar. Compartilhei esta interrogação com Gérard, e foi então que ele me respondeu de maneira tão bela: "Em seu lugar, eu me refugiaria numa lembrança." Sim, foi o que ele

[8] Evito comentar na passagem a senilidade de minhas grandes paixões: a sopa e a Suíça.

disse, e depois acrescentou: "Eu iria para um lugar onde eu fora feliz. Em sua idade, é certamente o que eu faria." Ouvindo-o, senti uma grande emoção; ele devia ter razão. A fuga não podia deixar de ter ligação com uma tentativa de reencontrar a beleza.

## 34

### *Uma lembrança de Gérard*

*Ele voltara para casa, um pouco mais tarde que de costume, atravessara sua sala sem nem a olhar, e depois se deitara em sua cama. Notara a ausência de sua mulher e de seus filhos, mas não se preocupara realmente. Pensara que haviam ido ao cinema ou ao restaurante sem avisá-lo, isso era tudo. No entanto, já era mais de meia-noite, e se Gérard tivesse estado um pouco mais consciente da situação teria imediatamente suposto que algo não tinha lógica. Ele conseguiu no entanto adormecer, e foi somente no meio da noite, num sobressalto enfim preocupado, que percorreu o apartamento em busca de um membro de sua família. Em vão. Dirigiu-se então à cozinha para tomar um copo d'água. Através da janela, notou o nascimento ainda hesitante do dia, e encontrou um bilhete sobre a mesa. Ainda aturdido por seu recente despertar, não conseguiu imediatamente decifrá-lo. Foram-lhe necessários um ou dois segundos para enfim distinguir: "Nós fomos embora." Releu várias vezes estas três palavras, sem acreditar muito nelas, e depois seu olhar foi atraído por um pequeno P.S. na parte de baixo da folha. Sua mulher, que ia tornar-se sua ex-mulher, escrevera: "É a esta hora que você se dá conta disso?"*

# 35

Em todo lugar à minha volta, eu tinha a impressão de que tudo eram desaparecimentos. Os jornais só falavam de evasões, de fugas, de misteriosas escapadas. Tudo me lembrava minha avó, e eu não sabia se estava me tornando egocêntrico, ou se era sempre assim: quando se vive uma situação excepcional, nosso olhar sobre o mundo fica obnubilado por ela. Anotei numa folha de papel todos os endereços onde minha avó vivera, todas as histórias que eu conhecia dela, todas as pessoas que ela poderia ter tido vontade de rever. Mas tudo isso, posto de uma ponta a outra, não devia cobrir mais que 10% de sua vida. Que sabemos de uma pessoa? Muito pouco: damo-nos conta disso quando ela desaparece por sua livre e espontânea vontade. Frequentemente ouvi dizer que "um verdadeiro amigo é alguém que podemos chamar em plena noite quando nos encontramos com um cadáver nos braços". Não sei por quê, mas sempre gostei dessa ideia. Há pessoas que passam o tempo a perguntar-se o que fariam se ganhassem na loteria, e eu me pergunto a quem chamaria no dia em que tivesse de me livrar de um corpo (pois é muito pouco provável que eu ganhe um dia na loteria). Percorro a lista de meus amigos e hesito. Peso nos prós e nos contras de uma covardia eventual. E depois me dou conta de que a escolha é mais complexa do que previsto: gostar de um amigo é também evitar implicá-lo numa história tão sórdida quanto arriscada. É mais ou menos idêntico para um desaparecimento. Se eu viesse a fugir, penso que a única pessoa que poderia me encontrar seria justamente esse amigo que me ajudasse a me livrar deste cadáver que me estorva. Para continuar minha investigação, tentei imaginar que minha avó havia matado alguém. Mas finalmente admiti que eu não era muito bom em dedução. Eu era do tipo que se perde num labirinto de digressões. Então talvez fosse melhor recomeçar do zero a reflexão.

Saí para fazer compras no fim da manhã. Eu precisava tomar um café e embeber nele biscoitos champanhe. Havia um estranho sol para aquela época do ano, tudo se desregulava, e isso me dava uma sensação de esperança para o inverno vindouro. Chegando em casa, exaltação da rotina, peguei a correspondência. Em geral, não acontecia grande coisa em minha caixa de correio. Ela tinha esse ponto comum considerável com minha vida sentimental. E no entanto, naquele dia, no meio dos folhetos de promoção de carne e de anunciozinhos de chaveiros, encontrei um cartão-postal. Via-se a torre Eiffel. Era já muito surpreendente. Quem poderia estar em férias em Paris? Não é preciso dizer que eu precisava de café. Pois não compreendi imediatamente que não podia ser senão minha avó. Observei a torre Eiffel um instante, ela me parecia tão grande, mesmo naquele cartãozinho; depois, virei o cartão e logo reconheci as garatujas tão familiares. Era a primeira vez depois de quase três dias que se recebia um sinal de vida. Ela escrevera:

*Tudo vai muito bem, meu querido.*
*Acima de tudo, não se preocupe.*
*Eu saí para fazer um pequeno tour.*
*Um abraço bem forte, Vovó.*

Em volta dessas poucas palavras, ela desenhara dois sóis. Eu tinha a impressão de ler um cartão enviado por uma criança comportada. Logo telefonei para meu pai para avisá-lo. Senti em seu alívio uma ponta de decepção: por que ela não escrevera a ele? Enfim, isso não era importante no momento. Podíamos nos alegrar por ter a confirmação do que pensávamos. Mas, após termos digerido essa boa notícia, estávamos em face das mesmas angústias: não sabíamos ainda onde ela estava. Seu ato era pura loucura, ela não se dava conta do perigo que corria ao partir assim em sua idade.

– De onde ela postou a carta? – perguntou meu pai.

– Bem... de Paris, suponho.

– Sim, mas de que lugar? Olhe o carimbo.

Eu não pensara nisso. E era antes surpreendente que o pensasse ele. Talvez fôssemos mais complementares do que eu pensava...

– Está marcado Paris 9º, Agência Saint-Lazare.

– Eh, bem, então ela pegou o trem em Saint-Lazare.

– ...

– São os trens para a Normandia... Le Havre...

– Lá onde ela nasceu... – suspirei.

Deixamos transcorrer um silêncio. Era nossa maneira de admitir que não havia senão uma solução. Finalmente, meu pai disse:

– Eu não posso ir lá. Tenho de ficar perto de sua mãe.

– Sim, é claro...

– Eu não posso ir.

– Não se preocupe. Eu vou até lá.

Ele não podia ir, não tinha de me repetir. Mas era com certeza sua maneira de se convencer de que tomava a decisão certa. Meus tios teriam podido ir lá, talvez, mas teriam precisado de tempo para se organizar. Ora, nós não tínhamos tempo a perder. Imediatamente após desligar o aparelho, reuni algumas coisas. Era uma pista. Era talvez ridícula, mas era preciso tentar segui-la. Telefonei para meu patrão para avisá-lo de que estava de partida. É claro, disse-me que levasse o tempo que fosse necessário. Repensei em sua história de refúgio numa lembrança, ele talvez tivesse razão, eu sentia agora a quase certeza de que minha avó retornara aos lugares de sua infância. A história se acelerava subitamente.

## 36

### *Uma lembrança de São Lázaro*

*A vida de São Lázaro é conhecida graças à sua morte malograda. Marta e Maria, suas irmãs, derramavam lágrimas infinitas quando encontraram Jesus. Marta disse: "Senhor, se você tivesse estado lá, meu irmão não estaria morto!" Jesus respondeu então: "Seu irmão ressuscitará. Eu sou a ressurreição e a vida; aquele que crê em mim, ainda que esteja morto, viverá. E todo homem que vive e crê em mim nunca morrerá." Foi assim que, quatro dias após sua morte, Lázaro voltou à vida. E tornou-se um mito. Enquanto primeiro homem ressurgido das trevas, ele foi continuamente submetido às interrogações dos mortais: "Então, o que acontece quando se está morto?" Ele responderia sempre, lapidarmente: "Eu não sei. Não tenho nenhuma lembrança da morte."*

# 37

Passei para pegar o carro de minha mãe. E eu dirigia agora rapidamente na rodovia A13, para Le Havre. Parecia-me incrivelmente forte e romântico voar por aquela estrada, talvez por causa do filme *Um homem e uma mulher*, de Claude Lelouch. Certamente eu não ia ter com uma atriz em preto e branco, mas tentar encontrar minha avó. O ponteiro sensual se movera consideravelmente. Eu percorrera os primeiros quilômetros com a certeza de ir no sentido correto, de ter uma pista mais que séria, e à medida que a paisagem desfilava, minhas convicções se desgastavam. Talvez minha avó tivesse postado de propósito aquele cartão perto da estação Saint-Lazare para nos lançar numa falsa pista... Ela conhecia meu pai melhor que ninguém e podia certamente prever suas reações; a ideia de que ele tivesse podido deduzir tão rapidamente a possibilidade de uma fuga para a Normandia deixava-me agora perplexo. Era muito fácil para ser verdade. É preciso desconfiar das evidências. Mas nós não tínhamos nenhuma outra ideia do lugar onde ela pudesse estar. Esta via era talvez incerta, mas era a única que podíamos tomar.

Até então, eu detestara dirigir. Havia tirado a carteira, na ideia do movimento coletivo, quase de maneira dócil. As aulas de código me haviam divertido vagamente, com suas situações improváveis. Eu sabia desde o princípio que não era do tipo de cruzar com um cervo. No entanto, durante meu trajeto, eu fora atravessado por uma revelação. Parei num posto de gasolina na rodovia e enfim compreendi a beleza desse refúgio extrageográfico. Até aqui, eu não vira senão um lugar prático para comprar gasolina, tomar um café ou ir ao banheiro. Nunca compreendera sua poesia anônima. Eu queria ter meu tempo, comprar todos os tipos de coisas inúteis, passear entre as gôndolas de barras achocolatadas e de jornais desatualizados em promoção. Aquele dia, com todos os encadeamentos de uma situação que podia parecer sinistra, me parecia corresponder a uma mitologia pessoal que eu ainda não identificara. Eu me sentia bem na estrada, me sentia bem nesse posto de gasolina, e o carro até me aparecia subitamente como o cenário ideal de toda grande aventura. Pela primeira vez, compreendia os entusiasmados por viagem.

Le Havre se aproximava, e eu seguia a direção de Étretat como se meu itinerário estivesse num funil; logo me seria necessário pegar uma estradinha para chegar a meu destino final. Eu sabia que a casa de infância de minha avó não ficava na cidade, mas num vilarejo da região. Eu não tinha nenhuma ideia do lugar. Encontrei uma placa que indicava o Centro da cidade, e pareceu-me evidente que devia segui-la. Era a partir do Centro que devia começar minhas buscas. Praticamente nenhum motorista tomava a mesma direção; estávamos no meio do dia, ele próprio no meio de uma semana, que, por sua vez, estava no meio do mês de outubro. E eu chegava ao meio de lugar nenhum, no sentido de que eu não tinha ali nenhuma referência.

Passei na agência de turismo, e uma mulher me deu um mapa dos arrabaldes. Olhei o nome das cidades, e meu olhar parou sobre Sainte-Adresse. Devia ser agradável viver nessa cidade, era um nome tão lindo... A funcionária, feliz por ter enfim uma visita, me deu igualmente uma brochura que detalhava os serviços oferecidos pelos hotéis. Eu não havia pensado nisso, mas devia efetivamente encontrar um quarto para a noite. Agradeci-lhe vivamente, depois fui sentar-me num banco para analisar tudo isso. O que foi feito em menos de um minuto. Uma vez de pé, fiquei alguns segundos paralisado pela indecisão. Aonde ir? Virei o rosto para a agência de turismo; a mulher me olhava através do vidro, com certeza intrigada por meu comportamento. Nós nos sorrimos com constrangimento; eu porque não sabia o que fazer; e ela provavelmente porque não tinha nada para fazer. Foi então que uma intuição me fulminou. Afinal de contas, eu fazia uma investigação e devia interrogar o máximo de pessoas para coletar informações. Eu tinha sempre comigo a foto de minha avó. Podia mostrá-la a ela, não custava nada. As pessoas adoram dizer "quem não arrisca não petisca". Então, como que ditado por este adágio, retornei para vê-la. Ainda trocamos um sorriso, mas desta vez com uma ligeira ponta de cumplicidade no olhar, como velhos conhecidos.

– É... bem, é um pouco particular... permito-me incomodá-la... pois procuro minha avó...

– ...

– Eis... uma foto dela... se por acaso...

Ela pegou o cartazinho e disse logo:

– Ah, sim, ela veio aqui ontem. É muito simpática.

– Quê?!

– Que o quê?

– A senhora a viu?

– Acabo de lhe dizer. Eu trabalho meio período aqui e o outro período na prefeitura. Ela queria saber se tínhamos ainda os arquivos de sua escola. Ela viveu aqui nos anos 1930, é isso? É ela mesma?

– Eh... sim... E ela lhe disse onde está hospedada?
– No Hôtel des Falaises. Dê-me seu mapa, vou lhe mostrar.

Saí de lá abobalhado. Minha investigação durara menos de cinco minutos, e eis que eu localizara minha avó. Não podia ser mais simples. Não era possível. Ninguém podia resolver um enigma dessa maneira. Isso não tinha nenhum interesse. Ia necessariamente acontecer alguma coisa, um ressurgimento, um problema. Eu estava como que desapontado, quase decepcionado. Eu, que pensava investigar, farejar, seguir indivíduos, ser um tipo de herói moderno, eis que minha investigação terminava logo à primeira pergunta feita. Eu era talvez simplesmente talentoso.

Entrei de novo no carro. Depois de ter dirigido uns cem metros, estacionei diante do hotel. Era um prédio bem modesto, mas encantador, situado a uns cinquenta metros das falésias. Um senhor na recepção perguntou-me o que eu queria.
– Venho ver minha avó...
– Ela está na sala de jantar...
Eis o que ele respondeu, como se fosse evidente. É preciso dizer que estávamos em estação mais que baixa, e que ela era a única pessoa presente naquela hora. Ainda fiquei muito surpreso: eu a encontrara com duas perguntas. Avancei bem calmamente para aquela sala. A lenha crepitava: alguém tivera o bom gosto de fazer um fogo, apesar da temperatura amena. Ter-se-ia dito tratar-se de uma peça inglesa. Havia um relógio de parede bastante imponente que marcava cada segundo com a certeza arrogante de trabalhar para uma empresa eterna: o tempo. E, única pessoa presente, minha avó. De costas. Ela não me via.

Estava tomando um chá. Eu lamentava todas as impressões desprezíveis que sentira por causa da facilidade de minha investigação: estava tão feliz por reencontrá-la! Mais que feliz. Uma felicidade de grande força me invadia, meu coração sorria das situações loucas e luminosas que a vida pode às vezes oferecer. O momento me parecia de grande poesia. Aproximei-me dela, bem calmamente. Estava um pouco apreensivo por sua reação: ficaria ela contente por me rever?

## 38

*Uma lembrança de Claude Lelouch*

*O cineasta de* Um homem e uma mulher *frequentemente contou seus inícios caóticos. Seu primeiro filme,* Le Propre de l'homme, *foi um desastre. Na pré-estreia, o filme foi escarnecido, vaiado. O pai do cineasta assistiu a esse linchamento coletivo, e morreu alguns dias depois. Faleceu sem saber que seu filho obteria alguns anos depois, de maneira precoce e flamejante, a Palma de Ouro em Cannes. Há algo de terrível para um filho em pensar que seu pai morreu após tê-lo visto na pior posição profissional possível. Claude Lelouch disse ter pensado então em suicídio. Pior ainda, aquele filme se tornaria célebre graças a uma crítica terrível dos* Cahiers du cinéma*: "Claude Lelouch, lembrem-se bem deste nome, pois vocês nunca mais ouvirão falar dele!" Será preciso pois lembrar-se de não se lembrar; é, em minha opinião, um dos raros casos de lembrança ao* contrário.

# 39

Sim. Ela me tomou nos braços, dizendo-me baixinho: "Bravo." Ela decididamente não parecia compreender a gravidade das circunstâncias; era como uma menininha com quem eu teria brincado de esconde-esconde, que me felicitava por havê-la encontrado. Ela me sorria, com tanto encanto e malícia... Seu rosto já não era o mesmo. Sua fuga a fizera rejuvenescer pelo menos uma dezena de anos. Num momento, eu ainda assim tive de dizer-lhe que fora difícil para nós. "Ninguém me teria deixado partir", ela respondeu. Neste ponto, ela não estava enganada.

– Mas eu teria podido acompanhá-la. Teria sido mais simples que fugir assim... deixando-nos sem notícias.

– Eu queria fazer alguma coisa sozinha... você entende? Eu não aguento mais que decidam tudo por mim. Queria ser autônoma.

– Você o foi, com certeza. Quando penso que você planejou tudo há tanto tempo...

– Eu queria confidenciá-lo a você. Mas sabia que, diante do semblante desfeito de seu pai, você não poderia guardar o segredo.

– É verdade. Eu não teria podido. E não posso, aqui.

– Você vai lhe telefonar?

– É claro. É preciso tranquilizar todo mundo.

– Está bem. Tranquilize-os. Mas eu quero ficar aqui alguns dias. Tenho coisas por fazer. É seguramente a última vez que vejo tudo isto; por isso não nos apressemos... por favor.

Ela fingia frequentemente ser leve; portanto, eu ficava sempre surpreso quando ela se deixava levar pela gravidade. Ela estava profundamente séria, nesse instante. Tratava-se dos últimos dias da vida de uma mulher. Telefonei para meu pai para serenar seus temores. Ele repetiu várias vezes: "Oh, é incrível, você já a encontrou... oh, é incrível..." Eu sentia que ele sonhava com uma vida em que todos os problemas se solucionassem assim, num tipo de facilidade majestosa. Sua maneira de encadear esta frase enrolada significava também que ele se sentia perdido em face do comportamento de minha mãe. Com ela, isso não seria tão simples. Ele teria podido pegar qualquer carro, singrar todas as rodovias possíveis, ele sentia perfeitamente que já nenhum caminho levava à sua mulher. A loucura roía o terreno, já não se podia localizar minha mãe: ela estava alhures.

## *Uma história na história*

A situação era excepcional, e consequentemente a conversa o foi também. Durante o jantar, minha avó me contou sua infância com luxo de detalhes. Era a primeira vez que ela tomava um tempo para evocar assim seu passado. As lembranças, recolocadas em seu contexto, pareciam ter subido à superfície. Ela sempre tivera uma maneira de interromper seus relatos por pudor, mas não era o caso naquela noite. Eu conhecia o drama que representara para ela o fato de ser obrigada a deixar a escola, mas não sabia muita coisa de todos aqueles anos que a levaram até meu avô. Eu podia reconstituir a trama do romance familiar, agora. A crise americana de 1929 e suas repercussões alguns meses depois na Europa os haviam, pois, obrigado a tomar a estrada. Fora preciso ir de cidade em cidade e oferecer a mercadoria da loja de ferragens nas praças. Muitos outros comerciantes tiveram de se separar das paredes de seu comércio; eles haviam se reunido para formar mercados e feiras itinerantes. Era um pouco como a vida desregrada das pessoas do circo, com a diferença de que meu bisavô vendia pregos em vez de ser palhaço. Após o início extremamente difícil em que eles tiveram às vezes de recorrer à sopa popular, pouco a pouco conseguiram sair daquela situação. Minha avó ajudava na empresa familiar e esquecia progressivamente esse tempo em que fora uma menininha. Seu pai lhe comprava um livro por mês, e ela o lia e relia até o mês seguinte. Em sua caravana, ela brincava frequentemente de imaginar-se numa sala de aula: ela era a professora que dava os deveres ou punia uma aluna insolente; ela era uma aluna que executava docilmente as ordens de uma professora imaginária. Seu passado continuava assim pela brincadeira. Eu gosto tanto dessa capacidade das crianças de se proteger da infelicidade pela fantasia... Além disso, já não sabemos muito bem como nos proteger, fazemos água por todos os lados.

Lentamente, a situação melhorou. Os anos 1930 conheceram até um período de euforia com as primeiras férias remuneradas. Os franceses saboreavam o tempo livre, descobriam com estupefação esta estranha ideia: a vida pode oferecer outra coisa além de trabalho. No fundo, a história de um país alterna períodos de crise e períodos de despreocupação, e é com certeza pela despreocupação que a crise pode nascer. Esse comércio de imagens da felicidade vendida aos franceses, quase o nascimento do marketing de massa, escondia a subida ao poder do horror. Meu bisavô trabalhava duro, mas tinha tempo de jogar cartas no domingo, fumando seu cachimbo. Ele não podia saber que esse período pacífico não duraria muito tempo. Em breve ele estaria como um babaca, deitado atrás da trincheira mais babaca que existe. A linha Maginot é o símbolo da despreocupação dos anos 1930; alguns franceses ainda estão surpresos com que se tenha podido contornar uma linha de defesa que acaba, no entanto, em algum lugar.

Durante meses, a moça não teve nenhuma notícia do pai. Ela passava noites com a mãe a escutar o rádio, a espreitar as informações, mas ignoravam tudo sobre o destino dos prisioneiros. Se ele havia sido morto em combate, elas o teriam sabido. A família estava doravante instalada em Paris, na Rua de Paradis. Sim, não se imagina viver o horror e a angústia nessa rua. Era um pequeno apartamento, com uma minúscula sacada de onde elas podiam ver os soldados alemães, cada vez mais numerosos, invadir a capital. Os vizinhos e os parisienses que eles encontravam se espantavam ao constatar que nada mudava realmente. Os alemães eram até bem corteses, para não dizer benevolentes. Começavam um período de colaboração, e não havia como fazer um drama com tal palavra. Alguns não hesitavam em dizer que essa guerra faria bem, livrando-nos a baixo custo de todos os parasitas e outros metecos. Sim, eu posso lhe dizer, senhora, há algo de bom nessa ditadura do bigode.

Apesar da calma aparente, continuava complicado ter notícias dos prisioneiros. O regime de Vichy, em entendimento cordial com o ocupante, prometia estabelecer muito rapidamente a lista de soldados franceses retidos em cativeiro. Entre os feridos, os mortos, os desertores, nem sempre era fácil encontrar um homem perdido no meio da multidão dos homens. Era preciso compreender a lentidão da burocracia. Quando as primeiras informações chegaram, seu nome ainda não aparecia em nenhum lugar. Cada um responsabilizava o outro pela confusão. No início de setembro, um funcionário subalterno aceitou receber minha bisavó: "Escute, eu acho que seu marido desapareceu." Como assim, desapareceu? Ela ficou com uma raiva extraordinária. Não tinham o direito de dizer uma coisa assim. Ela teria podido entender o relato de uma atrocidade, mas não isso. O incerto a deixava louca. O homem acrescentou, como que provocado pela irritação da mulher perdida que ele recebia: "Ele talvez tenha desertado e esteja escondido em algum lugar... talvez seja esta a razão..." Insuportável de ouvir. Ela sabia que seu marido não era do tipo de desertar, mas de combater até o fim. Ele amava a França até a morte, com esse amor sublimado dos naturalizados. E além disso, se por acaso ele tivesse fugido, teria encontrado um jeito de escrever para tranquilizar sua família. De enviar um sinal, de uma maneira ou de outra. Essa história de fuga não era plausível de modo algum.

Em 28 de outubro de 1940 (minha avó se lembra amiúde muito bem dessa data, a da libertação), elas receberam enfim notícias. Ferido no rosto, ele estava sendo tratado no hospital militar de Toul.[9] Elas haviam então olhado um mapa e empreendido a viagem para leste. Durante esse longo périplo, perigoso, incerto, elas pensaram na expressão "ferido no rosto". Não sabiam mais. A boa notícia se transformava muito rapidamente

[9] Eu me informei sobre este hospital, talvez com o intuito de visitá-lo. Ele levava o nome de Gama em homenagem a Jean-Pierre Gama (cirurgião militar, 1772-1861). Nos anos 1950, o hospital tornou-se um centro de formação para enfermeiros militares. Uns quinze anos depois, foi transformado em entreposto do exército. Desde 1982, o edifício já não é utilizado. Deveria ser demolido em breve. Este lugar já não é nada.

em angústia. Será que aquilo fora uma forma de polidez para não dizer "desfigurado"? Minha bisavó havia sido educada com o traumatismo de rostos estraçalhados da Primeira Guerra Mundial. Suas noites foram perseguidas por rostos deformados, rostos sem boca ou com o olho arrancado. Se eles haviam precisado "ferido no rosto", isso significava que era grave, que era até muito grave. Se se tratasse de uma esfoladura, ou de alguns dentes quebrados, eles não teriam certamente mencionado nada. E ele mesmo teria dado notícias. Elas viveram os dias dessa viagem para leste na tortura da incerteza. De noite, o rosto do ferido aparecia nos sonhos de minha avó, sempre com uma parte faltando. Ela se dizia que seu pai já não seria o mesmo homem. Antes da guerra, ele era tão bonito... As fotos dessa época permitem facilmente imaginar seu charme. Usava o bigodinho dos aviadores, e duas covinhas triunfantes lhe suavizavam o rosto quadrado. Sentia-se ali força, mesclada a uma ternura no olhar. No dia em que descobri esses clichês, pensei que ele se parecia com meu avô.

Elas o encontraram deitado num leito. Ele tinha ataduras em volta da testa e um curativo inquietante sobre um olho. Desviando o olhar, descobria-se outra dor: suas duas pernas estavam engessadas. Ele pois não estava ferido somente no rosto. Estava irreconhecível. As duas mulheres puseram-se a chorar, sobretudo pensando que ele devia ter passado semanas ali, sozinho, sem ninguém para ir vê-lo, sem ninguém para segurar sua mão. Era como uma atrocidade acrescida à atrocidade. Seu outro olho estava aberto, mas parecia apagado. No entanto, ele não estava cego. O ferido olhava sua mulher, depois sua filha, mas essa visão não parecia suscitar nele nenhuma reação. Desamparadas, elas pediram para falar com um médico, que as tranquilizassem, que lhes dissessem qualquer coisa, mas não a verdade. Não havia médico disponível. Assoberbados, eles passavam a toda velocidade. A sala estava lotada de feridos. Parecia mais com um necrotério que com um hospital. Elas ficaram paralisadas diante daquele homem que já não as reconhecia, cada uma lhe segurava uma mão, e era noite agora. Era preciso deixá lo. Ele não se movera, não falara, não emitira nenhum sinal para provar que estava vivo. Abatidas, elas foram para um hotel, nas proximidades do hospital. No saguão, alemães riam. Minha avó se aproximou deles e cuspiu no chão. Ela teria podido morrer por essa terrível inconsciência. Mas, certamente muito alcoolizados, os soldados riram ainda mais alto. Uma vez no quarto, minha bisavó, louca de raiva, esbofeteou a filha. Elas não falaram à noite. Na hora de o hospital reabrir, elas se apressaram. Mas ele já não estava em seu leito. Havia morrido durante a noite. Tudo estava terminado. Ele lutara com todas as suas forças para permanecer vivo, o tempo de rever uma última vez a mulher e a filha. Sim, não podia ser senão isso. Seu último combate. Ele vira seus amores, e havia enfim deposto as armas.

Alguns choques ressecam. Aquele foi tão violento que elas não choraram. Voltaram para perto de seu leito, para reunir suas coisas. Não havia quase nada. Uma carta de sua mulher. Uma presilha de cabelo da filha. E uma caixinha vermelha de que ele gostava a ponto de ter-se sempre recusado a vendê-la. Era uma caixa de música. Mas não se podia reconhecer a melodia, pois faltavam duas notas a cada três. Acho que ele adorava essa caixa assim como uma criança pode amar um animal ferido que recolheu. Era uma caixa de música enferma. Eis o que restava dele. Era derrisório. Uma faxineira limpava a sala com água sanitária, e lhes pediu que saíssem um instante. Elas executavam seus gestos como autômatos, como se se recusassem a entrar em seu novo corpo, na encarnação de sua nova condição: viúva e órfã. Queriam desenraizar-se do que viam. Era sua única possibilidade para superar o insustentável. Nesse momento preciso, um ferido disse:

– Era um homem formidável.

– ...

– Eu estava com ele em combate. Ele era como um pai para todos os jovens. Nós nos sentíamos tranquilos.

– Você estava com ele?

– Sim. Nós fomos feridos ao mesmo tempo. Faz realmente mal pensar nisso, pois não podíamos fazer nada. Nós não estávamos armados nem preparados para resistir ao ataque deles. Fomos bombardeados por todos os lados.

Reconstituo esse diálogo que minha avó sabe de cor. Sim, de cor, pela boa razão de que esse jovem que fala é meu avô. Foi assim que meus avós se conheceram. Ele estava tão emocionado em encontrar a família de seu companheiro de infortúnio, seu amigo... Queria falar, liberar semanas de confinamento. Estava flamejante agora. Mesmo deitado. Sentia dor (os restos de um estilhaço de granada lhe queimavam o baço), e no entanto tentava reconfortá-las. Tentara fazer sorrir sua futura mulher. Ela era jovem, estava triste, estava desesperadamente triste; e foi talvez isso que o emocionara.

As duas mulheres ficaram perto desse jovem que não tinha família. Cuidaram dele depois, uma vez curado; retornaram os três para Paris. Ele se instalou na Rua de Paradis, e, diante da evidência do nascimento do sentimento, minha bisavó lhes deixou o quarto (em troca de que eles prometeram casar-se, o que fizeram alguns meses depois numa sala vazia da prefeitura do 10º distrito de Paris; eles se beijaram num silêncio consternador; no entanto, essa união teve um tipo de função vital: a de amarrar-se em plena deriva). Mil novecentos e quarenta e um passou, 1942 também, bem como 1943. Esses anos transcorreram suavemente em meio à vileza ambiente. Em seu edifício, uma família judia fora denunciada pela zeladora. Esbofeteada por meu avô, essa mulher, satisfeita com sua inocência francesa, não compreendeu que havia agido mal. A maior parte do tempo, minha avó passava os dias no apartamento esperando o retorno do marido. Meu avô encontrara um emprego de garçom num café. Ouvia as conversas comedidas de cada um. Servia os alemães educados acompanhados de putinhas oportunistas cujos cabelos seriam logo lembranças. Levava sanduíches de queijo às mulheres carentes de homem. Observava o manejo da mesquinharia, da bravura às vezes, da covardia ordinária. Devolvia o sorriso aos lábios, como se a guerra fosse um campo de jogos. Ele era positivo, sabia que a Ocupação logo teria fim. E tinha razão. Paris foi libertada. "Foi uma alegria indescritível", disse-me minha avó. Não tentarei portanto descrevê-la.

Após alguns meses de caos, em que os chefinhos do mundo desmoronado se puseram a correr como ratos, a cidade se organizou novamente. Meu avô foi condecorado. Sua mulher assistiu, pasma, à cerimônia em que o mencionavam como "o grande resistente" que ele fora. Devia ter sido uma honra, mas ela não apreciou descobrir dessa maneira as atividades subterrâneas do marido. Ela nunca soubera de nada. Pior: nunca desconfiara disso. Ele voltava tarde algumas noites, não se sabia bem o que fazia, ela se dizia, com dor, que ele talvez se encontrasse com outra mulher, mas nem uma única vez ela pensara na Resistência. Ela se sentia idiota. Perguntou: "Por que você não me disse nada? Por que não dividiu tudo isso comigo?" Ele respondeu que não quisera pô-la em perigo. Isso não tinha nada a ver com confiança. Meu avô possuía essa formidável capacidade de sempre encontrar as palavras justas. A prova: no momento em que minha avó se enfiava num amuo emburrado, ele disse:

– Mas você sabia.

– Quê? Que você era resistente? Não, eu não o sabia.

– Sabia, sim. Você sabe muito bem que é preciso ser resistente para viver com você.

Ela teve então um sorriso que expulsou o sombrio. Ele a beijou; e em seus lábios havia o gosto dos dias por vir. Eles tiveram três filhos, um dos quais meu pai, que por sua vez teve um filho: eu. A vida passou, e um sabonete matou meu avô.

Estando o hotel quase vazio, eu não tive problema para obter um quarto ao lado do de minha avó. Devia ser pouco mais de meia-noite quando subimos. Uma vez em minha cama, repensei em seu relato, é claro, mas também no documento que ela me mostrara: a lista dos alunos de sua turma de primário. Essa leitura lhe permitira fazer desfilar todos os rostos do passado. A memória do nome trazia de presente a do rosto. Ela, assim, citou: Germaine Richard, Baptiste Amour, Charles Duquemin, Alice Zaduzki, Paulette Renan, Yvette Roudiot, Louise Chort, Paul André, Jean-Michel Sauveur, Édith Dit-Biot, Marcelle Moldivi, Renée Duchaussoy, e assim sucessivamente. Ela podia descrevê-los a todos. A simples evocação dos nomes fora como um túnel que conduzia à sua infância. Falou-me do temperamento de cada um, e às vezes também de suas histórias familiares. Depois, de novo, voltou ao dilaceramento que sentira quando tivera de deixá-los. E eu compreendia a intensidade dessas dores que nunca se podem fechar. Toda a sua vida, em seguida, ela a vivera com esses nomes, como tantos destinos inacabados. Que se tornaram eles? Estavam ainda vivos? A mulher da prefeitura, a mesma que eu vira na agência de turismo, dissera-lhe que, na municipalidade, uma única pessoa dessa lista vivia ainda na cidade: Alice Zaduzki, que passara pois toda a vida em Étretat. Num pedaço de papel, ela pusera seu endereço. Decidimos ir vê-la no dia seguinte. Qual seria sua reação ao ver surgir minha avó em sua casa, após mais de sessenta anos?

Certamente a distância era mínima, mas, uma vez em minha cama, me pus a pensar em meus colegas do segundo ano do ensino fundamental. Lembro-me de uma cena com colegas de minha turma em que falávamos de nossa vida adulta: decidíramos viver todos juntos num grande apartamento. Haveria na sala um fliperama e um pebolim. Parecia tão verdadeiro... Uma parte de mim ainda não compreende por que não realizei este sonho; este sonho entre todos os sonhos que se formulam na infância e que desaparecem. Lembro-me de nossas palavras, e no entanto o rosto de todos esses colegas é incerto. Às vezes olho as fotos de classe, em que estamos tranquilamente sentados, tão repletos de futuro, e essas imagens não têm gosto nem cheiro. São frias, pois nada me agrada. Que se tornaram todas essas crianças? Onde estão elas agora, no momento em que estou aqui, pensando nelas? Com os meios de hoje, eu poderia encontrá-las facilmente. E isso estragaria de certo modo a beleza da obstinação de querer recompor uma lembrança. Que se tornaram Célia Bouet e Cécile Bleicher? Ou ainda Juliette Svoboda? Que se tornaram todos os nomes dessa mitologia apagada? Posso imaginar Richard Rose como professor de esportes e Sylvie Balland como figurinista de cinema. Posso imaginá-los em Dijon ou em Nova York. Posso imaginar tudo agora.

Não havia nenhum barulho no hotel. Para um talibã do nível sonoro como eu, isso representava as condições ideais para o sono. Mas eu não conseguia dormir. Sobretudo por causa de minha diferença de fuso horário interior; habitualmente, eu ficava acordado a essa hora. Com minha partida apressada, não pensara em trazer livro (o que era extremamente raro: sempre tenho comigo algo para ler, até para um trajeto de duas estações de metrô). Afora as instruções para a evacuação em caso de incêndio, não havia nada para ler no quarto. Eu não ia, apesar disso, pôr fogo no colchão para tornar interessante tal leitura. Finalmente, para tentar adormecer, decidi contemplar metodicamente a decoração do quarto. Ele tinha a particularidade impressionante de acumular faltas de gosto sendo minimalista. Estragar um lugar com três objetos é uma forma de arte. Não carecia de mais que uma réplica do quadro da vaca. Embora isso tivesse sido redundante junto com aquela telazinha que representava um galinheiro do início do século passado. Era um quadro impressionante, o nível último da porcaria. Tive de ficar uma boa hora olhando para fixar essa imagem, e de fato ainda posso reconstituir mentalmente cada detalhe. Ele ainda está aqui, diante de meus olhos. E é talvez a sua beleza. É excepcional oferecer a posteridade a galinhas.

# 40

*Uma lembrança de Alice Zaduzki*

*Por ocasião de seus trinta anos, Alice fora visitar Paris. No metrô, para ter o ar de uma parisiense, ela lia de pé.*

*No mesmo momento, um jovem de bicicleta ia rapidamente; ele tinha um encontro importante para um trabalho. Em plena rua, sua corrente se soltara. Ele tentou recolocá-la de maneira excitada, febril, atrozmente angustiada pela ideia de estar atrasado. Mas nada adiantava: a corrente resistia. Ele tinha as mãos cheias de graxa, tudo ia mal. Avistou a entrada do metrô, apressou-se para ela a toda velocidade. Era a única solução para não se atrasar. Descendo a escada, viu que o metrô estava na plataforma. Saltou os degraus de quatro em quatro e se jogou no vagão, no último momento.*

*Empurrou então uma jovem e derrubou seu livro. Desculpou-se e abaixou-se logo para pegá-lo; no momento de entregá-lo a ela, viu que o manchara: "Perdão, sinto muito... minhas mãos estão sujas." Alice dirigiu-lhe então um grande sorriso. Era o título do livro que ela lia:* As mãos sujas. *Diante da comicidade dessa cena, ele se pôs a sorrir também. Alice, espirituosa como todas as Alices, respondeu então: "Felizmente eu não estava lendo* A peste.*"*

# 41

Acordei numerosas vezes naquela noite. Pensava em minha história familiar, e ela se misturava a cenas do presente. As épocas se tocavam e se confundiam, formando assim entidades barrocas e atemporais. Eu já não estava certo de minha idade. Finalmente, gostei dessa noite passada na incerteza de tudo. A realidade derrapava, eu ouvia meu celular tocar, e pensava que era necessariamente grave. Meu pai devia me telefonar para me dar uma má notícia. No entanto, ao pegar o aparelho, descobria que não tinha nenhuma mensagem. Eu inventava, sonhava, escrevia. Única estranheza nessa noite perdida na avalanche das derrapagens do real, eu não compreendia por que nenhuma mulher vinha assombrar meus sonhos. Sofria por sentir que a feminilidade tanto desejada se afastava tragicamente, a ponto de já nem sequer aparecer em meus sonhos. Ainda não sabia que as mulheres importantes de uma vida se anunciam pelo nada. Não sabia que era preciso ver nesse deserto sensual a promessa de um aparecimento. Eu esperava a aurora; dizia-me que era a única verdade que eu possuía: a manhã vem aconteça o que acontecer.

Nós nos encontramos, minha avó e eu, no café da manhã. Éramos como um casalzinho, cada um com seus hábitos: ela chá, eu café. De fundo sonoro, havia uma música improvável, um tipo de melodia a meio caminho entre Barbara e Abba. Tomei várias xícaras para despertar.

– É excelente este café da manhã – disse-me minha avó.

– Ah, é? Você acha?

Creio que ela teria achado tudo maravilhoso naquela manhã. Os mais belos momentos de uma vida são aqueles em que não nos importamos realmente com o que comemos. Francamente, o pão tinha gosto de reencarnação. Eu me asfixiava gentilmente saboreando seu bom humor. Decidíramos ir ver aquela famosa Alice, única sobrevivente geográfica de sua turma de segundo ano primário. Eu sugerira telefonar, mas minha avó preferia que fôssemos de improviso. Devíamos ir até o fim da surpresa. Lá fora, o tempo ainda estava bastante bom; o verão não acabava mais de resistir; ou era o outono que não conseguia se impor? Afinal, eu não sabia nada da batalha das estações.

O caminho por percorrer não era muito longo. Sugeri que fôssemos de carro, mas minha avó queria caminhar. Margeamos as falésias. Um instante, como que paralisados pelo que se oferecia, não pudemos fazer senão parar. A terra despencava aqui de maneira inquietante sobre o mar. Esse cenário de fim de mundo inspirava numerosos suicídios. Parecia-me estranho querer morrer em face do mar, diante do espetáculo grandiloquente da beleza terrestre. Essa paisagem era uma condenação a manter-se vivo. Ficamos longos minutos sem falar, emocionados pela imensidão.

Bati à porta. Uma mulher de uns cinquenta anos abriu. Era a filha de Alice. Ela ficava com a mãe todas as manhãs. Nós lhe explicamos quem éramos. Ela foi tomada de profunda surpresa:

– É incrível sua história... então a senhora estava com minha mãe... na turma?

– Sim.

– Oh... oh... oh, é pena.

– É pena? O que é pena?

– Minha mãe tem transtornos de memória... enfim, é uma maneira pudica de dizer que perde completamente a cabeça.

– Lamentamos – disse eu para disfarçar um leve mal-estar.

– Ela está acometida de Alzheimer. Fala-se todo o tempo dessa doença, as pessoas têm a impressão de conhecê-la, mas eu posso lhe dizer que, enquanto você não vir sua mãe olhá-lo como a um perfeito desconhecido, então não conhece essa porcaria.

Que responder a isso? A leveza de nossa empreitada estava estragada. A quinquagenária insistiu: "Ela já não reconhece ninguém. Um dia me tomou pela faxineira, outro por sua mãe." E nós, que seríamos nós para ela? Para chegarmos a seu quarto, andamos num corredor interminável, como para simbolizar a distância entre dois mundos. A mulher bateu calmamente, antes de abrir a porta. Encontramos Alice sentada diante de um grande espelho, escovando os cabelos. Era uma visão tão estranha... O espelho era rodeado de lâmpadas, como o das bailarinas em seu camarim. Ela nos viu no reflexo, e voltou-se sem nada dizer.

– Mamãe, você tem visita. É uma amiga que estudava na escola com você.

Houve um momento de pausa. Alice observou minha avó, e tudo parecia possível. Todas as frases, todos os pensamentos, todas as loucuras. Ela se levantou e se dirigiu à amiga de infância. Chegou bem perto, realmente bem perto, e eu podia sentir o coração de minha avó bater de tão forte. Estávamos desconcertados com a dramatização desse momento. Eu não sabia onde me pôr. Tive de sussurrar um "Bom-dia, senhora" que ninguém ouviu. Minhas palavras morreram em sua intenção. Alice pôs a mão no rosto de minha avó, e ao fim de um momento disse:

– Sim, eu me lembro.

– ...

– Eu me lembro de você.

– É verdade, mamãe? Você lembra que ela estudava na escola com você?

– Comigo? Não, era com você que ela estudava. Eu lembro que era sua melhor amiga.

– Não, mamãe, ela estudava com você.

– Nós estávamos no segundo ano juntas – disse então minha avó. – Você se sentava atrás de mim. – Ela virou-se e levantou os cabelos. – Não reconhece minha nuca?

A velha senhora observou a nuca, depois se pôs a sorrir. Não tinha nenhuma ideia de quem podia ser essa mulher. Eu achava esse momento profundamente injusto. Minha avó deixara a casa de repouso, enfrentara o perigo, tudo isso para tocar sua infância, e eis que o vestígio de seu passado era uma mulher perdida nesse mundo confuso.

Ao fim de alguns segundos, Alice disse:

– Seja bem-vinda em nossa casa. Poderíamos talvez beber champanhe...

Sua filha, que aprendera com certeza a tirar o melhor partido dos delírios da mãe, disse:

– Sim, é uma boa ideia. Eu vou buscá-lo.

Foi para a cozinha. Ficamos os três no quarto. Alice voltou a sentar-se em sua poltrona. Minha avó se instalou, ao lado, na beirada da cama. Elas se olharam por alguns segundos, trocando um sorriso polido. Depois Alice recomeçou a escovar os cabelos. Minha avó tentou:

– Você não se lembra realmente? A turma da Senhorita Rougeon. Com Édith, com Jean-Michel... Não se lembra de Jean-

Michel? Ele era muito apaixonado por você... realmente, completamente louco... escrevia-lhe poemas que você nos fazia ler... eram tão ruins que aquilo nos fazia rir a todos...

Alice então se virou, e fitou por um longo momento minha mãe, antes de dizer:

– Vai ser bom beber um pouco de champanhe.

Não havia nada a fazer. Eu me aproximei de minha avó para dizer-lhe que lamentava. Eu a sentia realmente desestabilizada por esse encontro. Ela me disse baixinho: "Você vai me tomar por louca, mas ela não mudou. Realmente é incrível. Reconheço seus olhos." Ao fim dessa frase, sua voz saiu dos trilhos. E ela se pôs a chorar. Saiu assim. Alguns soluços curtos, mas muito fortes. A filha de Alice voltou ao quarto, e viu as lágrimas de minha avó. Ela ficou imóvel, no vão da porta, sem saber o que fazer. Ficou de pé, tão tocante quanto ridícula, segurando a bandeja com a garrafa de champanhe e quatro taças.

# 42

## *Uma lembrança de Alois Alzheimer*

*Alzheimer é um neuropsiquiatra brilhante, mas ainda não sabe que vai dar seu nome à sua descoberta médica. Para isso, uma mulher vai sacudir sua vida. É Auguste D., que foi admitida no hospital de Frankfurt em 25 de novembro de 1901. Alzheimer tem trinta e sete anos quando decide acompanhar esta paciente, que sofre de uma degradação progressiva das faculdades cognitivas. Ele não compreendeu imediatamente que ela se tornaria seu caso de referência, que ela seria como a musa de um artista. Registrando quase quotidianamente as evoluções de Auguste, suas alucinações e seus comportamentos incoerentes, ele sentou-se perto dela para interrogá-la:*

*– Qual é seu nome?*

*– Auguste.*

*– Qual é seu sobrenome?*

*– Auguste.*

*– Qual é o nome de seu marido?*

*– Auguste.*

*A cada questão, ela respondia com seu prenome.*

*Enquanto se tornava obcecado por esta paciente, Alois se lembrou subitamente de que a vizinha da casa onde ele vivera em criança se chamava igualmente Auguste. Ele amava profundamente essa mulher, que ia frequentemente cuidar dele, lhe fazia bolos, o mimava quanto podia. Era uma mulher que não podia ter filhos. Um dia, ela teve de mudar-se para acompanhar o marido, transferido para Hamburgo. Ela veio dizer adeus a Alois, e o beijou longamente sobre a fronte. Ela lhe disse: "Espero que você não me esqueça." Ele foi sacudido pela partida desta mulher, mas, alguns meses depois, a esquecera completamente. Trinta anos depois, em face desta Auguste que já não se lembrava de nada, em face desta Auguste que ia torná-lo inesquecível, ele voltava a pensar na Auguste de sua infância, e ponderava que cada pessoa importante de uma vida traz em si o eco do futuro.*

# 43

Evitamos passar pelas falésias, desta vez. Minha avó fora até ali sem ter uma ideia precisa do que poderia acontecer. Ela queria caminhar sobre a nostalgia, sentir a beleza dessa nostalgia, mas se encontrara em face de uma verdade brutal. Nunca sabemos o que contém a nostalgia. Não sabemos se tocaremos sua etimologia, sua tonalidade dolorosa e melancólica; ou se beijaremos seu gosto mais moderno, o do prazer ligado às alegrias do passado. Minha avó parecia, ela mesma, surpresa com as lágrimas que havia derramado, como se existissem sempre novos limites no campo de nossa própria sensibilidade. Avançávamos calmamente, sem realmente saber o que íamos fazer. Eu lhe perguntei se queria voltar ao hotel para descansar antes do almoço. Ela não respondeu imediatamente, parecia refletir sobre alguma coisa, antes de finalmente dizer:

– Deveríamos ir ver minha escola. A mulher da prefeitura me disse que ela ainda estava lá.

– Está bem.

– É preciso pegar o carro, vou mostrar-lhe o caminho.

Rodamos algumas centenas de metros para a escola Guy-de-Maupassant. Minha avó me indicou o caminho como se ela tivesse sempre vivido ali. Tudo estava diferente, as placas e os comércios, mas as ruas permaneciam idênticas. A ossatura da cidade estava intacta. Estacionamos em frente ao edifício. Era uma escola bem pequena. Devia haver ali cinco classes, não mais. Com certeza uma por seção. Bem atrás do portão de entrada, havia o pátio de recreio. Os passantes podiam ver as crianças brincar. Algumas mães estavam lá, esperando a hora do almoço. Elas falavam entre si, dando olhadelas em nossa direção. Éramos como dois intrusos em sua rotina. Como elas pareciam perplexas, para não dizer preocupadas, eu disse ao fim de um momento:

– Minha avó foi aluna aqui.

– Ah, muito bem... – disse uma mãe com um ar um pouco assustado, como se se desse conta subitamente de que sua neta também seria velha um dia.

As crianças então saíram correndo. Algumas ficaram no pátio, seguramente as que almoçavam na cantina. Os meninos batiam bola, trocavam cartões; as meninas faziam *bungy jumping*, pulavam amarelinha. Minha avó parecia maravilhada com esse espetáculo, mas eu não podia saber o que ela pensava *realmente*. Ela poderia tentar me descrever o mais precisamente possível seu estado de espírito, mas permaneceria para mim um completo mistério. Eu não saberia nada dessa sensação, enquanto não voltasse a estar diante de meu pátio de escola elementar em sua idade. O que aliás não correria o risco de acontecer, pois ela acabava de ser demolida por causa do amianto. Se assim era, eu havia sido contaminado. E poderia enfim me dizer que meus acessos neuróticos tinham uma fonte. Minha avó pôs fim à minha digressão interior. "Tudo isso me fez tanta falta..." Ela começou a me contar de novo sua partida apressada, e eu quase lhe disse que ela se repetia. Mas, no fundo, era a si mesma que ela contava ainda essa história, essa incansável história de sua ferida. Eu lhe sugeri:

– Quer que entremos? Que visitemos as salas?

– Não, não hoje – respondeu ela logo, e eu compreendi que era preciso avançar progressivamente para certas lembranças.

Voltamos ao hotel, e ela subiu diretamente para seu quarto. Fiquei sozinho no salão, a ler um velho jornal que se arrastava por lá. Era sempre espantoso percorrer as atualidades da semana precedente. Tudo se move tão rapidamente, que isso ridiculariza o presente. Qual o interesse em ler o que já não será a verdade do mundo em algumas horas? Repus o jornal em seu lugar e me acalmei alguns minutos. No entanto, ao despertar, a tarde já estava bem avançada. Subi ao quarto de minha avó para ver o que ela estava fazendo; entreabri a porta, ela ainda dormia. Parecia tão cansada agora... Já não tinha o ar rejuvenescido da véspera. Eu achava até que estava respirando com dificuldade.

Decidi voltar sozinho à escola, com uma ideia em mente. Desta vez era a saída das 16:30, e as mães continuavam a me olhar, com o mesmo ar inquieto. O que eu podia compreender. Eu não tinha muita coisa para fazer ali. Meu rosto cansado e não barbeado devia acentuar meu ar de sequestrador de crianças. Para tranquilizar todo o mundo, eu lançava grandes sorrisos um pouco grosseiros; mas minhas tentativas de descontrair a atmosfera produziam o oposto de minha intenção: eu via claramente o pânico progredir nos rostos. Finalmente, afastei-me para deixar sair as crianças. O zum-zum das excitações passou muito rapidamente, como um ciclone apressado em acabar com a destruição das terras. Em alguns minutos, a jornada escolar se evaporara. Eu voltara com uma intuição, e, no entanto, agora que estava ali, já não estava certo de minhas intenções. Entrei no pátio e sentei-me num banco. Talvez dois ou três minutos mais tarde (hesito quanto à temporalidade), uma mulher saiu de sua sala. Uma jovem mulher. Há algo de muito emocionante no primeiro aparecimento de uma pessoa que vai ser importante em sua vida.

Jamais poderei esquecer a maneira como essa jovem mulher se aproximou de mim, com uma atitude relativamente segura. Ela usava um vestido azul-escuro, sem o menor enfeite, e seus cabelos estavam presos num rabo de cavalo. Eu poderia decompor seu avanço para mim, ao longo de várias páginas. Seria fácil. Naquele instante, eu não sabia nada dela. Ela era ainda uma mulher entre três bilhões de mulheres; uma anônima de minha vida. Sim, naquele instante eu ainda não sabia seu prenome: Louise. Não sabia que ela era professora primária havia três anos ali, e que naquele ano ela cuidava das turmas do Curso Elementar 2. Eu não sabia que tinha aulas de teatro, mas que ia logo parar, pois estava persuadida de que não tinha talento. Eu não sabia que seus cineastas preferidos eram Woody Allen e Aki Kaurismäki. Ela gostava também de Michel Gondry, sobretudo por *Brilho eterno de uma mente sem lembranças*, um filme sobre a extinção da memória amorosa. De maneira geral, era louca pelo cinema francês dos anos 1970. Gostava de Claude Sautet, Maurice Pialat e Yves Robert. Isso lhe recordava sua infância. O fim dos anos 1970 é uma impressão física da cor laranja. Ela se sentia proveniente daquele laranja. Pequenina, gostava de caminhar na natureza e sonhava em possuir um chorão. Alternava momentos em que era aborrecida e momentos em que era sonhadora. Gostava da chuva, pois ela lhe permitia calçar suas botas vermelhas. O vermelho são os anos 1980. Ela caçava caramujos, mas os soltava sempre, tomada de culpa. Durante anos, cada outono ela juntava folhas mortas com o objetivo de enterrá-las dignamente. Quando andou na minha direção, eu ainda não sabia que ela gostava das bonecas russas e do mês de outubro. Tampouco sabia que gostava de berinjelas e da Polônia. Não sabia que ela tivera algumas histórias, todas mais ou menos decepcionantes, e que começava a perder a paciência esperando o amor. Ocorria-lhe realmente já não acreditar nele. Imaginava-se então às vezes como uma heroína russa, um pouco trágica. Mas o contato das crianças a deixava feliz, e ela se tornava leve como uma heroína italiana. Sua maior história, vivera-a com um rapaz que se chamava Antoine. Mas ele partira para Paris para estudar; finalmente, ele decidira principalmente estudar uma parisiense. Louise sentira muita amargura por isso. E, depois, ela se dissera que ele era um babaca. Aliás, ele tentara voltar para ela, e isso tivera ao menos o mérito de aliviar sua ferida narcísica. Mas tudo isso era passado. Ela continuava a avançar para mim, e eu ainda não sabia que ela gostava de ler na banheira, e que podia tomar até seis banhos por dia. Seu prazer era deixar escorrer a água quente pelos pés. Ah, sim, eu ia esquecendo sua grande paixão por Charlotte Salomon. Ela gostava de sua vida, sua profundidade, seus desenhos. Eu sou ignorante de tudo isso, agora que ela avança para mim, na primeira vez em que a vi, para me perguntar:

– Posso ajudá-lo?

# 44

## *Uma lembrança de Charlotte Salomon*

*A vida de Charlotte Salomon foi tão poderosa quanto breve, pois ela morreu aos vinte e seis anos, intoxicada por gás em Auschwitz quando estava grávida. Aluna superdotada de Belas-Artes em Berlim, foi obrigada, por causa da origem judaica, a refugiar-se em 1939 na casa dos avós instalados na Côte d'Azur. Ela pintaria ali então de maneira frenética cerca de mil guaches que formariam uma obra autobiográfica excepcional,* Vida ou teatro?, *que se pode ler como a um romance. Sua obra é perseguida pelo suicídio, que ela vivia como um tipo de condenação atávica. O que é compreensível; pouco depois de sua chegada à França, ela fora fulminada por um drama: o suicídio da avó. Foi então que o avô lhe confessou a verdade sobre sua mãe. Pois Charlotte era órfã e passara a infância a tentar solucionar uma verdade obscura. Então ela se lembraria para sempre (e isso seria breve) das palavras do avô, ele próprio torturado até a morte pelo pesar: "Sua mãe não morreu de uma gripe, ela se suicidou." Ela soube nesse mesmo dia que esse fora o destino de quase todas as mulheres de sua família. Por sua mãe, ela ficou arrasada, é claro, mas era como se ela já soubesse o que lhe acontecera. Ela se lembraria dessa mistura estranha de devastação da verdade e de confirmação quase pacífica de uma intuição.*

# 45

Durante o jantar no hotel, falamos pouco. Isso contrastava completamente com a refeição da véspera. Havia agora algo de sombrio no rosto de minha avó. O dia fora longo e complicado. Bem cedo, ela subiu para se deitar. Quanto a mim, senti que não tinha força para me encontrar fechado em meu quarto. Eu tinha vontade de vaguear; tinha vontade de me libertar de um peso que subitamente me asfixiava; tinha vontade de beber. Caminhei um pouco, antes de notar ao longe uma placa que piscava. A versão alcoólica do farol. O neon não atraía as embarcações, mas antes as derivas. Entrei no bar, para me sentir logo em terreno familiar. Ou antes: eu achava a decoração propícia à minha vontade. No balcão estavam acotovelados três homens, que se pareciam espantosamente. Dir-se-ia que fossem três irmãos. Chega uma hora em que os homens apagam suas diferenças. Eles usavam a mesma barba e estavam vestidos com macacões azuis que se tornavam pretos de sujeira. Murmuravam os três alguma coisa, e era bem difícil saber se se tratava de uma conversa ou de solilóquios independentes. À minha chegada, eles viraram a cabeça para a porta, de maneira quase sincronizada, e depois voltaram à sua cerveja sem dizer nada. Só o barman me recompensou com um boa-noite. Enfim, sentada a uma mesa, havia uma mulher sozinha. Eu a observei por um instante bem curto. Era impossível saber se era uma mulher que ninguém havia tocado havia décadas, ou se ela havia encadeado numerosas histórias afetivas. Ali, eu sentia que não ia encontrar senão casos extremos. E me faria bem deslizar da polidez, escorregar da benevolência. Não sei por que tinha tanta agressividade em mim, naquela noite. Digo-me agora, com a distância, que era como o medo de alguma coisa.

Bebi muito, minha cabeça rodava, e no entanto eu encontrava muitos lampejos de lucidez. Compreendia que meu mal-estar provinha em parte de uma falta de raízes. Se eu ia à deriva tão facilmente, é porque não tinha nenhum antídoto para a perdição. Meus pais haviam sido sombras, certamente afetuosas, mas sombras. E eu continuara a seguir o destino da sombra, como vigia noturno. Não vendo mais ninguém. Eu não queria terminar medroso como meu pai, nem, menos ainda, meio louco como minha mãe. Queria avançar para a luz. Eu acompanhara minha avó, mas compreendia que tudo aquilo me trazia também um imenso lote de desilusões. A estrada que ela seguia, em sua última tentativa de beleza, era uma rua sem saída. Eu via tudo preto, e teria podido naquele instante correr para as falésias, e terminar com tudo.

Eu sobretudo terminei por cair para trás. Meu corpo me deixara lassamente em minha vontade de embriaguez. Pelo que entendi, os clientes presentes tiveram a gentileza de me levar para o hotel (eu tinha a chave comigo). Tinha vergonha de não ter sido capaz sequer de assumir minha perdição. Levaram-me como a uma criança para cama. Até as galinhas do quadro me olhavam com desprezo. No entanto, eu sentia também certa felicidade pelo momento horroroso que vivera. É preciso às vezes passar pelo compartimento da dramatização de seu mal-estar. Estava com dor de cabeça e com sono. Mas não podia dormir agora. Eram quase sete horas, e eu havia planejado alguma coisa.

Fiquei pelo menos quinze minutos sob a ducha, girando a torneira para a esquerda, para ter água cada vez mais fria. Era a única maneira de acordar os neurônios ainda embebidos. Uma vez vestido, fui bater à porta de minha avó. Eu tinha medo de acordá-la, mas não, ela já estava de olhos abertos. Descansava na cama.

– É preciso que você se arrume. Temos algo a fazer hoje.

– Ah, é? O quê?

– Você verá, você verá. Arrume-se, estou lhe dizendo.

Ela então se dirigiu ao banheiro. Durante esse tempo, observei seu quarto. Era quase igual ao meu. Não tinha quadro de galinhas. Mas eu podia ficar calmo: ele também tinha sua porcaria. E devo dizer que sua porcaria superava a minha. Eu não estava finalmente tão mal provido no reino da mediocridade (cada um encontra as fontes de contentamento que pode). Seu quadro era um tipo de natureza-morta, mas realmente morta: já não havia nenhuma esperança para aquela natureza, que representava três maçãs sobre uma mesa. É seguramente um fato único na história das frutas, mas eu posso dizê-lo com certeza: aquelas três maçãs tinham o ar horrivelmente deprimido. Ter-se-ia querido tirá-las dali, salvá-las, mas era impossível, elas purgavam uma condenação perpétua naquela moldura.

Durante nosso breve café da manhã, expliquei meu plano à minha avó. Ela ficou muito surpresa. Acho que lhe tocou de leve o espírito, mas ela logo descartou esta ideia. Rodamos para a escola. Era ainda muito cedo. Ficamos imóveis na manhã que ainda despertava, na escuridão que terminava. Eu estava feliz também por rever aquela professora primária que me perturbara na véspera. Não fora imediato, mas eu voltara a pensar em seu rosto na mesma noite, durante minha farra pouco gloriosa. Gosto muito do depois. É preciso algumas horas para compreender a verdade de uma sensação vivida. E esse fenômeno era particularmente acentuado em mim, que tive sempre um tempo de atraso em minhas emoções. Durante os sobressaltos de minha noite, ao sabor de meus despertares sucessivos, ela me aparecera em sonho. Ela me repetia então sua frase, litania de nosso primeiro encontro: "Posso ajudá-lo?" O rosto de Louise, cujo prenome eu não conhecia então, perseguira minha noite; e eu estava lá, no fim dessa noite, a esperá-la.

Quando ela chegou, dirigiu-nos um grande sorriso. Achei fascinante que pudéssemos sorrir assim logo de manhãzinha. Certamente eu estava conquistado, e ia então ser capaz de achar muitas coisas fascinantes nela. Prefiro precisá-lo, pois eu progredia para uma total falta de objetividade. Apresentei-lhe minha avó.

– Encantada, senhora, estou muito feliz por contar com a senhora entre nós hoje.

– Sou eu que estou feliz – respondeu minha avó com uma emoção palpável na voz. – Você é tão jovem – acrescentou.

– Ah, bem, a senhora acha?

– Você me dirá: na minha idade todo o mundo me parece jovem.

Louise lançou um olhar de soslaio na minha direção, cheio de malícia. Ela ia apreciar minha avó, necessariamente. Eis o que seu olhar dizia. Mas ele dizia também outra coisa. Introduzia o início de uma conivência entre nós, ligada a essa situação fora da norma. Eu não havia pensado em tudo isso, realmente não, ao propor a Louise que tomasse minha avó como aluna por um dia. Eu não havia pensado a que ponto isso podia me lançar numa postura gratificante. Fala-se do poder de sedução dos pais de família, se passeiam no parque com um carrinho de bebê; eu descobria que cuidar da avó podia ter igualmente seu encanto.

Até então eu não tivera muita relação com crianças. Afinal, a última criança com quem eu convivera devia ser eu. Os alunos do Curso Elementar 2, entre oito e nove anos, me agradaram imediatamente. Eles saem da tenra infância e descobrem o mundo com uma lucidez que ainda não está estragada pela apatia. Permanecem na beleza imediata do maravilhamento. Eu o vi em sua maneira de ficarem atônitos com a chegada de uma nova aluna tão atípica. Como imaginar uma velhinha encolhida numa cadeira, atrás de uma mesa de aluno, no meio de uma sala? Louise anunciou:

– Hoje, nós temos uma convidada. Ela se chama Denise, e foi aluna aqui há mais de setenta anos. Nós lhe dizemos bom-dia.

– Bom-dia, Denise – repetiram eles em coro.

– Bom-dia... crianças.

– Ela vai acompanhar a aula conosco, e depois vai nos falar também de sua história. Vai nos contar como era aqui, nos anos 1930. Vocês podem fazer-lhe perguntas, é claro.

Um aluno, certamente muito madrugador, levantou a mão de maneira enérgica. Teríamos dito que ele queria tocar o céu com o dedo apontado. A professora deu-lhe a palavra, e ele fez (realmente) esta pergunta:

– Tudo era em preto e branco quando a senhora era pequena?

Eu fiquei no corredor, não queria atrapalhar o sonho. Fiz idas e vindas entre as duas fileiras de cabides e me senti emocionado por todos aqueles casacos pendurados, uns ao lado dos outros. Eu me disse que a vida naquela idade era perfeitamente organizada. Sabíamos onde colocar o casaco. Senti nostalgia desse mundo arrumado. Eu não sei realmente para que mundo derrapamos na desordem. Eu observava de quando em quando a turma através da parte envidraçada da porta. Observava Louise falando, visão silenciosa. Minha avó estava sentada, muito tranquilamente, como que fundida à decoração. Tomava notas num caderninho que lhe haviam emprestado. E depois, já, a campainha retiniu. Isso me enviou subitamente a meu pátio de escola. Tudo muda, mas não as campainhas de recreio. Uma menininha pegou a mão de minha avó para indicar-lhe o caminho. Não pude nem falar-lhe. Ela estava rodeada de crianças. Com Louise, acompanhei o movimento. Ficamos os dois na beira do pátio. Os outros professores vieram para as novas. Uma professora me disse:

– Meus alunos estão com ciúme. Queriam ter sua avó na sala.

– Vou acabar alugando-a – respondi, mas ninguém riu.

Após algumas palavras, houve um branco. Os outros professores nos deixaram. Não sei se se via alguma coisa. Mas, durante sua presença, Louise e eu pronunciáramos algumas frases em voz baixa, como para ressaltar nossa imediata conivência. Nós nos tratávamos por você, porque tínhamos mais ou menos a mesma idade. Louise tinha três anos mais que eu. Quando eu tinha seis anos, ela tinha nove. Quando eu tinha doze anos, ela tinha quinze. Quando eu tinha vinte anos, ela tinha vinte e três. Assim sucessivamente, eu a seguiria a igual distância por toda a minha vida. Mas isso não concernia senão à idade; quanto ao mais, eu esperava aproximar-me dela.

Nós não faláramos senão por alguns minutos, o tempo do recreio, mas eu tivera tempo de dizer-lhe que trabalhava num hotel, pois era um lugar propício para a criação. Ela dissera: "Ah, bem, você escreve um romance? É formidável." Existiam pois pessoas capazes de ficar maravilhadas com a ideia de que alguém escrevia. Isso já não excitava muita gente. A escrita se tornara algo tão comum... Todo o mundo escrevia. Ouvíamos dizer que havia mais escritores que leitores. As moças, eu fizera a experiência com elas, já não eram realmente admiradoras de um jovem obnubilado por um projeto literário. Ao contrário, podiam achar isso preocupante, ou até perfeitamente sinistro. Estou certo de que houve um tempo em que mulheres se ofereciam a aprendizes escritores, fascinadas por sua maneira de pôr uma vírgula aqui ou ali. Louise estava talvez simplesmente interessada em mim; então, seu olho teria cintilado do mesmo modo se eu tivesse o projeto de vender gravatas? Há tanta elegância nos primeiros fragmentos da sedução... Esses poucos minutos no pátio de recreio... gosto deles. E às vezes eu gostaria muito de reencontrar esse tempo único em que nós nos descobrimos.

Tentei dormir um pouco no pátio coberto, deitado num banco. Eu estava pagando por minha noite de sub-Bukowski. Depois, veio a hora do refeitório. Adorei reencontrar a bandeja que avança sobre trilhos diante dos pratos oferecidos; enfim, o prato oferecido: tomate recheado. Nós nos instalamos num cantinho, com os professores. Todo o mundo achava essa aventura formidável. Perguntavam à minha avó se ela não estava muito cansada, se isso lhe trazia boas lembranças, e se já nos anos 1930 se comiam os mesmos tomates recheados. Estávamos lá, numa escolinha primária de Étretat, incrustados no quotidiano daquelas pessoas. E tínhamos a impressão de fazer parte da decoração desde sempre. A campainha retiniu, cada um voltou para sua sala, e eu fiquei um momento sozinho no refeitório vazio. Olhava todos aqueles objetos que já não faziam parte de minha vida: a jarra de água, o sabonete amarelo incrustado na parede, os copos com um número dentro. Graças a isso, nós nos perguntávamos sistematicamente: "Você tem que idade?" Quando terminei meu copo, vi que tinha sete anos.

Durante a tarde, minha avó contou às crianças como era a vida antes: a escola, as regras, a disciplina. Ela explicou por que tivera de deixar os estudos tão jovem. Não se ouvia o menor ruído. Todas as crianças pareciam comparar o passado a um filme de horror. Um menino disse uma frase que adorei: "Eu estou feliz por viver hoje em dia." Perto do fim da tarde, Louise pediu a todos os alunos que fizessem um desenho para minha avó. Ela se viu com obrigados e corações de todas as cores. Tenho ainda comigo todas as provas desse dia único. A campainha retiniu. Os alunos saíram correndo, o movimento era idêntico ao da manhã, a coreografia era precisa. Alguns alunos rodeavam ainda sua convidada especial, segurando-lhe a mão, sacudindo-a um pouco. Louise lhes dizia que tomassem cuidado. Minha avó me deu um sorriso, mas eu senti uma crispação no movimento de seus lábios. Achei-a cansada. Havia por que estar emocionada por esse dia.

– Bem, nós vamos embora. Acho que é melhor – disse eu.

– Sim... sim, claro – disse Louise, antes de vir beijar minha avó. Mas, diante da súbita palidez de seu rosto, ela se preocupou:

– Tudo bem? A senhora está bem?

– Sim... sim, tudo bem.

– Quer um pouco de água?

– Não... vamos voltar para o hotel. Vai ficar tudo bem. Agradeço mais uma vez sua gentileza.

– Eu é que agradeço à senhora, realmente. Este dia foi maravilhoso. E estou certa de que os alunos nunca o esquecerão, será uma lembrança formidável para eles.

No carro, eu lhe fiz algumas perguntas, mas ela não conseguia falar. Havia posto muita energia naquele encontro e não lhe restava mais nada. Uma vez no hotel, quis ajudá-la a subir a seu quarto, mas era impossível. Eu não sabia por quê, mas não quis admitir a gravidade do momento, quando já fazia vários minutos que a sentia completamente ausente. O dono do hotel veio ver o que acontecia:

– Tudo bem?

– Não, eu acho que ela não está se sentindo nada bem.

– Ah, sim, efetivamente... espere, vou buscar um cobertor.

Ele voltou, e nós deitamos minha avó no saguão do hotel. Eu lhe pus uma almofada sob a cabeça. Fiquei um instante a observá-la, paralisado pela reviravolta violenta dos acontecimentos, antes de me atirar sobre um telefone para chamar uma ambulância.

## 46

*Uma lembrança do dono do Hôtel des Falaises*

*Ele não podia esquecer essa velhinha que viera instalar-se em seu hotel e que pagava tudo em dinheiro vivo. Poderia alguém estar em fuga naquela idade? E depois, ela foi encontrada por um jovem, aparentemente seu neto. Realmente esquisita essa história, decididamente. E eis que ela teve um mal-estar em seu saguão. Eles haviam chamado o SAMU, e a velha senhora fora transferida ao Centro Hospitalar Universitário de Le Havre. Ele nunca mais teve notícias dela. Como ela não havia passado cheque, ele não tinha nenhuma ideia de seu nome. Não podia então devolver-lhe as poucas coisas que ela havia deixado no quarto. E principalmente essa pequena caixa de música, toda vermelha. Ele a colocou num canto de seu escritório, e, cada vez que a olhava, aquilo o mergulhava de novo na lembrança da velha senhora. Por outro lado, e isso adveio de maneira progressiva, ele se pôs a gostar realmente dessa caixa de música que não funcionava. Ela tinha como que um encanto estranho. Mas um dia uma faxineira constatou que ela não emitia nenhum som e jogou na lata de lixo a caixa enferma.*

## 47

Na ambulância que nos levava a Le Havre, eu segurava a mão de minha avó. Colocaram-na sob assistência respiratória.

A situação era grave, para não dizer extrema. Eu ainda não avisara meu pai. Repensando esse cena, eu avaliarei a fragilidade dos instantes de felicidade. Algumas horas antes, ela estava tão feliz... Éramos conduzidos por dois homens. Eu pegava no ar fragmentos de sua conversa. Eles falavam do recente aumento do pedágio:

– São realmente uns canalhas. É lucrativa essa merda da estrada deles...

– Eles não estão nem aí. Pegam grana de todo o lugar que podem.

Não sei por que se irritavam com esse assunto, enquanto rodávamos por uma estrada nacional. Parece-me que era por causa de um programa de rádio. Uma desses programas para extravasar, em que os ouvintes têm a palavra, em que os ouvintes comentam a atualidade, em que os ouvintes comentam os comentários dos ouvintes que comentaram a atualidade. Eu achava demencial que aqueles homens rodassem em sua rotina, como se não se tratasse de nada grave. Eles teriam podido falar da chuva ou das eleições regionais, sem nenhum prurido pelo que acontecia atrás deles: a agonia de uma mulher. Para eles, minha avó não tinha mais importância que qualquer outra carga. Eu me senti sozinho no mundo durante aqueles poucos quilômetros. Era tão insustentável, que quis que ela morresse, que tudo aquilo cessasse. Eu não queria mais assistir à decadência. Eu não sei se toda pessoa confrontada com a mesma situação pensa isso também, em um ou em outro momento, ou se eu sou um monstrinho de desumanidade. Eu estava cheio de estar ali. Eu estava cheio de me sentir culpado, de sua velhice, dela. Eu estava perdido.

Nossa chegada ao hospital me aliviou. Ficamos sob os cuidados de um médico de emergência. Ele falava com um sotaque esquisito, difícil de identificar. Eu teria sido incapaz de dizer se ele era de origem sul-americana ou finlandesa. Mas seu exotismo fazia bem. Ele verificou sua pressão e me perguntou:

– Aconteceu de repente seu mal-estar?

– Sim.

– Ela estava cansada nesses últimos tempos?

– Não, não especialmente.

– Ela fez alguma coisa em particular hoje?

– Sim. Acompanhou um dia de aula com os alunos do Curso Elementar 2.

– Você está me gozando?

– Não.

Em face da gravidade da situação, o homem não quis me contrariar, mas eu via perfeitamente em seu olhar a que ponto eu também devia precisar de uma pequena assistência respiratória. Aproveitei o momento de pausa para telefonar para meu pai. Quando anunciei a notícia, ele deixou de falar. Eu podia imaginar seu rosto. Seu mundo continuava a desmoronar de maneira progressiva e metódica. Após seu pai, seu trabalho, sua mulher, eis que sua mãe desaparecia. Porque o médico me deixara muito pouca esperança. Ela praticamente já não tinha forças. No entanto, não morreu imediatamente. Permaneceu ainda uma noite, sem realmente lutar para permanecer na vida, bem num tipo de escorregão para o nada. Passou essa última noite num quarto todo branco, em lençóis de limpeza indiscutível. Fiquei perto dela, toda a noite, segurando-lhe a mão. Contrariamente aos últimos momentos com meu avô, fui capaz de lhe dizer que a amava. Eu o disse calmamente.

Pensei que devia ler algo para ela. Talvez ela me ouvisse. Eu queria ler-lhe poesia. Aragon, Éluard, Nerval. Queria acompanhá-la pela poesia. Mas não havia meios de encontrar a mínima coletânea. Havia uma pequena biblioteca no fim do corredor, que parecia mais um lixão literário. Devia estar repleto desses livros que os pacientes esquecem, ou deixam para trás com alívio. Olhei todos os livros e não via nada que pudesse ser-me útil. Eu não ia apesar de tudo ler-lhe páginas de Agatha Christie ou um romance policial qualquer cujo desfecho ela corria o risco de nunca saber. E então, subitamente, meu olho foi atraído por um guiazinho de viagem. Chamava-se *Um longo fim de semana em Roma*. Era um livro que oferecia vários conselhos para passar alguns dias na capital italiana: conselhos culturais ou culinários, informações práticas concernentes aos hotéis e aos restaurantes. Eu me disse que isso resolveria o problema. Sentei-me perto de minha avó, que quase já não se mexia (eu lhe ouvia com dificuldade a respiração, cujo ritmo parecia diminuir de maneira dramática), e comecei a ler o guia. Começava por informações práticas sobre aeroportos, a chegada ao lugar, e o meio de chegar à cidade. Prestava bem atenção para não negligenciar nenhum detalhe, como se nós fôssemos começar no dia seguinte essa viagem. Por momentos, eu não conseguia dominar a emoção, e interrompia a leitura. Era muito estranho, admito, mas eu tinha a impressão de que ela me estimulava a continuar. Suas manifestações eram ínfimas, era apenas sua maneira de respirar, mas eu sentia que ela queria saber a continuação. Onde íamos dormir? Onde íamos jantar? Eu lhe detalhei as melhores *trattorias* de Roma. Analisei a relação qualidade-preço,[10] e observei que para tal restaurante era preferível pegar o vinho fora do cardápio, ou que para tal outro era preciso confiar completamente em sua fórmula com tudo incluído. Para a hotelaria, era difícil escolher, pois variava também segundo o orçamento. Mas, como minha leitura não fazia parte de um plano imediatamente concreto, demorei-me na página dos cinco estrelas. Apreciei um deles muito particularmente, por este detalhe um pouco ridículo: podíamos ver televisão ao tomar banho. A noite avançava, e nossa viagem tomava forma. Visitávamos o Coliseu, a Villa Medicis, e claro a Fontana di Trevi, onde podíamos ainda facilmente nos imaginar, décadas depois, em plena filmagem de *A doce vida.* A genialidade atravessa os dias, e Anita Ekberg interpela ainda Marcello Mastroianni enquanto eu leio as páginas de um guia sobre Roma, no começo do século XXI.

A leitura durou a noite toda, com a impressão de que tudo aquilo era real: nós passamos três dias em Roma. Ao fim da viagem, minha avó fechou os olhos. Já não respirava. Não sei em que momento morreu; não sei se morreu durante uma passagem por um restaurante cuja especialidade era risoto com aspargos ou durante a descrição do parque da Villa Borghese, mas posso afirmar que ela partiu serenamente, sem o menor sobressalto, sem a menor violência. O coração deixou o corpo com polidez. Olhei-a por longos minutos. Sabia-se da morte, ela era conhecida, e no entanto ela chegava sempre como uma estupefação. Parecia-me louco que seu corpo estivesse subita-

[10] O que nem sempre era fácil, pois os preços estavam em franco. Foi somente nesta indicação que compreendi a que ponto o guia devia datar. Mas, bem, eu me disse que Roma não devia mudar tanto assim. Roma é uma cidade imóvel nos séculos.

mente vazio de vida; que seu espírito estivesse vazio de pensamento. E eu achava chocante não poder remediar essa tragédia.

Eu pensava ainda no dia em sala de aula, e achava tão bonito que suas últimas horas tivessem sido tão fortes! Toda a sua vida, ela a vivera com o gosto terrível do inacabado. Ela não cessara de pensar no fim de sua escolaridade. E eis que morria após algumas horas no Curso Elementar 2, como se isso lhe permitisse cicatrizar sua ferida. Fechar uma história em suspenso. Nossas vidas são tão redondas... Nesse instante, meu pai entrou em meu quarto. Na véspera, à noite, quando lhe dei a notícia da hospitalização, ele considerara que seria mais prudente pegar a estrada no dia seguinte de manhã, à primeira hora. Eu ficara surpreso com essa prudência. Talvez ele precisasse de algumas horas para admitir a verdade dramática da situação. Seus irmãos, um no Sul da França, o outro no exterior, pegavam aviões hoje. E eles nos encontrariam em Paris, pois é para lá que íamos transferir o corpo. Finalmente, meu pai não conseguira esperar toda a noite, e decidira tomar a estrada por volta das quatro da madrugada, sem me avisar disso. Ele estava lá, agora. De pé, perto de sua mãe. Logo compreendeu que tudo estava terminado. Ele se agarrou a meu olhar, esperando que eu lhe dissesse alguma coisa. Murmurei que ela acabava de morrer. Ele ficou sem reação durante um minuto, antes de desmoronar. Sentou-se numa cadeira, pôs-se a chorar, escondendo o rosto com as mãos. Eu podia compreender que ele estivesse devastado, mas fiquei surpreso com uma coisa: ele não chorava realmente por sua mãe; chorava o fato de ter perdido sua partida. Acreditei ouvir que dizia: "Até isso eu perdi." Ele jamais poderia dizer-lhe adeus.

# 48

## *Uma lembrança de Marcello Mastroianni*

*Em setembro de 1996, o ator italiano, então em filmagem no Norte de Portugal, confidenciou várias histórias sobre sua vida para um documentário. Ele escolheu como título deste filme, e do livro que se seguiu:* Eu me lembro, sim, eu me lembro... *Essas primeiras palavras fazem referência a imagens que lhe vêm à mente: "Eu me lembro dessa caçarola de alumínio sem cabo, minha mãe fazia ovos nela. Eu me lembro da música de* Stardust; *era antes da guerra; eu dançava com uma moça de leveza tão elegante quanto a de Fred Astaire. Eu me lembro de Paris, quando minha filha Chiara nasceu. Eu me lembro de Greta Garbo, que olha meus sapatos e me diz:* 'Italian shoes?' *Eu me lembro das mãos de meu tio. Eu me lembro da neve na Praça Vermelha, em Moscou. Eu me lembro de um sonho em que alguém me diz que leve comigo as lembranças da casa de meus pais. Eu me lembro de uma viagem de trem, durante a guerra: o trem entra num túnel; a escuridão é total; então, no silêncio, uma desconhecida me beija na boca. Eu me lembro de meu desejo de ver o que se tornaria o mundo no ano 2000." E assim sucessivamente, por pequenos toques emocionais, ele enumera suas lembranças à maneira de Georges Perec. E mais adiante, no meio de suas confissões, dirá esta belíssima frase: "As lembranças são uma espécie de ponto de chegada; e talvez sejam, elas também, a única coisa que nos pertence realmente."*

# 49

Tivemos de ficar um dia no lugar para resolver os detalhes da transferência do corpo para Paris. Era muito difícil ter de enfrentar os aspectos práticos num momento em que queríamos desmoronar e nos entregar simplesmente à tristeza. Meu pai me disse que minha avó havia "tomado suas providências". Existe pois um dia, numa vida humana, em que se decide empreender iniciativas concretas concernentes à sua própria morte. Isso me parecia inconcebível, tão absurdo quanto um feto que deve escolher sua maternidade. Eu tentava imaginar meus pais numa funerária (eles teriam com certeza tomado as providências a dois). Teria sido um dia comum? Teriam eles escolhido seu caixão antes de ir ao Carrefour? Eu não cessava de pensar naquele momento, de integrar essa lembrança que eu não conhecia. Escolhemos nosso caixão tal como escolhemos um carro? Experimentamos o caixão? Hesitamos entre as diversas opções? Na folha que pude ler, tudo estava detalhado: minha avó optara por uma madeira de carvalho, com interior capitonê e suplemento de almofada. Sim, estava realmente marcado: "suplemento: almofada". Há pois pessoas que atravessam a eternidade com o pescoço torcido. Eu precisava me entregar a esse tipo de reflexão, queria pôr meus pensamentos em movimento. E meu pai não era certamente o companheiro ideal para uma discussão sobre todo esse absurdo prático. Passada a digestão do primeiro choque, retoma-se normalmente o juízo. Mas não era seu caso, ele parecia paralisado em sua atitude inicial, como que esculpido no momento do anúncio da morte de sua mãe.

Ficamos sentados uma parte do dia em assentos amarelos, num corredor de hospital, a esperar a chegada do condutor do carro fúnebre. Ele enfim apareceu, mas sem estar ainda disponível para nós: estava em plena discussão. No início, pensei que ele se dirigisse a nós, mas estava usando um fone de ouvido. Sempre achei ridículo falar assim. Essas pessoas deviam certamente ser loucas em sua vida anterior, haviam criado o hábito de falar sozinhos, e então encontraram um paliativo moderno para sua loucura. O homem nos fez um sinalzinho de desculpa. Ele, aparentemente, devia terminar a conversa. Ele estava ali, de pé, diante de nós, e esperávamos que ele resolvesse seu problema. Aquilo concernia a outro cadáver por transportar. Ele pontuava a espera que nos infligia com gestos supostamente amigáveis. Não parecia compreender a indelicadeza de sua atitude. Ao fim de cinco minutos, desligou enfim e disse logo: "Desculpem-me... é por causa... enfim eu tinha um problema com outro morto." Diante do branco deixado por sua frase, ele se recobrou. Apresentou-se ao mesmo tempo que apresentava também suas condolências. Soube pontuar sua frase com uma bela tonalidade compassiva. Sentíamos que essa cena diante das famílias chorosas, ele a conhecia de cor. No fundo, sua compaixão contava pouco. Queríamos que ele assumisse a situação. O que queria dizer: queríamos que cuidasse do corpo. Mas as coisas não seriam tão simples; nunca o são.

O homem nos confundiu com suas perguntas:

– O senhor reconheceu o corpo?

– Que quer dizer?

– Bem, o senhor deve assinar uma liberação dizendo que é exatamente sua mãe antes que eu possa carregá-la.

– ...

– Enfim... que possamos partir – retomou ele.

Meu pai parecia consternado por cada palavra.

– Sim, é exatamente minha avó – disse eu, como se a leitura do pesar em nosso rosto não fosse suficiente.

– Não, mas digo isso porque às vezes... Enfim, aconteceu, sim... a gente se engana de corpo... já me aconteceu entregar alguém à família errada, na cidade errada... Enfim, bem, aí, as coisas parecem simples... mas nunca se sabe... eu prefiro tomar as precauções necessárias, vocês entendem?

Sim, nós compreendíamos que ninguém nos deixava tranquilos com nosso luto. Compreendíamos que toda morte era entravada por situações absurdas e administrativas. No próprio registro, eu ficara igualmente estupefato com o empregado supostamente de posse do documento por assinar. Ele procurara durante dois minutos em sua escrivaninha, e parecia quase surpreso com a situação. Vendo seu rosto, teríamos podido crer que nunca ninguém antes de minha avó tivesse morrido em nosso planeta.

Tudo agora estava resolvido. Estávamos prontos para partir. Meu pai e eu esperamos em nossos respectivos carros, no estacionamento. Não queríamos assistir ao carregamento do corpo. Ali ainda, as coisas nos pareciam anormalmente demoradas. Várias vezes quase fui ver o que estava acontecendo. Enfim, ele saiu, e nós pudemos pegar a estrada. Nós nos seguíamos, em três carros, num balé macabro para Paris. Até então eu não havia chorado. Mas justo antes do pedágio, repensando em minha viagem de ida, em meu estado de espírito naquele dia, derramei algumas lágrimas. O contraste entre esses dois momentos me tocou em cheio o coração. Tantas emoções contraditórias se misturavam em mim, e eu avançava naquela estrada sem saber muito bem o que ia ser minha vida doravante. Eu vivera os últimos dias num estranho parêntese, momentaneamente anestesiado pela angústia permanente do incerto por vir. Ia retornar a meu hotel. Ia tentar escrever. Ia talvez aceitar a proposta de meu patrão. Girava sobre as hipóteses, e nada me parecia maravilhoso.

Na estrada, eu passava o tempo também a olhar o carro de meu pai pelo retrovisor. Ele não dormira (nem eu, mas eu tinha o hábito) e não dirigia direito. Eu tinha medo de que ele tivesse um acidente. Imaginava o cenário mórbido; eu o imaginava morrendo enquanto estava seguindo sua mãe morta. Era plausível. Via-o choramingar ao volante de seu carro. Ele devia estar dilacerado pela culpa. O fim de sua relação com sua mãe fora tão brutal... Se minha avó tivesse pensado em morrer, nunca teria deixado assim seus filhos. Não teria partido com tal nota de amargura. E, no entanto, era o caso. E seria sempre assim. O fim de sua relação fora medíocre. Um desses fins que perseguem perpetuamente os sobreviventes. Dirigindo, ele se odiava muito. E odiava-se também pelo que acontecia com minha mãe. Sentia-se mais que nunca responsável por seu extravio, pois nunca soubera dar-lhe confiança no futuro deles. Sua vida inteira lhe parecia um grande casaco em que ele sempre flutuara. Mais cedo naquele dia, enquanto esperávamos notícias do papa-defunto, eu perguntara: “Como vai mamãe?” Ele levara um tempo considerável para responder, para me dizer a verdade:

– Sua mãe foi hospitalizada.

– Quê?

– Ela está numa clínica.

Eu não acrescentei nada. Fiquei como que insensível a essa nova gradação na decadência. Eu não podia viver tudo ao mesmo tempo. Era preciso organizar uma hierarquia nos sofrimentos.

Tomava distância de meu pai agora. Via-o como um pontinho na estrada. E depois, subitamente, ele se reaproximava muito rapidamente e colava em mim de maneira perigosa. Ele devia pisar freneticamente no acelerador para recuperar o atraso. Mas alguns minutos depois ele se deixava de novo distanciar. Durante todo o trajeto, não cessou de variar assim seu ritmo, numa incoerência nervosa. O trajeto me pareceu interminável, mas chegamos afinal. Meus tios nos esperavam, acompanhados de suas respectivas mulheres, e eu fiquei aliviado por deixar meu pai em família. Exausto, voltei para casa. Deitei-me em minha cama, e, pela primeira vez desde a mudança para este apartamento, confessei-me que nunca estivera bem aqui. Tudo era como a materialização do adiamento; eu sempre pensara que este lugar seria temporário. O tempo de ter mais dinheiro, de ter uma situação mais confortável. Nos primeiros tempos, somente a ideia da independência importara: eu queria meu lugar custasse o que custasse. Mas naquela noite senti tristeza pela ideia de viver num apartamento que não era nada para mim, que não tinha alma nem calor, e que não podia me consolar quando a solidão me pesava.

Passaram-se alguns dias, numa flutuação estranhamente serena, e depois veio a manhã do enterro. Estávamos todos reunidos: os filhos e os netos, os primos próximos e os primos distantes, e os poucos amigos que pudéramos avisar. Era o início dos feriados de Todos os Santos: minha avó sempre tivera um grande senso de harmonia. O tempo estava cinza, as folhas caíam, tudo era de uma tristeza terna. Todo o mundo estava sabendo do episódio do Curso Elementar 2, e isso oferecia um sorriso por compartilhar. Era a última história de sua via, e essa história parecia agradar. De minha parte, eu já não sabia muito bem em que pensar. Eu estivera nas primeiras filas, mas essa lembrança fora parasitada por seu fim brutal. Dividindo tudo isso com os outros, eu queria abandonar meu papel principal. Seus três filhos pronunciaram algumas palavras, alternadamente. E é talvez cruel dizer, mas achei todos os discursos desvinculados da menor emoção: é como se tivessem sido ditados por uma sensibilidade mecânica. Eu compreendia principalmente que era realmente o fim de uma época. O fim de uma forma de vínculo entre os elementos frios desta família. No entanto, depois que o corpo se incorporou à sua última morada, ficamos ainda todos juntos perto do túmulo. Ninguém queria deixá-lo. Num momento, eu virei o rosto, e vi que Louise estava lá.

Desde que deixáramos Étretat, eu pensara frequentemente nela. Sem saber muito bem o que devia fazer. Voltar a vê-la? Esquecê-la? A pergunta já não se fazia. Ela estava lá, agora. Perto de mim.

– Bom-dia – disse ela.

– Bom-dia.

– Eu queria vir... espero que...

– É bom que esteja aqui.

Louise era uma desconhecida para mim, e, no entanto, naquele dia a apresentei a toda a minha família, como se nos conhecêssemos desde sempre. Durante a cerimônia, ela ficara afastada, para não perturbar o recolhimento familiar. Aproximara-se de nós ao ver que não partíamos. Após nossa partida apressada de sua escola, ela se preocupara por não ter notícias. No hotel, o dono lhe explicara o que ocorrera. Ao telefonar para o hospital, ela soubera do falecimento de minha avó. Em plenas férias escolares, sentira como uma necessidade de vir. Fizera todas essas coisas de maneira extremamente simples, sem se questionar. E eu sentia essa mesma simplicidade: estava feliz com sua presença, sem procurar identificar essa felicidade. Eu só conseguia dizer que seu aparecimento preenchia uma carência. Uma carência dela. Ao vê-la (quando eu era incapaz de formular este desejo), compreendi que a esperava.

## 50

*Uma lembrança do empregado da funerária que conduziu o corpo de minha avó de Le Havre a Paris*

*O homem não infringia uma estranha regra: os empregados de funerárias retomavam frequentemente a tocha familiar. De pai para filho, havia gerações, transportavam e enterravam os mortos. Criança, ele passara muitas manhãs a brincar no trabalho do pai. Escondia-se entre os caixões. Mas, quando uma pessoa entrava na loja, seu pai lhe pedia sempre que se calasse. "É preciso respeitar a dor do cliente", repetia ele, como a primeira lição de sua futura profissão. Então ele se encolhia e assistia ao desfile da tristeza. Lembrava-se de uma mulher, uma belíssima mulher, que acabava de perder o marido de maneira brutal. Ele fora esmagado por um carro enquanto fazia seu* jogging. *Ela estava arrasada. No momento de escolher o caixão, a mulher chorava tanto diante de seu pai, que ele teve de tomá-la nos braços, e abraçá-la forte. Criança, ele ficou fascinado com essa visão. Aquela mulher era tão linda... Foi nesse momento preciso que ele pensou: "Que profissão formidável."*

## 51

Saí com Louise, e caminhamos através das alamedas do cemitério. Alguma coisa nascia entre os mortos, nós o sentíamos. Era um momento simples e sereno, como a manifestação de uma evidência. Eu me disse que havia amiúde corrido atrás das mulheres, havia às vezes me obstinado, havia querido encontrar pontos comuns com tal ou tal outra, e tudo isso me parecia risível agora que compreendia que os encontros amorosos se anunciam na claridade. Ficamos em silêncio, lado a lado, como os personagens de um quadro americano dos anos 1950. Eu não procurava preencher o vazio, ao passo que muito amiúde me sentia culpado pelo menor branco numa conversa. Estávamos sentados num banco diante de um túmulo sem flores (um morto que não devia ser popular). Não sei quanto tempo ficamos ali. Ao fim de um momento, aproximei-me dela para beijá-la. Desejava-a de uma maneira muito intensa. Gostava tanto do seu rabo de cavalo, da maneira como as mechas caíam em volta de seu rosto como os últimos instantes luminosos de fogos de artifício... Meu coração batia por seus lábios. A vida me agarrava com sua intensidade. E eu podia crer por um instante na loucura súbita de minha felicidade, que todo o mundo neste cemitério ia reviver.

Alguns meses antes, percorrera um cemitério na esperança de rever uma moça que nunca mais havia voltado a ver, e eis que ali beijava agora uma mulher. Comecei a me dizer que eu talvez tivesse intuição para as coisas da vida; certamente, minha intuição estava defasada, ou digamos que não estava focalizada nas pessoas certas, mas, em termos de cenário, eu demonstrava algumas disposições intuitivas bastante surpreendentes. Continuávamos a nos beijar, e eu queria descobrir seu corpo imediatamente. Queria estar entre suas coxas. A morbidez dos últimos dias acentuara minha pulsão de vida. Ela deve ter-me tomado por um homem muito atrevido, carente talvez de delicadeza nesse instante, mas meu desejo tinha como que uma urgência. Ela trajava uma saia que eu tinha vontade de levantar, e a decência me obrigava aqui a parar na fronteira de seus joelhos. Nós nos olhávamos. Ninguém podia imaginar que acabávamos de enterrar minha avó a alguns metros dali. Deviam tomar-nos por excitados pelo desejo gótico, adeptos da sensualidade negra.

Eu devia voltar ao hotel. Decidira retomar meu trabalho a partir dessa noite, o que lamentava agora. Mas não podia dar o cano no meu patrão; ele fora tão compreensivo nos últimos dias... E até: fora um apoio notável. Disse a Louise: "Venha comigo ao hotel." Creio que pronunciei de propósito esta frase de caráter ambíguo. Isso me permitia saber até onde ela me acompanharia. Ela disse: sim. (Obrigado por esse sim.) Ela partiu num impulso, sem bagagem. E ela gostava de dar continuidade a esse movimento não premeditado. Ela não planejara nada para as férias. Como eu estava atrasado, tentamos encontrar um táxi. Começou a chover, é claro. Todos os ingredientes desses momentos que se frisam numa vida estavam ali. Todos os elementos de sua própria mitologia amorosa. Encontramos enfim um carro, e o motorista asiático não cessou de falar-nos durante todo o trajeto. Seu sotaque era tão forte, que não compreendemos uma palavra. Nós contínhamos o riso no assento traseiro. A vida era bela, desenraizada das horas recentes.

Gérard me esperava no hotel. Não quisera ir ao enterro. Segundo ele, tratava-se de uma cerimônia íntima. Preferira estar ali, à minha chegada, com um grande sorriso. Deve ter ficado muito surpreso ao me ver de terno (eu não passara em casa para me trocar) acompanhado de uma jovem mulher, tão encharcada quanto eu mesmo. Tínhamos o ar de um casal que ia pegar um quarto. Ele ficou um instante parado, como se procurasse uma boa entrada, e depois tentou esta: "Vocês estavam num casamento ou num enterro?" Não sei por quê, com certeza isto estava ligado a um excesso de emoção, mas eu avancei para ele para abraçá-lo. Disse-lhe obrigado, obrigado por tudo. Eu devia estar ridículo. O amor entrava em minha vida, e isso me dava vontade de amar a humanidade inteira. Tinha vontade de dizer às pessoas importantes para mim que eu as amava. E era o momento ideal para agradecer-lhe por cada uma de suas atenções, que me haviam tocado profundamente. Esse homem agira como um pai. Eu lhe apresentei Louise, relatando rapidamente os detalhes de nosso encontro (eu estava tão feliz por poder falar dela a alguém!). Ele disse que essa história era incrivelmente romanesca. Eu não sabia o que era romanesco ou não, não me fazia esta pergunta. Dizia-me simplesmente que tudo o que eu estava vivendo possuía a beleza da verdade, e isso me era suficiente. Gérard quis que tomássemos uma taça de champanhe para celebrar o momento. Finalmente, ele abriu várias garrafas, e todos os clientes que passavam no saguão tinham também direito a uma taça. Ao nosso redor, ouvíamos turistas falar chinês, alemão, russo. Louise e eu nos olhávamos, banhados que estávamos nesse exotismo, com o sentimento de sermos nossa própria nação. Ao fim de um momento, cada um recomeçou. Gérard sugeriu a Louise um quarto, dizendo-lhe que ela podia ficar quanto tempo quisesse. Ela virou a cabeça para mim, bem calmamente, e disse: "Então, vou visitar Paris."

Fiquei sozinho atrás de meu balcão. Estava completamente esgotado. Sabia que não me restavam por aguentar senão algumas horas para encontrar-me com Louise. Passei aquela noite sentado, sem fazer nada. Nem ler nem escrever. Imóvel em meus pensamentos. Imóvel no pensamento de Louise. A manhã chegou, assim como a moça que me substituía. Ela tinha olheiras atrozes. Eu não tinha senão uma vontade, de subir o mais rápido possível. Mas fiquei com ela alguns minutos. Fiz-lhe um café. Lentamente, ela recobrou uma forma humana. O dia podia começar. Tomei a escada; o quarto ficava no último andar. Gérard quisera que minha amiga tivesse uma belíssima vista. No entanto, quando entrei, as cortinas estavam cerradas. Louise estava deitada no sentido da largura na cama: era um convite a acordála à minha chegada. O lençol era como uma margem sobre seu ombro; a margem de uma água serena; um lago na Suíça. Sentei-me perto dela, sem fazer barulho, para contemplá-la. Queria retardar o momento de nossa descoberta. Estava profundamente emocionado por essa visão. Achava-a tão linda... Ela correspondia, acho, a tudo o que eu amava. Ou então: ela se tornara tudo o que eu amava. Não sei realmente. Ela abriu os olhos e me olhou de maneira séria. Eu escorreguei então na cama, bem para junto dela. Era a manhã do mundo.

## 52

### *Uma lembrança de meu primeiro beijo com Louise*

*O começo de uma história é a matéria das lembranças mais precisas. Eu poderia detalhar cada um de nossos primeiros beijos. Lentamente, com a repetição, e o hábito do maravilhamento, as lembranças se misturam umas às outras e culminam num todo que já não distingue o sabor da particularidade. Os beijos pegam então o gosto impreciso de uma vasta época.*

*Pensei amiúde no primeiro beijo no cemitério. Ficamos um longo momento a nos beijar calmamente, beijinhos doces, nos lábios. Nossas línguas ficavam recolhidas. Depois nossos lábios se misturaram, e nossas línguas enfim se tocaram. Bem no início, era realmente com a ponta da língua.*[11] *Era uma devastação tocar a ponta de sua língua, ao passo que, mais tarde, conheci com menos êxtase seu*

[11] Temos algo na ponta da língua quando não nos lembramos.

*corpo em todas as posições, e a crueza inebriante da sexualidade. Acho louco a que ponto o gozo, apesar de real e belo, se empobrece de sua emoção inicial. Assim, ocorreu-me às vezes beijar Louise um pouco mecanicamente depois de pensar novamente nessa primeira lembrança. E eu a via não como um vestígio, mas como um esconderijo onde eu poderia me refugiar para me proteger da lassidão.*

## 53

Eu já não pensava em nada mais. A felicidade aprisionava minhas horas num tipo de totalitarismo do agora. Eu descobria este estado um pouco ingênuo que me parecera sempre ridículo nos outros. Meu coração batia com uma nova força, e isso me doía às vezes. À medida que eu entrava nessa história, tinha medo. Medo da felicidade com certeza, medo de não estar à altura, medo de não saber como agir. O amor me parecia finalmente um país complicado. Preocupado, eu podia girar a língua em minha boca antes de falar; enquanto era na de Louise que eu deveria estar. Tudo aquilo era ínfimo, mas me lembro daqueles dias em que vivia a angústia de não saber como manobrar nossa evidência amorosa. Ocorria-me lamentar meu passado de homem só; esse passado em que, de pé em minha solidão, eu não corria nenhum risco de decepcionar uma mulher. Eu estava esgotado e não conseguia dormir. Toda manhã a encontrava. Ela me esperava, deitada na cama, sempre na mesma posição, num ritual já.

Para se adaptar a meu ritmo, ela decidira visitar Paris à noite. Para Louise, a cidade seria então noturna e iluminada. Gérard sugerira acompanhá-la a todo lugar de carro. Eles estariam praticamente sozinhos nos lugares: a Praça Saint-Sulpice, o Sacré-Coeur, ou ainda a esplanada da biblioteca François-Mitterrand. Seria uma cidade sem parisienses, sem turistas, sem comentários, uma cidade numa versão depurada. Penso que aquelas noites foram importantes para ela na magia de nosso começo. O cenário da sentimentalidade tem sua importância. De manhãzinha, ela voltava ao hotel, passava diante de mim sem dizer nada, com um grande sorriso em forma de promessa erótica. Ela entrava no elevador, e eu pensava em seu corpo. Fazíamos amor, depois dormíamos uma parte do dia. Acontecia-nos acordar, olharmo-nos em silêncio, e depois dormir de novo. Tomávamos o café da manhã no meio da tarde, sentados com as pernas cruzadas na cama. Deixávamos as cortinas fechadas, como dois vampiros amedrontados pela luz. Bem no começo das histórias de amor, quer-se contar um ao outro tudo muito rapidamente e muito loucamente. Decidíramos não nos desvelar muito rapidamente. Proibíamo-nos ultrapassar mais que uma história grande por dia. Retardávamos o momento frenético da descoberta, persuadidos de que era preciso conservar o maior tempo possível esse estado de inocência do outro. Por outro lado, tínhamos o direito de mostrar nossos gostos. Falávamos dos filmes, dos livros, das músicas de que gostávamos. Eu achava maravilhoso descobrir uma pessoa assim. Ela me recomendava seus romances preferidos, e no entanto eu sabia que naquele momento já não tinha nenhuma vontade de ler. Nem de escrever, aliás. Eu queria viver nossa história sem manchá-la com as dos outros.

Eu tinha meu pai todos os dias ao telefone. Ele me perguntava, insistindo: "Quando você vem ver sua mãe?" Eu não sabia. Postergava o momento, sem poder justificar minha atitude. Era assim. Era seguramente por causa de Louise. Com certeza não era preciso ver nisso uma manifestação egoísta, mas antes o desejo de preservar numa bolha o que eu estava vivendo. Eu tinha a impressão de que era meu corpo que tomava todas as decisões. E meu corpo queria ficar perto do de Louise, nessa proteção vaporosa do desejo. Eu vivia o mesmo sentimento quando ela me falava de minha avó. Tinha a impressão de que tudo isso estava tão longe... Louise me fazia perguntas sobre ela, me perguntava detalhes de nossa expedição a Étretat, e era somente nesses casos que eu me lembrava da maneira como encontrara Louise.

– Quando você me fala de minha avó, me faz voltar a uma estranha realidade.

– Qual?

– A de só conhecer você há alguns dias.

Eu experimentava o sentimento de que ela estava ali desde sempre. De certa maneira, esperar alguém é fazê-lo existir antes de seu aparecimento. Eu havia desejado tanto essa mulher, que sua presença ultrapassava em meu espírito as fronteiras de sua realidade. E, no entanto, ela impelia-me a reintegrar o presente. Dizia-me que eu devia ir ver minha mãe. Pronunciara essa opinião com tal convicção, que eu decidira ir lá. Eu saberia depois que a mãe de Louise morrera um ano antes em circunstâncias bastante misteriosas. Ela estava em perfeita saúde, mas uma manhã não despertara. Havia tal brutalidade nessa morte suave... Queríamos que a morte se anunciasse um pouco, se declarasse por uma doença ou uma decadência: então, era como roubar uma vida na passagem. Uma pulsão vomitiva da morte. Durante semanas, ela ficara prostrada, literalmente invadida pelas lágrimas. Ela caminhava perto das falésias, e pisava a vacuidade. E depois, com a volta às aulas e o olhar das crianças, retomara o gosto dos dias. Esse evento que sobrevoo agora teria uma consequência decisiva. Louise vivia a vida dia a dia. Assim, nossa história seria vivida com a incerteza permanente do amanhã. Isso a tornava às vezes fugidia, inalcançável; e isso me tornava, pois, frequentemente inquieto de amor e desajeitado.

Uma manhã, meu pai bateu à porta de nosso quarto. Eu acabara justamente de adormecer, estava na melhor parte do sono, aquela em que se naufraga. Ele estava ali, extremamente nervoso, no patamar. Quis entrar, mas ao ver o ombro nu que ultrapassava o lençol recuou. A ponta da feminilidade percebida de relance cortou a dinâmica nervosa de sua primeira intenção.

– O que está acontecendo? – perguntei, muito preocupado.

– Eu não o aguento mais. Você não responde às minhas chamadas. Não vê que a situação é grave.

Ele pronunciara essa frase com uma rapidez desconcertante. Sentia-se que havia contido suas palavras havia dias e que elas saíam como quando se toma uma lufada de ar depois da apneia. Olhei o ombro por minha vez, e depois saí para o patamar. Fechei a porta atrás de mim.

– Tudo bem, eu planejei ir lá.

– Mas quando?! Quando?!

– Escute, acalme-se.

– Não fale assim comigo. Eu sou seu pai.

– Eu sei... mas acalme-se.

– Não, eu não me acalmo. Não vejo por que você me deixa completamente sozinho nesta confusão.

– Quê?

– É sua mãe. Você é realmente insensível!

Era melhor pôr essas palavras na conta do esgotamento nervoso. Eu encontrava escusas para ele, quando não tinha senão uma vontade: rejeitá-lo violentamente. Eu compreendia mais que nunca a que ponto meus pais eram egoístas. Nunca meu pai se interessara pela menor das minhas interrogações, nunca se condoera com meus mal-estares de adolescência, e eis que me julgava. Eu tinha vontade de dizer-lhe que ninguém era responsável por seus pais. Mas via perfeitamente que sua raiva não se dirigia a mim. Ele procurava um aliado para seu extravio, e eu era o único para quem ele podia se voltar. Mas eu não queria esse papel. Eu estava no nascimento da felicidade. Quis resistir, mas ele ousou dizer:

– Se ela morrer, você o lamentará por toda a vida.

– Mas não está certo dizer isso. Você é odioso.

– ... Desculpe-me, eu não queria dizer isso...

Em algumas frases, nós já estávamos no fim da conversa. Nossas palavras eram passos numa rua sem saída. Deixei um branco, e depois suspirei: "Está bem, vamos." Ele me disse obrigado com um ar aliviado.

Voltei para me vestir rapidamente. Louise fingia dormir. E eu fingi acreditar que ela dormia realmente. Eu quis mudar de parecer. Estava nesse primeiro movimento do amor em que cada minuto passado longe do outro parece um absurdo. Tão inconcebível como um homem sem cabeça. Partimos de carro.

Eu já não podia viver situações complicadas sem ter dormido. Tomavam-me por tranquilo, quando na verdade eu estava simplesmente desmembrado pelo cansaço. Logo no começo do trajeto, meu pai mudou de atitude. Ele chegara ao hotel impelido por uma agressividade impossível de dominar. Mas, com certeza aliviado por minha presença, ele se tornara meloso. Era realmente o tipo de pessoa insuportável, que passava do irascível ao dócil. Dirigia placidamente fazendo-me perguntas sobre minha vida e sobre a mulher que dormia comigo. Eu lhe disse que tinha sido ela quem me havia encontrado no enterro. Ele não lembrava. Ele lhe apertara a mão, alguns dias antes, mas agora que nós a evocávamos não se lembrava mesmo (meu pai estava decididamente mal: Louise era perfeitamente inesquecível). Eu me perguntava se não ia pegar para ele um quarto no mesmo hospital que minha mãe. Eu tinha ainda assim o mérito de me sair bem sendo fruto desses dois seres. Bem, eu com certeza sou exagerado. Antes de seu extravio recente, meus pais haviam sido de uma estabilidade exemplar, para não dizer de um tédio profundo. Eu devia afinal alegrar-me com as últimas peripécias. Talvez eles também representassem o papel de loucos para não ter de enfrentar o vazio. Tudo isso não era senão um fingimento de velhos adultos preocupados.

Eu soube no caminho que a MGEN (Mutuelle générale de l'Éducation nationale) possuía em Paris três centros de saúde mental e readaptação. Cada estabelecimento contava com cerca de uma centena de leitos, e não esvaziava por assim dizer: a Educação Nacional é tanto uma máquina para formar a juventude quanto para criar depressões nos professores. Meu pai me disse que minha mãe estava internada no hospital Van-Gogh, após quase ir para o Camille-Claudel. Parecia-me inconcebível batizar assim as clínicas que tratam as doenças mentais. Dar o nome de dois artistas que naufragaram na loucura: um pintor que cortou a própria orelha, e uma escultora que ficou trancada durante décadas. Que bela mensagem de esperança!... Por que não utilizam nomes positivos, como Picasso ou Einstein? Se um dia eu ficasse louco, não gostaria de ir para uma clínica que tivesse o nome de uma personalidade conhecida por seu extravio mental ou rotundamente por seu suicídio. É o mesmo que imaginar uma clínica James-Dean para acidentados na estrada. Meu pai não parecia incomodado com tal nome:

– Para mim, Van Gogh são os lírios. É belo e cheio de esperança. E, além disso, é o sucesso social... você viu por quanto se vendem suas telas?

– Eh... ele morreu na miséria.

– Sim, enfim, mas é forte... é uma bela esperança para o futuro.

Eu sentia que era preciso não contrariá-lo. Afinal, ele talvez tivesse razão. A imagem de Van Gogh era positiva. Era uma imagem de posteridade tranquilizadora. Meu pai encontrou rapidamente uma vaga para estacionar, e como sempre isso o deixou alegre! Penso que poderíamos incluir o fato de estacionar facilmente no trio principal de seu panteão da felicidade. Em qualquer lugar, e isso é muito simbólico: meu pai sempre quis ter uma vida organizada. Eu critico esse entusiasmo pelo lugar de estacionamento, mas afinal cada um faz como pode para alegrar-se.

Eu tinha medo de descobrir a verdade. Minha última visita fora dolorosa, quase não reconhecera minha mãe. Eu a via pouco, nós não estávamos realmente próximos, mas eu ainda era, de maneira um pouco estúpida, uma criança que tinha necessidade de sua presença. Sua possível loucura me aterrorizara. Eu fizera tudo para adiar o momento desta provação. Ninguém vira que minha incapacidade de ir ver minha mãe era finalmente a prova de minha afeição. Eu estava ali diante da porta, a mão suspensa, pronto para bater levemente. Mas ainda incapaz de bater. Sim, minha mão estava ali, idiotamente paralisada, como um combatente detido pelo medo. Meu pai deu meia-volta após ter murmurado covardemente de trás de sua barba: "Bem, talvez seja melhor que você vá lá sozinho."

Bati levemente, várias vezes. Diante da ausência de reação, entrei em seu quarto. Minha mãe estava adormecida numa posição inabitual. Eu me disse que deviam ter-lhe dado comprimidos, porque ela parecia prostrada. Dormia com a cabeça pousada bem reta sobre o travesseiro, enquanto eu a vira sempre de lado. Mas me enganei. Assim que me sentei perto dela, ela abriu os olhos. De maneira estranha, abriu um olho depois do outro. Não estava dormindo mesmo. Parecia extremamente calma (um domingo de manhã, em fevereiro). Virou o rosto para mim e me deu um grande sorriso. Eu disse: "Bom-dia, mamãe." E ela disse: "Bom-dia, meu querido." Não sei por quê, mas uma emoção me invadiu. E eu vi perfeitamente que essa emoção era recíproca. Fomos subitamente alcançados pela ternura. Ter-se-ia podido crer que a ternura nos esperara sabiamente à beira do precipício. Eu compreendi imediatamente que minha mãe não estava louca de jeito nenhum. Ela tivera medo da vida, simplesmente. Medo de sua vida. Era como uma menininha assustada com o escuro.

– Você vai bem? Eu sei que você encontrou alguém.

– Sim, ela se chama Louise.

– Você vai achar esquisito, mas creio que posso imaginá-la.

– Eu deveria ter-lhe trazido uma foto. E deveria ter vindo vê-la antes, eu sei disso.

– Mas não, você fez bem. Era seu pai que estava nervoso. De minha parte, compreendi por que você não vinha imediatamente.

– É verdade?

– Sim, compreendi. E compreendi também que eu não estava louca. Sobretudo quando vi todos os loucos aqui. Eu me disse: mas eu não sou assim.

– Estou feliz com que você diga isso.

– No momento, descanso um pouco. Esvazio a cabeça. E vou voltar para casa. Preciso cuidar de seu pai. Ele me preocupa realmente.

– Sim, é verdade que ele anda estranho.

– Eu lhe disse que saísse à noite... para aproveitar a minha ausência... mas não, impossível... ele me disse que não tinha coração para isso... não compreende que me faria bem vê-lo vivo, e não pendurado em mim... com sua cara circunstancial.

– Ele se preocupa, é tudo.

– Sim, eu sei. Nós nos preocupamos todos.

Ficamos um momento assim, sem falar. Depois eu disse que estava feliz por vê-la assim. Feliz e aliviado.

– Você vem com Louise da próxima vez, certo?

– Ela vai voltar a Étretat. É a volta às aulas. Retornará com certeza para o Natal.

– Certo. Cuide bem dela. Uma moça que tem sentimentos por você não pode ser senão formidável...

Repensei nessa frase, e tive vontade de escrevê-la ainda: "Uma moça que tem sentimentos por você não pode ser senão formidável." Minha mãe não me acostumara a tanta doçura, a tanta benevolência. Senti uma emoção imensa, como se ela me tivesse dito que me amava após tantos anos de secura afetiva. Que idiotice esperar permanentemente a afeição dos pais; bastava que eles nos jogassem um ossinho para que o roêssemos alegremente abanando a cauda. Eu a beijei, e depois saí. Fora tão terno trocar assim algumas palavras com ela... Eu tinha a impressão de que suas perguntas sobre minha vida haviam sido ditadas por um real interesse e não pela mecânica do amor materno. Um pouco mais tarde, no mesmo dia, esperei porém que essa ternura não fosse fruto de algum calmante.

Encontrei meu pai perto da máquina de café. Pela maneira nervosa que ele tinha de me espiar, eu podia imaginar que bebera pelo menos seis ou sete em seguida. Mal entrei num perímetro onde sua voz podia ser acessível a meus ouvidos, ele me perguntou: "Quer um café?" Sim, realmente, essa foi sua primeira pergunta, antes de qualquer coisa, e até de saber o que eu pensara de minha mãe. Ele reiterou:

– Quer um café?

– ...

– Deveria. Eles são bons aqui. Surpreendeu-me, mas realmente esta máquina faz bom café.

Eu disse sim, e tomei aquele café terrível. Ter-se-ia dito um café que tinha transtornos de personalidade; em minha opinião, era um café que teria antes querido ser um suco de tomate. Já era duro estar doente: então por que infligir-se uma dupla pena com aquele líquido improvável? Exatamente como o quadro da vaca na casa de repouso; com a diferença de que aqui haviam preferido investir no estrago do paladar e não da visão. Eu não podia dizer-lhe que o café não estava bom; via perfeitamente a que ponto ele apostava em meu assentimento. Finalmente, tomei um segundo, e era uma maneira de aplacar a tensão ligada à minha atitude dos últimos dias. Ao fim de um momento, enquanto ele não me fazia nenhuma pergunta concernente à minha mãe, eu disse que estava aliviado por vê-la tão bem. Ele me sorriu sem dizer nada. Sim, tudo iria melhor agora. Eu o beijei e fui embora, confiante no futuro. É claro que me enganava.

# 54

*Uma lembrança de Vincent Van Gogh*

*Graças às muitíssimas cartas trocadas com seu irmão Théo, temos uma visão bastante precisa da vida do pintor. Desde a mais tenra idade, ele é obcecado pela religião, a ponto de preocupar a família. Isso o torna calado, ausente. Ele tem como que uma relação artística com Deus. Pensa que sua vocação principal será espiritual. Em maio de 1875, aos vinte e dois anos, está em Paris. Vai muito regularmente à igreja. Numa carta dirigida ao irmão, evoca "o belo sermão" que ouviu: "Tenha mais esperança que lembranças; o que houve de sério e de bendito em sua vida passada não está perdido; não cuide pois mais disso, você o encontrará em outro lugar, mas avance." Várias vezes, ele fará referência às palavras desse pároco, e verá ali quase a justificativa para fazer tábula rasa do passado. Ele se lembrará dessa necessidade do esquecimento, que é também uma definição da fuga; e talvez até, de certa maneira, o pedestal da loucura.*

## 55

Eu ainda não estou certo de ser honesto na recomposição daquela época. Estávamos felizes Louise e eu, repletos da felicidade de nos descobrirmos um ao outro, e no entanto nos sucedia desperdiçar minutos preciosos por amuos infantis. Eu já nem sei muito bem por que brigávamos, mas éramos capazes de passar da evidência à dúvida em menos de um segundo. Eu me dizia: "Mas por que pensei que ela era a mulher da minha vida? É preciso render-se à evidência: ela é medíocre. E eu sou medíocre também por ter podido pensar que tudo isso existia realmente. Isto não está bem mesmo." Passavam-se alguns minutos, tal como se afasta uma nuvem, e um novo mundo chegava a meu mundo: "Como pude pensar o que acabo de pensar? Esta mulher é formidável. Eu o soube imediatamente. E é linda. Eu a olho, e constato de novo que amo loucamente o que eu amava loucamente há uma hora." E, assim, eu corria para ela, e nós nos beijávamos numa virgindade renovada. Era a coreografia incessante de nossos primeiros dias. Esse vaivém pueril entre o amor que deixa calmo e o amor que deixa louco. Dessa época, tenho também a lembrança de um cansaço que me roía os ossos. Eu quase não dormia, o que provocava em mim incertezas concernentes à realidade. Ocorria-me acordar em plena noite para falar com Louise, e eu compreendia ao despertar que não se tratara senão de um sonho. Meus sonhos tomavam a forma do real. Eu a observava dormindo, e ocorria-me também pensar em todas aquelas mulheres que me haviam escapado. A beleza do presente acalmava tantas coisas em minha vida... Eu tinha o sentimento de me reconciliar com tudo o que me faltara. Já não havia acidez em meu passado.

Passáramos dez dias tal como se governa um país autônomo. Nadávamos num oceano de egocentrismo primário. Falávamos de nosso encontro uma centena de vezes por hora. Repetíamo-nos incansavelmente o nascimento de nosso nós, como se fôssemos uma mitologia por submeter a exegese. Adoro esse momento do amor em que praticamos o que já sabemos: dizemo-nos que a verdade deve transbordar novas verdades ocultas por descobrir. Detalhes seguramente nos escaparam ao longo das reconstituições de nosso encontro. Depois veio o tempo da separação. Louise tinha uma vida, Louise tinha uma profissão, Louise tinha outra cidade: Louise tinha um passado sem mim. Ficamos grudados um no outro; de maneira bastante estranha, falamos de coisas inúteis. Quero dizer, não falávamos de nossa futura organização. Não dizíamos quando íamos nos rever, quem iria encontrar o outro. Deixamos nossos últimos momentos na incerteza mais completa. Era também uma maneira de afastar a angústia. Eu lhe perguntei antes:[12]

– Você prefere o vermelho ou o azul?

– Eu prefiro o azul, acho.

– Prefere o azul-claro do céu ou o azul-escuro do oceano?

[12] O diálogo que se segue não é o que eu prefiro de nossa história, mas, bem, eu opto por uma forma de realismo que não é sem risco.

– Hum... o azul do céu.

– Prefere o céu com ou sem nuvens?

– Com uma ou duas nuvens. Não demais.

– Suas nuvens, você quer que possamos revelar suas formas?

– Não, gosto das nuvens sem personalidade demais.

– Sua nuvem sem personalidade, você prefere que ela fique na França ou que seja empurrada pelo vento para muito longe?

– Eu gostaria que ela fosse para a Rússia. Que ela encontrasse uma nuvem russa.

– Sim, mas há muitas nuvens na Rússia. Você não acha que vai ser difícil para nossa nuvem francesa encontrar uma nuvem russa entre a massa de nuvens?

– Não, ela vai ter um amor à primeira vista, nossa nuvem. Vai ser evidente. Pois estaremos no verão. Não haverá senão uma única nuvem. E será aquela.

– Como estar certo de que uma nuvem é uma nuvem masculina e não feminina? E, aliás, você prefere que sua nuvem seja heterossexual ou homossexual?

– Afinal, acho que prefiro o vermelho.[13]

Eu a acompanhei à estação de trem. Beijamo-nos na plataforma. Enquanto meus lábios estavam bem junto aos seus, meu campo de visão foi parasitado por outro casal na mesma atitude que nós. Desgostava-me ver isso. Eu tinha a impressão de estar num restaurante numa noite de São Valentim, rodeados de todos esses casais que degustam o mesmo cardápio. Era a minha plataforma de estação de trem, e era o nosso beijo. Estava fora de questão que eu dividisse com quem quer que fosse aquela

---

[13] Afinal, este diálogo me emociona.

cena. Eu queria ter o monopólio desse clichê. Eu não queria que ele fosse poluído por esse grande bigodudo nojento que beijava em plena boca essa gorducha que ele deve ter conhecido pela Internet. Expliquei meu movimento de recuo a Louise. Ela me disse: "Você é louco." Evitei responder-lhe: "por você". O que teria tornado sem sabor sua primeira frase. Eu não disse nada. Abaixei a cabeça. Eu queria passar meus últimos segundos com ela na contemplação passiva de seus tornozelos. Gostava de seus sapatos também. Teria podido lamber seu salto agulha nesse instante (teria ridicularizado o bigodudo; francamente, quem lambe os saltos agulha da noiva numa plataforma de estação de trem?). Sim, ela tinha razão, eu era louco. Deixava-me louco vê-la partir. Eu não tinha a menor ideia com respeito a nós. Ela era o meu amor, e isso me mergulhava numa imensa confusão. Durante anos eu me sentira só: e descobria agora que é preciso haver dois para sentir *realmente* a solidão. Seus tornozelos subiram no trem, e o trem partiu. Eu achava atroz constatar que a plataforma não se mexia. A plataforma permanecia ali, em Paris, enquanto o vagão fugia.

À noite, eu logo lhe enviei uma mensagem perguntando-lhe se tinha chegado bem. Não tive resposta. Então lhe telefonei e não ouvi sua voz, mas antes longos sinais que ressoaram no vazio. Terrivelmente preocupado, passei a noite a enviar-lhe mensagens em vão. No dia seguinte de manhã, telefonei para sua escola. Caí na diretora do estabelecimento, que me disse que Louise estava em sala de aula.

– A senhora tem certeza?

– Sim, Louise... da turma do Curso Elementar 2.

– Sim, é isso. Ela está aí esta manhã?

– Bem... sim...

– A senhora verificou?

– Sim, tomei um café com ela esta manhã. De que se trata exatamente?

– De nada... eu queria somente falar-lhe, é tudo.

– O senhor quer que eu anote seu recado? Ela talvez possa lhe retornar a ligação...

Desliguei sem responder. Assim, Louise estava viva. Louise retomara uma vida normal. Mas Louise não me respondia. Deixavam-me louco essas pessoas capazes de deixar os outros no vazio, essas pessoas que não se dão ao trabalho de enviar uma mensagenzinha simplesmente para dizer que tudo vai bem. Sobretudo não compreendia sua atitude. Nós fôramos felizes, verdadeiramente. Enfim, eu duvidava agora dessa felicidade. Ela não pudera trapacear, não era possível. Por que agia assim? Será que eu não compreendia nada das mulheres? Desesperado, desabafei com Gérard, que não pareceu nada preocupado. Ele me disse, enigmático: "O silêncio de uma mulher é sua maior prova de amor." Ele se mostrara sempre tranquilizador, mas então duvidei da justeza de sua teoria.

Passou-se um dia com o silêncio de Louise, depois um segundo. Eu me pus a pensar: "Agi mal? Fiz alguma coisa que a feriu?" Analisei cada um de nossos momentos, focalizandome no que ela dissera. Indo em busca de suas frases, eu ia talvez encontrar uma resposta à sua atitude. Eu era patético, mas quem não o teria sido em meu lugar? Eu tivera a impressão de viver o grande encontro da minha vida amorosa, e eis que esse encontro tomara a forma de um desaparecimento. Eu queria tomar a estrada, encontrá-la para ter enfim uma explicação. Gérard me dissuadiu disso:

– Se ela não quisesse você, teria dito.

– Você acha?

– Eu passei um tempo com ela, não digo que a conheço, mas tenho certeza de uma coisa: ela é elegante. Não o deixaria no ar se não o amasse.

Eu me disse que ele não estava enganado. Eu estava até convicto. Ela teria me dito "acabou", se tivesse acabado. Repensei em suas últimas palavras: "Você é louco." Eu me perguntava agora se era uma loucura encantadora ou uma loucura inquietante. Eu fora louco de não querer beijá-la porque outro casal se beijava também na mesma plataforma. Será que aquilo a contrariara? Eu mergulhava de novo na inquietude. Seu silêncio era uma tortura.

Não escutei meu patrão e tomei a estrada em busca de uma explicação. Chovia, eu dirigia rapidamente, teria podido morrer tão facilmente... Estava perdido entre o desespero e a excitação. Repensei na manhã em que eu partira para encontrar minha avó. Estava no mesmo estado de espírito. Passamos nosso tempo a fazer sempre as mesmas coisas? Eu estava ali, no mesmo posto de gasolina onde eu parara na primeira vez. Observei ainda todas as barras achocolatadas. E não sabia o que fazer. Por um instante, pensei ouvir um papagaio. Virei a cabeça para o caixa, e compreendi que não havia pensado ouvir um papagaio: eu o havia realmente ouvido. O pássaro estava empoleirado atrás dele, numa vara de uma grande gaiola. Já não sei realmente durante quanto tempo fiquei paralisado diante da gôndola, com certeza um longo momento, pois o caixa se dirigiu a mim:

– Eu lhe recomendo os Twix.

– Ah, é? Por quê?

– Porque são dois.

Pensei: toda a vida deveria ser assim. Para cada coisa por fazer, deveríamos ter um conselho de uma pessoa que parecesse dominar o assunto. Ele tinha razão, os Twix pareciam uma boa escolha. No momento de pagar, fui tomado por uma intuição: se esse homem era entendido em barras achocolatadas, talvez também fosse conhecedor de mulheres... Havia muitos pontos em comum entre os dois, afinal de contas.

– Posso fazer-lhe uma pergunta?

– Sim.

– É sobre minha noiva. Enfim, eu já não tenho notícias dela há três dias. Não compreendo sua atitude. Tudo ia bem entre nós. E depois, desde que voltou para casa, ela já não responde às minhas mensagens.

– Talvez lhe tenha acontecido alguma coisa...

– Não, eu sei que ela está bem.

– Tanto melhor.

– E por isso estou dirigindo para encontrá-la. Para que ela me explique o que está acontecendo.

– Ah... muito bem. E?

– Eu queria saber sua opinião.

– Minha opinião?

– Sim... um pouco como você fez com os Twix. Você tem pinta de quem sabe o que é preciso fazer ou não.

– Quer minha opinião?

– Quero.

– Quer verdadeiramente minha opinião?

– Quero.

– Volte para casa. Faça meia-volta e volte para casa.

– Quê?

– É meu conselho. É a melhor coisa a fazer.

– ...

– Você está com um ar esgotado, abatido. E, além disso, está meio ensopado. Francamente, é essa impressão que você quer dar? Quer chegar de manhã cedo, surpreendê-la, tudo isso para pedir-lhe uma explicação... Não, seja um pouco responsável. Ela vai vê-lo, e é provável que o ache patético. Perdão, lamento dizer-lhe isso, mas você pediu minha opinião. Tento ser sincero...

– Sim, mas...

– É possível que ela fique agressiva. Pois vai pensar que você não respeita seu silêncio. As mulheres detestam isso.

– Ah, é?

– Mas eu penso sobretudo que, uma vez passada a irritação, ela sentirá piedade.

– Bem, eu vou pegar os Twix – disse eu, com o olhar em outra parte.

– Sim. Pegue os Twix e volte para casa.

Fiquei um momento no carro a digerir as palavras excessivas daquele desconhecido. Dei uma olhadela no retrovisor para me olhar; eu não estava tão abatido assim. Em todo caso, suas palavras tiveram o mérito de me imobilizar. Eu era incapaz de retomar a estrada imediatamente. Foi para isso que ele fora duro? Se ele tivesse emitido frouxamente sua opinião, eu não a teria escutado. Eu repensava no que ele dissera: ela vai detestar me ver chegar. Mas eu a detestava por me deixar assim. Por estragar nossa beleza. Eu via que o caixa continuava a me olhar discretamente através do vidro, e tinha a impressão de que o papagaio também me fitava. Aquele homem... eu ia escutá-lo. Acontece às vezes que uma pessoa sem nenhuma ligação conosco se torne subitamente decisiva para nós; é aliás certamente porque ela é um elemento estranho que sua voz conta. Saí novamente do carro para agradecer-lhe. Apertei-lhe a mão, e o papagaio disse: "Boa viagem."

Rodei até a próxima saída que me permitia retornar. Como eu não tinha coragem de tocar até Paris, parei num hotel Formule 1. Paguei o quarto com meu cartão de crédito. Era um hotel sem um funcionário noturno. Pensei que logo minha profissão já não existiria. Eu era como um caixa de supermercado. Máquinas iam ser mais eficientes que eu; enfim, ainda não havia sido criada essa máquina capaz de conversar com um turista ucraniano em plena noite. Adormeci com esse pensamento que tampouco tinha um interesse desmesurado. Minha noite foi profunda e densa. Eu tinha o sentimento de ter sido sequestrado e depois nocauteado pelo sono. Fui despertado por uma chamada ao telefone fixo do quarto. Uma voz (tive dificuldade de discernir se era humana ou magnética) me perguntou se eu pensava em ficar mais um dia. Logo seria meio-dia, e era o momento decisivo num quarto de hotel: então era preciso tomar a decisão de partir ou ficar. Fiquei realmente surpreso com essa chamada, pois não entendia que ser humano normalmente constituído podia dormir duas noites seguidas em tal hotel. Com certeza fora uma maneira polida de me fazer compreender que era hora de deixar o local, sem o que *meu cartão de banco fosse automaticamente debitado de uma diária suplementar.* Eu não tinha ainda a menor mensagem de Louise. Tomei banho rapidamente, e depois peguei o carro. Cada vez que eu dirigia nas partes da rodovia em que meu celular não captava nada, eu esperava que no momento em que o sinal reaparecesse eu teria no aparelho notícias de Louise. Nada a fazer: ela já não me telefonava quando eu estava sem sinal nem, menos ainda, quando eu estava parado diante do celular, fincado na espera (a versão moderna do suplício).

Ao chegar a meu hotel, mergulhei no trabalho. Eu mantivera meu quarto, nosso quarto. As coisas seriam mais práticas assim, pois eu dormia em meu lugar de trabalho. Durante o dia, já não era raro que eu me pusesse na contabilidade, na logística, ou nas reservas. De maneira mais ou menos consciente, estava aceitando a proposta de Gérard de tornar-me o gerente do hotel. Mas ainda estava fora de questão que eu o admitisse. O esgotamento pelo trabalho me permitia às vezes não pensar em Louise. Como se eu tivesse realizado um milagre, eu me dizia: oh, afastei-a de meu espírito durante sete ou oito minutos, expulsei-a de minha consciência. Às vezes, era subitamente invadido por pulsões de raiva, e minhas têmporas pingavam. Eu a maldizia. Não queria nunca mais ouvir falar dela. Meu ódio destruía mentalmente o que vivêramos. Acabou, Louise. Adeus, Louise. Tudo estava morto. Mudei de quarto e sugeri o nosso a clientes de passagem para que nossas lembranças se diluíssem nas gesticulações repugnantes dos outros. O quarto agora já não tinha nada de nosso santuário. Creio que o tempo me pareceu atrozmente longo, mas não tenho certeza de que ela me tivesse deixado no silêncio tanto tempo assim. Eu estava tão triste... Pois sabia agora que, se ela voltasse para mim, seria tarde demais.

Uma noite, quando eu já não contava com isso, seu nome apareceu em meu celular. Eu me prometera não lhe responder, e no entanto atendi logo. Eu disse simplesmente "alô" e fui incapaz de expressar-lhe minha cólera. Ruminara centenas de vezes tudo o que ia dizer-lhe, mas não, atendi e perguntei: "Você vai bem?" Não pedi nada, nenhuma explicação. Falamos assim, de tudo e de nada, como se nunca tivesse havido o episódio de sua ausência. Ao cabo de um momento, ela finalmente tentou me explicar: "As coisas andaram muito rapidamente entre nós. Quando cheguei aqui, compreendi que eu precisava de distanciamento. Não podia falar com você. Penso em você todo o tempo desde que estou aqui... sei que você está aí, sei que está em minha vida agora... e isso me dá medo também..." Fiquei em silêncio. Ela repetiu: "E isso me dá medo também...", e depois acrescentou:

– Tenho medo de amar você assim, tão rápido.

Em uma dezena de palavras, ela varrera todo o meu rancor e o ódio mesmo que eu tinha acumulado contra ela. Eu até lhe encontrava escusas. E me dizia que ela tinha razão, que eu deveria ter feito o mesmo, tomar distância para digerir nosso encontro. Eu estava tão apaixonado por ela, que não ia tardar a pensar que tudo era culpa minha. Nunca deveria ter-me irritado que ela não me respondesse. Era preciso ver em seu distanciamento o resultado de uma felicidade muito viva que nos surpreendera, agarrando-nos aos dois pela nuca. Cada um havia saído para seu lado por ora, e eu admitia que não havia nada a dizer. Admitia que o amor não se escreve por mensagens.

# 56

## *Uma lembrança do caixa noturno na rodovia A13*

*Desde que trabalhava à noite numa área de estacionamento da rodovia, ele assistira a tantas situações improváveis, que lhe era difícil escolher uma lembrança em particular. De todas as tragediazinhas, ele apreciava sobretudo as cenas de disputa conjugal. Várias vezes ocorrera que um homem fosse embora, deixando sua mulher sozinha, na noite, abatida. O contrário também acontecera: ele vira homens encontrar-se ali, despojados, a perambular como loucos. Havia também numerosos animais abandonados. As pessoas se sentiam certamente culpadas de abandonar seu animal, e por isso, para ficar com a consciência tranquila, os deixavam perto de um posto de gasolina; da mesma maneira que se abandonaria um recém-nascido num patamar. Quantas vezes ele se achara com gatos, cães, galinhas, camundongos, hamsters... e até um papagaio. Era preciso realmente ser esquisito para se livrar de um papagaio numa rodovia. E, no entanto, era seguramente uma de suas mais belas lembranças. Ele estava ali, em plena noite, fumando um cigarro, quando percebeu o papagaiozinho em sua gaiola. Era um papagaio com um olhar de cachorro surrado. Ele não soube o que fazer. O papagaio parecia realmente em mau estado. Ele não tinha nenhuma ideia do que um papagaio podia comer. Levou-o para dentro, tirou-o da gaiola, acariciou-o um pouco. Clientes passavam, e todos estavam felizes por ver um papagaio. Perguntavam-lhe: Como ele se chama? Que diz ele? Você o tem há muito tempo? Desde que ele estava naquele trabalho, ninguém falara tanto com ele. O papagaio ia permitir-lhe criar laços inusitados. O caixa cuidava do animal e o ensinara a dizer "Boa viagem" aos motoristas.*

## 57

Depois dessa etapa em que Louise precisara digerir nosso encontro pelo silêncio, retomamos nossa história. De novo, não cessávamos de nos falar. Escrevíamo-nos o dia inteiro. Assim que eu vivia alguma coisa, ficava feliz de tê-la vivido unicamente porque isso se transformava imediatamente em matéria por compartilhar com ela. A angústia extenuante das primeiras semanas se atenuava progressivamente, e eu reencontrava um estado natural. Louise me encontrava frequentemente no fim de semana, e eu me atirava sobre ela. A falta acumulada durante os dias em que estivéramos distantes um do outro agravava o desejo. Avançávamos para uma sexualidade cada vez mais livre. Eu lhe perguntava suas fantasias, e ela cochichava peripécias eróticas em meus ouvidos felizes. Ela brincava de ser minha brincadeira. Ela me dizia: sou sua, faço tudo o que você quiser, sou seu corpo que o recebe e sou sua boca que o bebe. Ela alisava seus cabelos, punha uma tiara, mantinha os saltos, sussurrava algumas palavras em alemão, e me dizia: oh, sim, como tenho vontade! Era fabuloso esse tempo do erotismo ácido, em que as horas passam tão rapidamente quanto o prazer é prolongado. Os meses avançaram assim, com a agenda dissociada de nosso amor: o espírito na semana, e o corpo no fim de semana.

Na primavera, tivemos uma discussão concreta. Que íamos fazer? Como queríamos levar nossa vida? Eu disse que podia juntar-me a ela em Étretat, encontrar um trabalho em algum lugar, pouco importava qual fosse. E o restante do tempo... eu aproveitaria para escrever. Sim, eu falava ainda em escrever, quando já não escrevia. E quando eu já não sentia desejo de escrever. Eu dizia que escrevia porque tinha a impressão de que Louise gostava que eu escrevesse. Eu começava a me dizer que tudo isso não fora senão uma fantasia: o capricho de um homem que não dorme bem à noite. Ela sussurrava: "Leia-me passagens de seu romance." Dizia-me essas palavras com tal doçura, que, se eu tivesse lhe mostrado uma folha em branco, teria me sentido o maior dos romancistas. Eu era um mundo em sua vontade, e isso me impunha uma responsabilidade imensa: a obrigação de não a decepcionar. Ela continuava a me dizer: "Você poderá escrever, lá você estará bem para escrever." Eu me imaginava então passeando ao longo da praia, sacudido pelo vento, construindo o edifício de um romance ambicioso. Depois me imaginava não tendo nada para contar-lhe à noite, e como isso seria desolador. Eu tinha o sentimento de que arriscava muito mais indo para seu território, e então apresentei a ideia de que ela viesse juntar-se a mim em Paris. E, para que pudéssemos viver dignamente, eu aceitaria a proposta de Gérard, a de tornar-me gerente do hotel. Para dizer a verdade, eu não tinha outra escolha. A vida profissional tornara-se tão difícil... Eu tinha amigos que não sabiam o que fazer após o fim de seus estudos, por mais brilhantes que fossem. Já não podíamos correr o risco de opor-nos ao concreto (nossa época). Estávamos encurralados na certeza de que as oportunidades eram raras, e de que era preciso agarrá-las. Eu podia organizar meu tempo, e minhas equipes, como quisesse. Louise disse: "É uma boa ideia." Não, ela disse: "É uma maravilhosa ideia." Ela parecia realmente gostar da ideia do hotel, e da ideia também de vir viver em Paris. Quanto mais ela falava desta opção, mais isso a excitava. Viveríamos juntos. E ofereceríamos quartos aos seus amigos, à sua família, a todos os que quisessem nos visitar. A vida seria simples.

– Mas você encontraria facilmente trabalho em Paris? – perguntei simplesmente, sem desconfiar do que esta simples questão ia provocar.

– Sim, peço transferência... eles a dão quando um cônjuge tem de acompanhar o outro...

– Mas nós não somos casados.

– É, bem, nós vamos nos casar!

Ela dissera isso assim. Eu, como pós-adolescente romântico, sempre tinha imaginado que seria de joelho no chão, e de aliança na mão, que eu pediria a uma mulher que se casasse comigo. Ela cortava pela raiz minha fantasia. E, no entanto, continuávamos a nos dizer, quase como uma brincadeira: "Sim, vamos nos casar! Sim! Sim!..." Estávamos em nosso quarto. Eu me apressei para o frigobar, e destampei a meia garrafa de champanhe que estava lá. Pus-me de pé na cama e gritei: "À minha mulher!" Ela se levantou para me acompanhar, para me beijar, dizendo: "Meu marido! Meu marido!" Nós então saímos, em pleno coração da tarde, em pleno coração daquele sábado à tarde, e caminhamos por Paris. Anunciamos a boa-nova a alguns amigos, e também a alguns transeuntes na rua, pois cada transeunte era nosso amigo naquele dia. Íamos a bares e festejávamos isso com quem quisesse. A ideia de nosso casamento viera assim, como uma coisa pragmática, e eis que nos encontrávamos os dois numa estranha alegria. Estávamos felizes por nos casarmos! Gostávamos da ideia de fazer uma festa. Não víamos nisso nenhum peso e até: penso que não víamos nisso o propósito de um compromisso eterno. Caminhávamos na rua, pisávamos nossa juventude e nossa beleza, enfim nossa juventude e sua beleza, lembro como caminhávamos por nossa cidade, caminhávamos, caminhávamos, e tínhamos o ar de uma foto. E pensei idiotamente que nada poderia nos deter.

Fomos a uma loja de vestidos de noiva. Estávamos consideravelmente embebidos de álcool, mas era preciso escolher o vestido imediatamente. Quando Louise queria provar um vestido, mostrava outro; seu dedo já não conseguia mirar certo. A vendedora tentava nos acalmar dizendo: "Escutem, é importante o casamento. É o maior dia de sua vida. Então é preciso prepará-lo seriamente". Ela tinha um jeito de primeira da turma de nos levar para o bom caminho. Quanto mais ela ficava séria, tanto mais nós gargalhávamos. Finalmente, reservamos o mais lindo e o mais caro da loja (eu me daria conta disso no dia seguinte de manhã). Louise estaria linda, Louise seria minha mulher. De minha parte, comprei uma linda gravata. Uma linda gravata amarela. Ao sair, eu disse:

– Preciso avisar meus pais.

– Espere... sugira-lhes que almocemos na casa deles amanhã. Será melhor anunciar-lhes assim que por telefone.

– Sim, você tem razão.

Telefonei para a casa de meus pais. Minha mãe disse que nos esperava no dia seguinte com prazer. Ela estava antes surpresa, pois eu não ia frequentemente vê-los, mas, bem, eu não havia despertado muitas suspeitas. Afinal, nos últimos tempos, passara um bom tempo com ela. Almoçávamos amiúde juntos. Íamos ver exposições. Ela estava completamente recuperada de sua depressão. No entanto, meu pai me telefonava às vezes para dizer-me: "Acho que sua mãe não está batendo bem da bola." De sua parte, ela me dizia: "Seu pai está me matando. Ele quase não sai de casa e repete o tempo todo a mesma coisa." Sim, era realmente o que eles me diziam. Suas disputas eram geométricas. Acho que os dois tinham altos e baixos, mas eles conseguiam progressivamente entrar nessa nova era de sua vida. Meu pai compreendera algumas coisas e se motivara a encontrar atividades. Perto de sua casa havia um cineclube em que ele se inscrevera. Isso me surpreendera no início, pois ele nunca fora realmente interessado em cinema. Seu filme preferido devia ser *Titanic* ou *O poderoso chefão*, e eis que me falava de Antonioni e de Ozu. Um dia, ele me disse, com ar concentrado:

– Você viu essa arte da elipse em *A aventura*?

– É meio difícil constatar uma arte da elipse – respondi querendo fazer humor; traço que ele não compreendeu. Ele estava muito mudado, mas não se devia esperar que desenvolvesse o senso de humor. Começava a levar muito a sério o cinema italiano. Compartilhava essa nova paixão com minha mãe, e, entre as últimas novidades, eles queriam ir ao festival de Veneza. Bem, nada era impossível.

Domingo de manhã, acordamos com uma medonha ressaca. Olhei Louise um momento, antes de perguntar-lhe:

– Quer um café?

– Sim... quero.

– Quer um *croissant*?

– Sim... quero também.

– ... E...

– Quê?

– ... Ainda quer se casar?

– Sim... sim...

Ela me beijou para me dizer o terceiro sim. Eu via perfeitamente em seu olhar de volta à realidade que esquecera nossa loucura da véspera, mas parecia ainda feliz com nossa decisão. Nós nos arrumamos para ir à casa de meus pais. Era um momento tão particular... Eu ia levá-la a uma casa onde eu fora criança. Uma casa onde eu tinha tantas lembranças da adolescência, e eis que ia ali para almoçar, jovem que era agora. Ia ali para anunciar meu casamento. Minha vida me parecia ter uma importância desmedida nesse dia, não pelo anúncio do casamento enquanto tal, mas simplesmente pela ideia de que evoluímos sob o olhar da criança que fomos.

Louise estava ansiosa, mas não havia razão para isso. Meus pais iam ficar muito felizes, era certo. Iam ter algo concreto para pensar durante meses (aquilo com que sonhavam). Iam sentir-se úteis ao organizar a cerimônia. E, além disso, gostavam de Louise. Cada vez que a haviam visto, haviam ficado encantados com sua presença e sua amabilidade. Quando do primeiro encontro com meu pai, eu percebera em seu olhar como que uma ponta de surpresa: "Como tal moça pode estar com meu filho?" Sim, foi o que eu lera em seus olhos. Eu não sabia que conclusão tirar disso: será que ele a achava maravilhosa, ou ele tinha tão pouca estima por mim? Eu pendia para a primeira solução, salientando que a segunda não carecia de credibilidade dada sua atitude para comigo desde sempre. Quanto à minha mãe, penso que ficara surpresa por não encontrar em Louise um defeito maior, uma tara redibitória, algo que tornasse nossa união caduca. Parecia fasciná-la ver que tudo ia bem entre nós, que nos entendíamos às mil maravilhas, e que compartilhávamos um amor sincero com uma simplicidade desconcertante. Assim, meus pais pareciam felizes por mim. Eu nunca os vira tão envolvidos ou entusiasmados com o que quer que fosse, mas a evocação de Louise, como um milagre inesperado, provocava neles um tipo de benevolência.

Ao sair do trem, era preciso subir uma pequena encosta. Inútil dizer que se tratava de um esforço sobre-humano, após nosso sábado de farra. Bem perto da casa de meus pais, paramos para nos olhar. Eu lhe disse: "Você está linda. Com você fica impossível considerar o domingo um dia de repouso." Ela fez um beicinho, que queria dizer: "Não estão batendo bem da bola na casa dele"... Decididamente, havia um contágio das metáforas geométricas. Mas ela preferiu responder: "Você está com um ar bem amarrotado." Por minha vez, fiz beicinho. Então ela me beijou. Eu sei: tenho tendência a escrever cada vez que ela me beija, mas não é preciso se preocupar, isso não durará: logo me esquecerei de mencionar seus beijos, ou então é simplesmente que eles se espaçarão.

– Não podemos chegar de mãos vazias – disse Louise.

– Vamos com uma grande novidade, não é pouca coisa.

– Não, é preciso flores. Flores laranja, ficaria bem.

Ela tinha certamente razão. Passamos no florista da esquina. Ela disse ao florista, apontando para mim: "Vamos anunciar aos pais dele que vamos nos casar. Então precisamos de um buquê, mas não um buquê grandiloquente demais, não um buquê que parasite nosso anúncio." O florista nos felicitou, e se saiu perfeitamente bem em sua tarefa. Alguns minutos mais tarde, estávamos na soleira da casa de meus pais. Louise estava linda, eu estava amarrotado, e tínhamos um buquê laranja, um buquê que tinha a elegância de não parasitar nosso anúncio.

Toquei a campainha. Como ninguém veio abrir para nós, toquei novamente. Nada ainda. Comecei a achar isso esquisito, esperando que nada de grave lhes tivesse acontecido.

– Eles com certeza saíram para comprar alguma coisa – disse Louise.

– Você acha?

– Sim, eles devem ter se esquecido de comprar o vinho... ou o bolo. Não se preocupe.

Talvez fosse isso, mas eu não via por que haviam saído os dois para fazer uma compra de última hora. Quando eu me preparava para lhes telefonar, ouvi passos. Minha mãe abriu a porta, e eu não ousei dizer nada. Por que demoraram a abrir para nós? Creio que Louise e eu pensamos a mesma coisa. Enfim... eu não tinha vontade de me dizer... que talvez... eles estivessem bem no meio... eu não sei por quê... mas me irritava um pouco essa ideia... bom, entremos, entremos. Avancemos antes pelo corredor. Minha mãe pegou as flores, dizendo que eram belíssimas. Depois, olhando Louise, acrescentou: "Como você." Logo depois, ela lançou um olhar para mim, e eu supus seu pensamento: "Sim, eu sei, estou amarrotado hoje."

Nós a seguimos até a sala. Meu pai estava lá, sentado. Bebendo. E ele não tinha realmente cara de homem que acaba de ter uma relação sexual. Algo não casava na sucessão dos últimos minutos, mas, bem, eu estava habituado a uma forma de estranheza familiar. Afinal, minha mãe voltava justamente de uma viagem à loucura. Eu não havia levado champanhe, pois sabia que meu pai abria sempre uma garrafa na hora do aperitivo. Mas ali nenhuma pista de champanhe. Eu lhe perguntei se tudo estava bem, e ele não me respondeu. Contentou-se com um sorriso um pouco crispado. Emendei:

– Você não abre uma garrafa de champanhe?

– Champanhe? Agora?

– Bem, sim... é o que bebemos sempre, não?

– Sim, sim, com certeza...

Minha mãe então voltou à sala, com as flores num vaso. De novo, disse: "São belíssimas", mas acrescentou: "Pena pensar que vão murchar." Houve então um branco. As frases estavam desconexas, nós não conseguíamos nos compreender uns aos outros. Meu pai anunciou à minha mãe, como se fosse incrivelmente surpreendente:

– Ele quer que abramos uma garrafa de champanhe.

– Champanhe? Agora? – respondeu minha mãe, com a mesma entonação de meu pai.

– Vocês estão esquisitos os dois – disse eu.

– Sim, seria bom que tomássemos champanhe hoje. Temos algo para dizer-lhes! – disse alegremente Louise, para dar um pouco de vida a esse domingo que tomava subitamente o aspecto de uma eutanásia.

– Nós também... temos algo para dizer-lhes – sussurrou minha mãe.

– ...

– Sentem-se.

Nós dois nos sentamos. As palavras de minha mãe me congelaram. Eu sentia perfeitamente que havia algo grave. Pensei que meu pai estivesse com câncer. Não sei por quê, mas verdadeiramente pensei que não podia ser senão isso. Com toda a preocupação que ele tivera nos últimos meses, não me surpreendia senão em parte que ele tivesse desenvolvido metástases. Eu o olhei, e não podia dizer nada. Minha mãe então cortou bruscamente minha digressão mental, anunciando:

– Bem... não é fácil dizer... mas seu pai e eu decidimos nos divorciar.

# 58

*Uma lembrança do filme* O poderoso chefão (*1972*)

*Francis Ford Coppola teria podido fazer um filme sobre as peripécias de sua filmagem. Um filme que teria sido talvez tão violento quanto* O poderoso chefão. *Os produtores fizeram tudo para mandá-lo embora no início da filmagem, pensando que ele não era o diretor certo para a película. Idem com respeito a Al Pacino, ator desconhecido imposto por Coppola. Ninguém queria isso na Paramount. É impressionante que o diretor tenha, afinal, conseguido se impor, ele e sua ideia precisa do filme.*

*Marlon Brando, que obteve o Oscar de melhor ator por seu papel de Don Corleone, foi também um problema. A produção não queria contratá-lo. Considerado incontrolável, ele custava uma fortuna em seguro. Coppola não transigia, e por isso os dirigentes da Paramount exigiram que ele fizesse testes. "Quê? Vocês estão completamente loucos! Fazer testes com Brando! Com o maior ator vivo!" Ele não teve outra escolha senão ceder. Mas impossível anunciar isso a Brando. Se ele lhe falasse de testes, estava certo de não mais revê-lo. Finalmente, utilizou um subterfúgio, fazendo crer ao ator que precisava dele para ensaios de luz. Será que Brando realmente acreditou nessa farsa? Não é certo. Pois foi naquele dia que ele encontrou o elemento que tornaria mítica sua interpretação de Don Corleone. Bem no meio dos testes, saiu para buscar algo em sua bolsa. Voltou então com bolas de algodão na boca. Isso mudava tudo: a fisionomia de seu rosto, sua maneira de falar, sua potência. Coppola jamais poderia esquecer esse momento de tão grande intensidade: o personagem que ele tinha em mente havia anos, o personagem criado por Mario Puzo, estava ali, subitamente, diante dele. Era o nascimento iluminado de uma fantasia.*

## 59

Ao fim de um momento minha mãe perguntou: "Mas, a propósito, vocês não queriam dar-nos uma boa notícia?" Dissemos não, não, não nos lembramos de haver dito isso. Não íamos anunciar-lhes nosso casamento no dia em que eles nos arremessavam seu divórcio. Isso nos esfriara. Chegáramos felizes, loucos por nosso futuro, importantes por nossa próxima promessa, e eis que fôramos acolhidos por sua agonia. Era preciso ver ali um símbolo? Será que meus pais iam estragar todos os meus momentos de felicidade? Atravessamos o almoço como sombras, quase constrangidos por essa alegria que tínhamos em nós, e que escondíamos sabiamente. Meu pai disse:

– É surpreendente que você nos tenha telefonado ontem para vir nos ver. Teríamos dito que você sabia.

– Sim, isso realmente nos surpreendeu – continuou minha mãe. – Não sabíamos como contá-lo a você. Achávamos que era melhor dizer-lhe isto pessoalmente que por telefone.

– ...

– Tudo bem? – perguntou ela, preocupada com meu silêncio.

– Sim... sim, tudo bem. Estou surpreso, é tudo. Eu pensava que vocês tinham atravessado e superado tantas provações, e que tinham partido em um tour...

– Foi sua mãe que partiu em um tour! – lançou meu pai, subitamente agressivo.

– Oh, tudo bem! Não comece.

– Mas diga-lhes! Diga-lhes!

– Diga-lhes o quê? – perguntei.

– Não há nada para dizer. É só que eu encontrei alguém. É isso, isso acontece. Eu o encontrei na clínica. É um professor de alemão. Ele não suportou trabalhar na periferia, e por isso teve uma depressão. Mas ele está melhor agora. Penso que nós nos fizemos muito bem mutuamente. Ele é tão...

– Bom, está bem! – cortou meu pai. – Diga-lhes antes sua idade.

– ...

– Ele tem a sua idade! Sim, ele tem a sua idade! É um professor bem jovem! – gritou meu pai olhando-me como um louco.

– É verdade, mamãe? Ele tem a minha idade?

– Sim, é verdade. Enfim, acho até que ele é um pouquinho mais jovem que você... mas, bem, a idade não tem nada a ver! Com ele eu me expresso, eu vivo, eu falo. Não aguentava mais seu pai. Tudo é sempre tacanho com ele. Nunca há nada de espontâneo. Antes de sair para algum lugar, rumina durante dois anos...

– É claro que isso é diferente de você! Você rumina dois segundos e hop, isso lhe basta. E ainda sou gentil pelos dois segundos...

– Você é vulgar.

– Você é mesquinha.

– Você é egoísta e sovina.

– Você é arrogante.

– Você fede. Você fede em todo lugar.

– Vê-se que você dorme com uma criança. Seus argumentos são xixi e cocô. Pedófila!

– Pau pequeno.

– Frígida.

– Com você, é claro! Você deixaria frígida uma ninfomaníaca.

– Ah, ah... isso é malvado! E é voar bem baixo...

– É verdade que esse senhor está agora nas altas esferas! Esse senhor vê uns An-to-nio-ni! Mas você não compreende nada dele! É evidente que não compreende nada! Faz gênero. Não, mas, francamente, basta passar dez segundos com você para ter certeza de que não pode compreender *A aventura*.

– Quê? Eu, eu não compreendi *A aventura*!? Eu, eu não compreendi *A Aventuraaaaaa*?

– Sim, tenho certeza de que você não compreendeu nada!

Foi nesse momento que saímos. Não assistimos pois à sequência dessa briga que tomava uma surpreendente forma cinefílica. Meus pais, atolados em seu novo ódio, nem tentaram nos reter. Louise e eu pegamos o trem em silêncio. Nosso fim de semana seguia o percurso de uma montanha-russa; após nossa ascensão progressiva à farra romântica, descíamos agora a toda a velocidade a uma realidade sóbria e consternadora.

– É isso, então, a vida a dois? – cochichou Louise ao fim de um momento.

– Por favor. Não tome meus pais como exemplo. Eles nunca se amaram. Eu não sou um fruto do amor. Sou fruto de uma estranheza passageira.

– Que estranheza?

– A estranheza de sua união. Passei a vida a observar sua surpresa por estarem juntos. Meu pai ficava surpreso por estar com minha mãe, e minha mãe ficava surpresa por estar com meu pai. Certamente, você duvida que não fosse o mesmo sentimento. Meu pai estava estupefato de ter conseguido se casar com minha mãe; e minha mãe tentou de certo modo afastar o sentimento de desolação que sentia ao olhar meu pai.

– Não concordo. Eu os vi poucas vezes, mas tenho o sentimento de que se amaram. Tenho até a impressão de que brincam de mostrar todas as suas diferenças. Tenho certeza de que houve amor entre eles.

– Sim, é possível. Eu posso ainda me dizer que eles se amavam loucamente quando eu dormia ou quando se livravam de mim me mandando passar o verão em campos de férias sórdidos.

– Seu pai, em todo caso, é certo que ele ainda ama sua mãe.

– Eu não sei se é amor. Ele está roído pelo medo da solidão. E depois... com esse novo namorado... você se dá conta, eu sou mais velho que ele...

– Sim, é verdade, não deve ser fácil...

– O cara está com minha mãe... e deve ter uma mãe que tem a mesma idade... é tão esquisito...

– De qualquer maneira, para ser professor de alemão, é preciso ser um pouco esquisito – concluiu Louise para me fazer sorrir (ela sabia da minha paixão erótica por essa língua).

A cena a que acabávamos de assistir nos conduzira a falar longamente. Estranhamente, isso foi benéfico. Evocáramos nossa visão do casal, do amor, da vida. Quem sabe não faltasse isso para cimentar uma união? Quem sabe não faltasse assistir à desintegração de outro casal? A loucura de meus pais, após ternos deixado febris, nos unira mais que nunca. Queríamos nos casar, com ainda mais convicção. Tínhamos a ilusão de mostrar ao mundo (e pois a meus pais) que o amor podia ser potente. Comove-me dizer a mim mesmo que essa utopia se regenera permanentemente, enquanto caminhamos sem cessar sobre os cadáveres da decepção afetiva.

E depois outra cena havia compensado o almoço traumatizante na casa de meus pais: o do anúncio do casamento ao pai de Louise. Ele ficara tão feliz... E até devo confessar que o achei um pouco entusiasmado demais. Ele me olhou nos olhos e me disse: "Você é meu filho agora." É... sim, está bem. Faltava só que eu ganhasse confiança. Mas me emocionara muito que esse homem, tendo perdido sua mulher, tendo perdido o gosto pelos dias, se alegrasse assim por nós. Havia muita ternura em sua relação com a filha. Após um primeiro momento em que fiquei confuso, a emoção me veio ao pensar na extensão de sua gentileza. Frequentemente, nos tormentos de minha solidão de adolescente, eu sonhara com outra família, em que me sentiria amado e respeitado, e eis que descobria nesse homem todas as condições de uma ternura adotiva. Ele achava formidável que eu me encarregasse de um hotel. Perguntou-me:

– É um hotel de quantas estrelas?

– Duas.

– É, bem, agora são três, se minha filha se instala com você.

Adorei essa frase. Durante meses, apelidei Louise: minha terceira estrela.

Nós nos casamos no início do verão. A cerimônia foi íntima e alegre. Meus pais fizeram esforços sobre-humanos para não arruinar o ambiente. Eles sorriam sem moderação, de maneira grosseira, como representantes de uma marca de dentifrício. Meus amigos de segundo grau, que eu no entanto vira pouco nos últimos meses, compareceram todos. Eu estava muito orgulhoso de compartilhar minha felicidade e de fazer-lhes conhecer minha mulher. Parecia-me louco dizer: minha mulher. Eu estava muito feliz; após tantos anos passados com o sentimento de flutuar em meus dias, entrava enfim no costume da vida social. Eu exultava por tocar com a ponta dos dedos a beleza da vida normal. Louise disse sim, e eu disse sim também, nós nos beijamos, e eu pensei que esse beijo era o romance que eu não conseguia escrever.

## 60

*Uma lembrança do pai de Louise*

*Ele pensava amiúde na última noite com sua mulher. Havia algumas semanas, trabalhava duro e voltava tarde. Dirigia uma empresa de guarda-chuvas, e era preciso aumentar o ritmo, pois a estação das chuvas já se anunciava. Na última noite, chegado a casa por volta das 23 horas, foi surpreendido ao constatar que sua mulher já estava dormindo. Habitualmente, ela via televisão ou lia um livro, e só raramente se deitava antes de meia-noite. Quando ele entrou no quarto, ela acordou e acendeu a luz. Ela olhou para o marido e perguntou-lhe: "Você está com fome?" Ele respondeu que havia beliscado alguma coisa no escritório, e que estava tudo bem. Então ela apagou a luz, e ele foi para a cama por sua vez. Durante a noite, ela morreu subitamente. A última frase que sua mulher pronunciara fora então: "Você está com fome?" Ele pensava nisso o tempo todo, achava tão bonita essa maneira que ela tivera de perguntar-lhe isso, meio meiga, meio preocupada... Ele via ali o sinal de uma belíssima benevolência para com ele. E, agora que ela já não estava ali, ele tinha a impressão de que ela ainda cuidava dele.*

## 61

Seria preciso agora que eu contasse como a vida prosseguia, com essa loucura dominada dos dias que se sucediam uns aos outros. No momento em que tento reunir minhas lembranças, tenho o sentimento de que a época que se seguiu a nosso casamento foi particularmente fulgurante. Eu nunca havia experimentado antes a sensação de que a vida passa tão rapidamente; e até, durante a adolescência, eu observara os segundos transcorrerem de maneira atrozmente lenta, como o conta-gotas que se dá a um homem que agoniza. Talvez a característica maior da felicidade seja acelerar o tempo... Pois nós fomos felizes; em todo caso, eu acredito nisso verdadeiramente.

Louise veio morar comigo no hotel e conseguiu se fazer transferir para a escola Primo-Levi do 13º distrito de Paris. Estava felicíssima com essa nova experiência. Parece-me também que estava aliviada por afastar-se um pouco do pai. Após o falecimento de sua mãe, eles formaram uma estranha dupla, unidos pelo drama, como um mundo autônomo de morbidez. Fazia-lhes um bem louco aos dois tomar um pouco de distância. Seu pai recomeçava a sair, a ter uma vida social, a pensar a vida como uma matéria para criar presente. Ele vinha de quando em quando nos ver, e eu o apreciava cada vez um pouco mais. Eu fazia de modo que ele tivesse uma boa estada e, é claro, o instalava num dos melhores quartos do hotel. Nós nos encontrávamos à noite, em torno de um copo, e falávamos disso e daquilo enquanto Louise preparava suas aulas. Ele me dava conselhos sobre a gestão do hotel; certamente, não havia grande coisa em comum entre os quartos e os guarda-chuvas, mas ele tinha grande experiência no comércio, principalmente em matéria de relações com o pessoal. Isso me era tão mais benéfico porque Gérard partira para encontrar os filhos na Austrália, e não se preocupava mesmo com a vida de seu estabelecimento. Dito isso, ele não tinha de que se queixar, de tanto que eu tomava minha tarefa com interesse. Eu descobria o amor ao concreto, às coisas bem-feitas. No fundo, tinha uma alma de gerente de hotel. Tomava definitivamente minhas distâncias das palavras. No entanto, Louise, de maneira incessante, me falava de meus projetos literários. Ela continuava a não admitir a evidência de minha errância artística. Repetia-me que eu devia a todo custo tirar um tempo para mim. Então, para não decepcioná-la, aluguei um quarto de empregada não muito longe do hotel. Instalei ali uma cadeira e uma mesa e depois, muito rapidamente, um sofá-cama. Ia de vez em quando me refugiar nesse templo da minha falta de inspiração. Ficava paralisado no vazio, depois abria o sofá para dormir.

Pouco mais de dois anos após nosso casamento, Louise ficou grávida, quando acabávamos de tentar ter um filho. A estupefação da rapidez misturou-se à nossa alegria. Queríamos nos tornar pais, mas queríamos avançar progressivamente para essa ideia. Era preciso crer que essa criança desejava realmente vir ao mundo, tinha coisas importantes por revelar para surgir assim logo na primeira relação sexual sem proteção. Ou então havia outra hipótese: eu estava de posse de espermatozoides superpotentes. Para festejarmos a notícia, decidíramos simplesmente fazer um longo passeio por Paris. Sem restaurante, sem presente, só caminhar ao longo do Sena.[14]

Nós o dissemos muito rapidamente ao pai de Louise. Ele anunciou de maneira muito surpreendente: "Eu é que vou lhe oferecer seu primeiro guarda-chuva!" Penso que ele estava tão atordoado com a notícia, que essa foi a primeira coisa que lhe passou pela cabeça. Enfim, foi o que eu me disse. Mas nada disso: ele realmente lhe ofereceu um guarda-chuva gravado com suas iniciais. Para ele, era uma maneira de marcar a herança familiar. Foi nesse instante que compreendi que ele sentia uma verdadeira paixão por sua profissão, que ele amava realmente

[14] Esse passeio faz parte dos dez melhores momentos de minha vida.

os guarda-chuvas. Notei várias vezes a que ponto ficava alegre ao ver o céu escurecer. Ele adorava anunciar: "Dir-se-ia que vai chover." Tudo era coerente: ele ia de férias para a Irlanda ou para a Ásia durante a monção. Podia falar da chuva durante horas. Achava que era uma prova da sensibilidade do céu. Uma prova de que o mundo tinha um coração. Eu achava isso poético, e apreciava sobretudo a maneira que ele tinha de tornar maravilhosa sua profissão. Eu teria podido, por minha vez, buscar teorias sobre os quartos de hotel. Mas não via em que isso pudesse ser prova de uma sensibilidade qualquer.

Quando Louise me comunicou que estava grávida, fiquei absolutamente persuadido de que teríamos uma filha. Uma filha a que íamos chamar Alice. E que teria longos cabelos lisos. Eu já via Alice estudar piano e aprender alemão na escola. Já imaginava essa menininha, quando a ecografia pôs fim à fantasia de minha relação pai-filha. Lembro-me de ter levado alguns minutos para reagir, e depois disse: "É maravilhoso. Poderei jogar tênis com ele. É tão difícil encontrar um parceiro..." Louise me disse: "Você é louco", e eu entrei em pânico, pois, na última vez que ela me dissera essas palavras, eu não tivera notícias suas durante dias... Eu a abracei para que ela não partisse. Disse-lhe ainda: é maravilhoso. Naquela noite, voltamos ao hotel (era preciso agora encontrarmos um apartamento), e olhamos a ecografia a noite toda como se se tratasse do mais palpitante dos filmes de ação.

É claro, eu devia dar a notícia também a meus pais. Após seu divórcio, fora-me muito complicado ter relação com eles. Quando eu via meu pai, ele perguntava sistematicamente: "Você tem notícias de sua mãe?" Agrilhoado pela obsessão de sua decadência, ele era obnubilado por ela. Ele me dizia: "Eu não compreendo o que deu nela. Eu sempre cuidei bem dela. Fui um bom marido. Realmente, não compreendo." Eu tinha pena dele, pois sua dor era real. Mas, bem, era assim. Ele devia respeitar a escolha de minha mãe. Eu tentava tranquilizá-lo como podia, mas era impossível. Então, decidi espaçar minhas visitas. Quando eu lhe disse do bebê, seu rosto se iluminou subitamente. Ter-se-ia acreditado que eu lhe oferecia uma nova razão de viver. Essa reação excessiva me assustou. Ele começou a dizer que o levaria aqui e acolá também, e que era preciso absolutamente que eles fossem ver o Grand Canyon, e que, quando ele tivesse dezoito anos, eles iriam jantar no alto da torre Eiffel. Tive de acalmá-lo: "Ele ainda nem nasceu, e você já faz planos para seus dezoito anos"... Ele admitiu que estava indo um pouco rápido demais e reprimiu seus planos para o feto no ventre de minha mulher. Seu entusiasmo me deixava ainda mais constrangido principalmente porque ele nunca me levara a lugar nenhum. Queria resgatar com meu filho anos de errância em matéria de paternidade? Bem, eu não queria me atulhar no momento dessas interrogações. Afinal, isso o deixava feliz, e isso já bastava. Minha mãe também expressou sua alegria. Eu tivera medo de que o anúncio de sua próxima condição de avó lhe cortasse as asas em sua corrida para a juventude. Mas não, ela achava aquilo formidável. Pouco tempo antes, eu encontrara seu noivo, e ele estava justamente ali, no dia do anúncio. Ela não parava de dizer: "Você se dá conta? Você vai ser avô!" Eu estava terrivelmente constrangido, mas não dizia nada. Abaixava a cabeça, e tive a habilidade de nunca cruzar com seu olhar. Ele também parecia desconfortável diante de mim. Minha mãe continuava a rir da situação numa louca inconsciência, e devo dizer que me emocionava, apesar dessa doce loucura. Eu a achava viva e engraçada. Ela me fazia sorrir.

Nós nos mudamos para um apartamento, perto do hotel. Por superstição, deixamos vazio o quarto de nosso futuro filho. Um domingo de manhã, Louise despertou com contrações mais fortes que de costume. O fim da gravidez não seria senão três semanas depois, mas, à semelhança do espermatozoide de alto desempenho, parecia que meu filho queria sair mais rapidamente do que previsto. Ele estava com pressa de nos encontrar, a nós, seus pais formidáveis. Chamei um táxi, e fomos para a maternidade. O motorista se pôs a falar-nos.

– Filhos... isso é uma preocupação, vocês vão ver.

– Ah, muito bem...

– Eles são ingratos. Nós lhes damos tudo, e eles partem com tudo. Principalmente os meninos. Espero que não seja um menino que vocês esperam, hem?

Louise tinha dor e esperava que tudo fosse correr bem. Era a primeira vez que eu a via preocupada assim, desde o início da gravidez. Eu lhe segurava a mão, sem responder ao motorista, que parasitava com sua babaquice o nosso momento. Chegamos à maternidade, e Louise foi atendida. Uma enfermeira confirmou a chegada iminente de nosso filho. No entanto, o parto foi longo e penoso. Eu já não sei exatamente quanto tempo aquilo durou, mas diria que ao menos dezesseis horas. No fim de seu longo túnel, nosso filho se anunciou com um grito. Eu saí para lavá-lo em outra sala, depois voltamos para perto da recém-mamãe. Colocamos a criança sobre seu peito. Ela parecia aterrorizada.

– Tudo bem, meu amor? – perguntei-lhe.

– Sim... sim, tudo bem.

– Você está com o ar triste.

– Estou cansada, é tudo.

– Sim, eu entendo... precisa descansar.

Ela colocou a criança numa pequena incubadora, perto dela, e depois me perguntou:

Você pode me deixar um pouco sozinha?

– Não quer que eu fique perto de você? Para o caso de precisar de alguma coisa. Posso ficar no sofá.

– Não, por favor. Deixe-me.

Saí da maternidade, um pouco desamparado pela feição dos últimos minutos. Não havíamos expressado a menor alegria. Eu devia respeitar o desejo de minha mulher. Mas li em seu rosto outra coisa além do cansaço. Sobretudo porque nada impedia uma pessoa esgotada de sorrir. Era preciso que a noite passasse. Eu não queria voltar para casa. Fui beber uma cerveja no bistrô situado bem em frente. Fiz desfilar o repertório de meu telefone: eu queria ligar para um de meus colegas para celebrar o momento. É o que fazem todos os homens que acabam de se tornar pais, não? Estranhamente, preferi ficar sozinho naquela noite. A atitude de Louise esfriara meu entusiasmo. Eu me dizia que sua tristeza tinha necessariamente uma ligação com sua mãe. Eis o que eu me dizia para mascarar minha súbita angústia sonhando com os dias vindouros.

Durante semanas, nossa vida seria uma sucessão de montanhas-russas. A ciclotimia seria nosso ritmo. Assim, no dia seguinte de manhã, Louise me acolheu com um grande sorriso. Estava radiante, com uma nova beleza. Disse-me que pegasse nosso filho: olhe como ele é lindo, olhe como é meigo. Ele babava um pouco em cima de mim, e eu amava sua baba, era a mais linda baba do mundo. Eu entrava no mesmo plano, num mundo paralelo, um mundo onde eu nunca teria realmente julgamento objetivo sobre essa coisinha humana.

– Você disse a seus pais que viessem?

– Não... eu não sabia como você se sentia. Achei que talvez você quisesse ficar sozinha.

– Não, tudo bem. Diga-lhes que venham. Enfim, um depois do outro. Meu pai pegou o trem esta manhã. Não vai tardar a chegar.

Nossos pais foram, pois, um a um, à maternidade, e isso foi muito alegre. Cada um com suas histórias, suas experiências. Minha mãe depositou uma gota de champanhe nos lábios da criança, apesar da minha recusa. "Oh, não vai lhe fazer mal!", disse ela de maneira segura, ligeiramente insuportável. Um pouco mais tarde, quando meu filho já devia estar desembriagado, meu pai perguntou:

– E como se chama meu neto?

– É...

– Quê?

– Nós ainda não escolhemos...

Uma vez sozinhos, à noite, Louise disse: "É preciso realmente que lhe encontremos um prenome agora." Surpresos por sua chegada precoce, nós ainda não nos puséramos de acordo sobre sua identidade. O que provocara um primeiro dia divertido. Nossos pais e demais visitantes não tinham podido chamar a criança de nada. Eles diziam a criança ou o bebê com respeito a ele. Ele entrava na vida no anonimato. Era como um romance sem título.

Pensei em todos os prenomes de artistas que eu admirava. Fedor como Dostoievski, Frank como Zappa, François como Truffaut, Albert come Cohen, Woody como Allen, Igor como Stravinsky, Gérard como Depardieu, John como Lennon, Miguel como Indurain, Wayne como Shorter, Willem como De Kooning, Aby como Warburg, Alain como Souchon, Max como Jacob, Rüdiger como Vogler, Milan como Kundera, Kazimir como Malevitch, Zinédine como Zidane, Witold como Gombrowicz, Serge como Prokofiev, Claude como Sautet, Arthur como Schopenhauer, Paul como Éluard, Wassily como Kandinsky, Philip como Roth, Pierre como Desproges, Bruno como Schulz, Michel como Houellebecq, Chet como Baker... e... Louise cortou minha reflexão: "É preciso que se chame Paul." Pusemo-nos de acordo quanto a este prenome (ele estava na minha lista).

E foi assim que Paul começou sua vida.

## 62

*Uma lembrança de Wayne Shorter*

*Imenso saxofonista, membro do quinteto mítico de Miles Davis, Wayne Shorter representa, à semelhança do selo Blue Note, um jazz incrivelmente elegante. Nos anos 1970, ele funda com outras estrelas o grupo Weather Report. Encadeando os concertos, os anos passam, e ele se encontra em Nice no verão de 1996. Sua mulher e sua sobrinha devem ir vê-lo. Elas nunca chegarão. Elas fazem parte das vítimas do acidente do avião TWA, que devia ligar Nova York a Paris. Ao saber da notícia, Wayne Shorter não se mexeu. Os organizadores do concerto começaram as ações para cancelar a noite. Wayne Shorter simplesmente disse: "É preciso tocar." Ele se lembra de ter pensado que era preciso imediatamente refugiar-se nas notas.*

## 63

Os primeiros dias foram difíceis, não há nada de extraordinário nisso. Paul era muito enérgico e dormia pouco. Louise rapidamente abandonou a ideia de dar-lhe o seio, era penoso demais, e eu acho que ela não gostava daquilo. Nós nos revezávamos para cuidar dele à noite. Eu dava voltas no quarto lendo para ele *A insustentável leveza do ser*, de Milan Kundera. Realmente não adiantava. Kundera não é muito bom para adormecer os lactentes. Tentei Proust, e os resultados foram mais convincentes. Ao fim de algumas páginas, eu podia colocar Paul em sua caminha. Ele nos dava algumas horas de descanso. Infelizmente, era muito difícil adormecer quando se sabia limitada a duração do sono; Paul acordava frequentemente assim que eu adormecia. Como tive de retomar o trabalho muito rapidamente, acontecia-me utilizar um quarto livre para fazer uma sesta no meio da tarde. Assim, as coisas eram suportáveis.

Louise não apreciou essa época. Posso escrevê-lo claramente, agora, com o afastamento. Mas, no momento, não creio ter percebido aquilo por que ela passava. Não devíamos estar muito longe do que as pessoas chamam de *baby blues*. Ela se sentia muito deprimida, e, nas raras vezes em que falamos disso, insistia principalmente num estranho ponto:

– Eu não consigo saber por que me sinto tão mal em alguns momentos.

– Que é que você sente?

– Paul é maravilhoso, tudo vai bem, mas sinto como um vazio imenso em mim. Tenho a impressão de que vou me engolfar num buraco.

– Você talvez não seja feita para a inatividade. É preciso que retome seu trabalho. Isso com certeza lhe fará bem... – dizia eu, pensando que nunca há remédio para nossas instabilidades. Ela não sabia, e eu o sabia menos ainda. Ocorria-me olhá-la, e eu tinha o sentimento de que ela me escapava. Naquele momento de minha vida, estava cansado demais para sofrer por isso. Emendava os dias tentando não me fazer perguntas. E, além disso, é preciso dizê-lo: nossa vida não era vivida todo o tempo através do prisma das angústias passageiras. Tínhamos também grandes felicidades. O pesadume se ia subitamente quando estávamos com Paul na cama, e quando ele nos dava grandes sorrisos. Ele nos oferecia seu calor, sua inocência, e sua crença beata no momento presente. Nós nos beijávamos, então, Louise e eu, e nos dizíamos que nos amávamos.

E depois brigávamos de novo. Contrariamente à Louise, eu era muito sensível às brigas. Não suportava a histeria e os gritos. Ela se irritava às vezes unicamente para desabafar, ao passo que, de minha parte, eu acumulava ondas negativas. Ela esquecia rapidamente as razões de seu mau humor, enquanto eu as ruminava durante horas. Tudo isso me chocava. Eu sabia que tudo estava ligado à nossa falta de sono. Mas eu me dizia também que certas palavras eram bilhetes de ida. Não podíamos voltar depois à ternura. Nós nos reconciliávamos pelos beijos, mas havia algo de estragado. Nosso amor estava fendido, quando deveria ser mais sólido que nunca.

As coisas se acertaram quando Louise retomou o trabalho. Ao reencontrar as crianças, ela reencontrou a alegria. Para cuidar de Paul, havíamos encontrado uma babá polonesa muito competente. Quando a empregamos, eu dissera a Louise: "Espero que ela não ponha vodca na mamadeira." Não era meu traço de humor mais vivo, admito, mas teria merecido arrancar pelo menos um minúsculo riso de Louise. Ao fim de um momento, ela esboçou ainda assim um sorriso; para me agradar. Aquele sorriso, considero-o o do novo começo. Paul dormia a noite toda agora. Ressurgíamos do caos dos primeiros meses, resgatados do feliz acontecimento.

Algumas noites, fazíamos que cuidassem de Paul, para vivermos momentos de casal. As pessoas adoram dizer: "Tratem de separar um tempo para vocês." Então, perfeitamente dóceis, nós fazíamos o que as pessoas diziam. Seguíamos os conselhos de milhões de pessoas que haviam passado antes de nós pelo caminho dessa forma de desilusão. Mas devo dizer que éramos bastante bons. Nosso amor recobrara o vigor, e até nossa vida sexual retomou um aspecto quase decente. Reencontrávamos nossas cores, e eu aproveitava para fazer fotos. Paul vivia sob os flashes. Ele era como um monumento nas garras de um japonês. Tenho incontáveis negativos dele. Cada dia de sua vida se torna, assim, inesquecível. Eu tirava também fotos de Louise.

Gostava de olhar seu rosto através do visor da máquina. Descobria nela novos detalhes, e me dizia que havia ainda muitas coisas dela que eu ignorava.

– É preciso que partamos em viagem nós dois.

– E deixamos Paul?

– Sim, ele tem dois anos agora. Podemos bem viajar por quatro dias juntos. Isso nos fará bem.

– Está certo – admitiu Louise. – Mas vamos aonde?

– A uma cidade?

– Ah, não... prefiro ir à beira-mar.

– Então, podíamos ir a Barcelona.

Eis como nós nos encontramos em Barcelona. Era uma cidade simples, que podia agradar a todo o mundo. Penso que teria preferido Praga ou São Petersburgo, mas finalmente essa foi uma boa escolha (enfim, quase).

No avião, Louise não parou de dizer: "Espero que tudo corra bem." Durante essa viagem, eu ia me dar conta, um pouco mais que de costume, da angústia que ela sentia quando se tratava de deixar seu filho. Nós o havíamos confiado a seu pai, que estava muito feliz por viver esses quatro dias de paternidade de avô. Ele se instalara em nossa casa, e a babá ia passar para ajudá-lo nas tarefas práticas. Não havia com que se preocupar. Ao chegarmos, pegamos logo um táxi em direção ao mar. Louise começou a relaxar e me disse: "Obrigada, meu amor. Foi uma ideia tão boa vir aqui... Vai ser maravilhoso." E é verdade que foi maravilhoso, no começo, em todo caso. Nosso quarto era sublime. De passagem, não pude evitar observar todos os detalhes do funcionamento do estabelecimento: um gerente de hotel que vai a outro hotel não está exatamente de férias. No primeiro dia, ficamos o dia inteiro na cama. O clima estava muito bom.

Eu entreabrira a janela do quarto, e nós fôramos embalados pelo bom humor catalão. O mapa da cidade estava desdobrado sobre nossos travesseiros, e dizíamos "temos de ir aqui" ou ainda "temos de ir ali", mas por ora não íamos a lugar nenhum, visitávamos a mais linda parte da cidade: nossa cama.

No dia seguinte, passeamos no parque Güell. Concebido por Gaudí, esse lugar feérico teria podido ser um sonho saído de um conto dos irmãos Grimm. As casas tinham o ar de ser de *pain d'épice*. Adorei passear ali com Louise, era como uma visita a um lugar que escapava das regras do tempo. Sempre às três horas, ela telefonava para o pai para ver se tudo ia bem. Ouvíamos Paul, dois idiotas colados a um aparelho para ouvir a respiração de uma criança. O pai de Louise parecia feliz: "Ah, bem, faz sol onde vocês estão? Está chovendo em Paris!", dizia ele como se nós fôssemos uns condenados relativamente a ele. Ao desligarmos, ríamos de nossa obsessão. Quando envelhecemos, nossas loucuras se acentuam, e resumimos nossa personalidade a alguns detalhes. Seu pai não falava agora praticamente senão de chuva. E eu tinha medo de que ele levasse meu filho para passear para fazê-lo descobrir sua paixão, sem pensar que corria o risco de pegar uma bronquite.

Durante a noite seguinte, houve um momento estranho: nós dois abrimos os olhos na mesma hora, e na penumbra nos olhamos sem dizer nada. Eu coloquei um instante minha mão sobre sua face, ela fez o mesmo; nossa ternura era como um sonho. Dizíamo-nos palavras de amor pelo silêncio. Estávamos na escuridão de um quarto, e eu, no entanto, pensei nesse instante que Barcelona era a mais bela cidade do mundo. Depois a noite retomou sua viagem. De manhã cedo, Louise se vestiu muito rapidamente. Eu ainda estava na cama quando ela anunciou que ia dar uma volta. Beijou-me, e saiu. Não me deixou a possibilidade de acompanhá-la. Eu não sabia aonde ela tinha ido, nem sequer por quanto tempo. No meio da manhã, comecei a impacientar-me. Devia dar uma volta eu também? Devia esperá-la? Desci para comprar um maço de cigarros. Não estava com fome. Fiquei na janela fumando durante pelo menos uma hora, a ruminar um tipo de raiva que subia em mim. Ela estragava a estada. Eu não podia nem sequer enviar-lhe uma mensagem; ela deixara, ostensivamente, seu telefone sobre a mesa. Uma maneira de dizer-me: não tente me encontrar. Voltou por volta das 14 horas, como se nada... Habitualmente, quando eu a via, toda a irritação acumulada contra ela se atenuava. Ela tinha tanta inocência no olhar, que se lhe perdoava tudo; ela nunca tinha um ar culpado. Desta vez, foi diferente:

– Você podia ter-me avisado que sairia por tanto tempo!

– Eu entrei num museu, e não vi o tempo passar... perdão.

– Mas isso não se faz mesmo! Estamos num fim de semana juntos... e você desaparece por horas... e eu, eu faço o que esperando? Se você me tivesse dito que voltaria tão tarde, eu teria podido dar uma volta. Você só pensa em você!

– Oh, tudo bem! Não é tão grave, afinal! Você sempre diz que adora ficar sozinho...

– Sim, mas não aqui. Nós viajamos juntos! Você é insuportável. Eu não estou nem aí agora para a nossa viagem! Você não tem senão que sair de novo e passear sozinha!

– Mas não...

– Mas sim!!!

Ela então se aproximou de mim, e eu a empurrei muito violentamente. Ela caiu no chão. Eu já não conseguia conter a raiva. Então peguei uma luminária e a atirei contra a parede. Estava louco pela primeira vez na vida. A luminária se partiu em mil pedaços. Eu teria querido estar livre dessa loucura, ser como uma estrela de rock que destrói um quarto de hotel, mas nunca acontece assim comigo. Há sempre alguma coisa que me alcança no mundo do sem jeito, no mundo das coisas não totalmente bem-sucedidas. É preciso crer que um pedaço da luminária ricocheteou na parede, pois um estilhaço de vidro me atingiu debaixo do olho, cortando-me a bochecha. Olhei-me no espelho, o rosto sangrava. Eu estava paralisado. Imediatamente compreendi que quase perdera um olho. Depois, eu escreveria num de meus cadernos: "O amor deixa quase cego; é coisa de milímetros." Louise pareceu realmente surpresa com a violência de minha atitude. Levou um tempo para reagir, antes de correr para mim, dizendo: precisa ir rapidamente ao hospital.

Chegamos à emergência, e Louise mostrou meu ferimento a um enfermeiro. Ele nos perguntou em inglês o que havia acontecido. Infelizmente, nós não éramos muito talentosos em inglês. Tentei pronunciar, mal e porcamente, alguma coisa, mas devo ter-me confundido e então devo tê-lo confundido também. Já não sei o que ele compreendeu. Louise falava principalmente alemão. Para tentar que nos compreendessem, ela perguntou ao enfermeiro espanhol se ele falava alemão. Desnecessário dizer que nesse instante flutuou em sua expressão como que uma estupefação pensada; e, no entanto, esse homem devia ter o hábito de ver desfilar casos consagrados. Mas ali, diante de dois franceses, um dos quais sangrando e o outro querendo falar-lhe alemão, ele deve ter hesitado e pensado em nos transferir diretamente para a psiquiatria. Após ter observado a ferida, ele disse que eu tivera muita sorte (isso, eu o senti). Louise me segurava a mão, me encorajava. "Vai dar tudo certo, meu amor", dizia ela em sua ternura reencontrada. Alguns minutos mais tarde o assunto estava encerrado. Olhei-me no espelho, nós nos observamos os dois no espelho. Eu tinha a impressão de estar em face de um casal que não éramos nós. De repente, explodimos de rir. Nós éramos loucos. Adoro esses momentos de vida ligados à dor amorosa que se transformam em meteoritos de fantasia. Nunca poderíamos esquecer esse dia.

– Que linda viagem – disse eu.

– Certamente ninguém visita este hospital.

– Você é louca, com certeza.

– Você é louco. E eu o descubro violento.

– Você é instável. E inacessível.

– Você também o é. Sonha o tempo todo.

– Pelo menos, é leve. Você... você é pesada.

– Eu sou densa, não é a mesma coisa. Você não sabe perceber os matizes, esse é o seu problema.

– Louise... meu problema é amar você.

– Eu o amo também, mas para mim você é a solução, não o problema.

– Eu sinto que você vai ter a mim como sempre. Você é tão esperta! Pelo menos, não vejo você senão com um olho hoje, e isso me dará férias...

– Você me acha linda mesmo com um olho?

– Sim. Você é como um eclipse.[15]

---

[15] Ao reler esta passagem, eu me disse que Louise foi uma estrela (a terceira estrela), depois um eclipse. Sua feminilidade tem tendência à progressão cósmica.

Deixamos o hospital como apaixonados assombrados. Louise quis que voltássemos ao museu aonde ela fora sozinha. Ela queria também resgatar sua atitude, tratar esse momento vivido sem mim. Eu achava que era uma bela maneira de acertar as coisas. Ela me mostrou o que preferira, e eu descobria com um olho os tesouros da pintura espanhola. No dia seguinte, voltamos; eu tinha uma grande bandagem no rosto; eu era como um soldado que volta do combate.

# 64

## *Uma lembrança de Antoni Gaudí*

*Imenso arquiteto catalão, e principalmente da suntuosa Sagrada Família de Barcelona, Gaudí é um personagem excêntrico. Muito crente, sucedia-lhe praticar jejuns que o conduziam à beira da morte. Profundamente marcado por numerosos falecimentos em torno de si, refugiou-se em seu trabalho, pelo qual foi cada vez mais considerado. Septuagenário aureolado de grande reconhecimento, desprezava o material, e terminou em grande privação. Morreu esmagado por um bonde, e tomaram seu corpo pelo de um mendigo. Não foi senão no dia seguinte que se deram conta de que se tratava daquele que haviam apelidado "o Dante da arquitetura". Em seu último dia, vivido no deslizamento da agonia, abandonado como um miserável, ele se lembrou de sua juventude. E de seus estudos. O diretor da escola de arquitetura de Barcelona dissera dele, quando da formatura: "Nós outorgamos o diploma a um louco ou a um gênio. O tempo no-lo dirá." Ele se lembrava dessa frase no momento de morrer, e morreu sem saber se fora louco ou genial.*

## 65

Eu passava o tempo a medir meu filho. Dizia-lhe, pobre bebê despavorido: "Oh, como você cresceu!", quando ele devia ter crescido dois milímetros durante a semana... O tempo já não era um dado horizontal, mas vertical. Numa parede branca, eu traçava as marcas de seu progresso. Ele tinha um ano aqui, depois dois anos ali, e nessa marca acolá, bem mais alto, já tinha quatro anos, e ali, naquela ali, é já um homenzinho: tem cinco anos. Louise e eu nos sentávamos às vezes diante da parede, e degustávamos um copo de vinho tinto constatando o frenesi do tempo que passa. Uma noite, pus o dedo um pouco mais alto na parede:

– Como você acha que Paul será quando tiver este tamanho?

– Ah... ele será adolescente. Terá espinhas, não arrumará seu quarto, e contestará tudo o que lhe dissermos.

– E nós? Onde você acha que estaremos?

– ...

– Não diz nada?

– Nós... nós estaremos sempre no mesmo lugar. Já não crescemos – disse Louise de maneira subitamente triste. Após um tempo, ela me perguntou:

– Você vai recomeçar a escrever?

– Eu não sei... não tenho realmente tempo... eu me digo que deixei para trás tudo isso...

– Quando eu o encontrei, você parecia obcecado pela escrita. Eu tinha a impressão de que era isso o que mais contava para você. E você a abandonou, assim. Acho isso medíocre.

– Medíocre talvez seja o que eu escrevia.

– Mas você nem sequer tentou.

– É assim. É a vida.

Vi em sua expressão que ela detestava essa resposta.

Seu olhar era como um discurso:

"Não, a vida não é isso. Nada nunca está definido. Nada é estático. Estamos na rotina, já não há aposta, já não há sonho. Você deveria escrever, qualquer coisa, quaisquer palavras. É sempre melhor que renunciar. Senão nós renunciamos a tudo. Eu não estou infeliz com você. Oh, não, eu não estou infeliz. Mas queria ser feliz. Sinto que a ideia da felicidade me escapa. Sinto que tudo vai muito rápido, e que a vida é curta demais para permitir-nos a mediocridade. Sinto em mim a urgência da felicidade."

Sim, foi o que li em seu olhar. Eu via que compartilhávamos uma felicidade terna e estável, mas que ela não me amava como eu era. Uns dias, eu me sentia decepcionante a seus olhos. Outros, eu estava feliz em ter-me tornado um adulto responsável. Contrariamente a Louise, eu me dizia que era talvez isso o herói moderno: o homem que se levanta todos os dias para ir trabalhar, o homem que cuida do filho, o homem que planeja as férias em família, o homem que pensa em pagar a tempo o imposto sobre a propriedade ou o seguro do carro. Há heroísmo em viver essa loucura extenuante do concreto.

Outro esgotamento era a viagem incessante entre nossas vontades contraditórias. No fundo, as coisas se desenvolviam assim no século XX: há primeiramente o nascimento da felicidade; em todo caso, o direito à felicidade e o acesso ao lazer e às férias. São os anos 1930, a Frente Popular. Em seguida, passamos à segunda etapa de nossa progressão; uma etapa a que podemos chamar *o direito à insatisfação*. Ela apareceu nos anos 1970, com a legislação do aborto, e do divórcio, é claro. Esquecemos às vezes que o adultério era proibido por lei até 1975. Adquirimos assim o direito de julgar nossa felicidade. E eis-nos agora na terceira etapa, talvez a mais dolorosa: a da hesitação permanente. Temos a felicidade, temos o direito de não estar satisfeitos com essa felicidade, e então se abre a nós a multiplicidade dos caminhos. Que caminho tomar? Eu sentia profundamente a tonalidade moderna de meu mal-estar. Queria uma vida e seu contrário. Era apaixonado por Louise, amava nossa vida e nosso filho, e, no entanto, sucedia sufocar-me. Eu me dizia que minha felicidade estava talvez alhures, em outra cidade, com outra mulher. A ideia dessa possibilidade me deixava seco. Mergulhava então no trabalho. Compreendia o que Louise podia me reprovar. Eu roera meus desejos. Pior, creio que eu parecia então meu pai. Pensava em meu hotel e em meus clientes, da mesma maneira como eu o vira toda a vida pensar em seus clientes ao voltar do banco, à noite. Então, não, eu já não escrevia. Mas era preciso enfrentar de uma vez por todas a verdade: eu nunca escrevera. Eu tinha outras qualidades. Podia ser romanesco em minhas atitudes, em minha maneira de viver as coisas, mas as palavras não haviam cessado de me escapar. Eu as via flutuar perto de mim, mas nunca conseguira agarrá-las para poder escrever o mundo. Era certamente a beleza última esclarecer o que temos no fundo de nós.

Naquela noite, aquela em que eu li um discurso em seu olho, nós fizemos amor.

Havia uma ingenuidade em suas curvas, como se ela se desculpasse por ser tão bela.

E nós adormecemos, perfeitamente serenos.

O dia seguinte era o primeiro dia dos feriados de Todos os Santos. Louise foi com Paul para Étretat, para casa de seu pai, como fazia praticamente a cada folga. Eu os tinha todas as noites ao telefone. Paul me contava suas aventuras na praia, seus passeios de pônei, os desenhos animados que ele vira. Eu queria encontrá-los no fim de semana, mas era sempre um pouco complicado. Os feriados escolares eram o momento mais pesado, na minha profissão. E, depois, devo confessar que eu gostava muito desses dias em que estava sozinho em Paris. Eu ia ao cinema, via amigos, bebia. Sentia-me quase solteiro. Eu ficava vendo as mulheres caminhar na rua, e o fazia com certo desejo, há que dizer, e no entanto nunca tivera realmente a intenção de enganar Louise. Eu não preconizava especialmente a fidelidade, mas era assim. Gostava que as outras mulheres permanecessem uma fantasia um pouco distante. Eu tinha, no entanto, ocasiões no hotel; e era sem risco dormir com uma turista de passagem. Ao fim de alguns dias, sentia falta de Louise. Falta de Paul. Queria revê-los, e esperava com impaciência seu retorno. Os poucos dias sem eles tinham o dom mágico de regenerar minha energia para amá-los. No entanto, desta vez, as coisas se passaram diferentemente. Louise me telefonou na véspera de seu retorno para me dizer que não voltariam a Paris. Não pude dizer nada, pois não compreendia realmente o que aquilo queria dizer. Então minha mulher foi obrigada a precisar seu pensamento. Foi assim que ela disse lentamente:

– Quero que nos separemos.

## 66

*Uma lembrança de Paul*

*Pergunto frequentemente a meu filho qual é sua melhor lembrança: ele hesita entre seu encontro com Buzz Lightyear na Disneylândia e a primeira vez em que dormiu depois da meia-noite. Ele olhava para todo lugar lá fora, na noite. Parecia-lhe incrível que houvesse pessoas que saíssem à noite. Se lhe pergunto onde estávamos naquela noite, pode recitar cada detalhe. Dormir tarde era uma verdadeira façanha. Como se ele tivesse conquistado um novo país. O país da meia-noite. As outras vezes em que isso novamente aconteceu não teriam a mesma intensidade. As primeiras vezes são a supremacia das lembranças.*

## 67

Bem no início, pensei que fosse passageiro. Pensei que ela precisasse esvaziar-se um pouco, e isso se podia compreender. Ela tinha trinta anos e, várias vezes, expressara a angústia de pensar em sua vida como algo traçado. Era uma crise que eu devia respeitar. Então não disse nada por alguns dias. Depois me dei conta de que ela falava sério. Ela queria realmente que nos separássemos. Queria ficar em Étretat. Aliás, havia matriculado Paul em sua antiga escola, aquela em que nos havíamos encontrado. Era uma informação atrozmente concreta:

– Quê? Você matriculou Paul?

– Bem, sim, era preciso que ele fosse à escola.

– Você poderia ter me avisado. É meu filho. Deveríamos ter falado disso antes. Você não pode fazer assim. Não pode sair num feriado e não voltar. E mudar Paul de escola. Eu vou vê-lo quando? Como fazemos agora? Você pensa nisso, em tudo isso?

– Não é longe. Fica a duas horas de estrada. Você pode vir nos fins de semana. Ou eu o levo a você. Você o verá quanto quiser, bem o sabe.

– ...

– ...

– Você encontrou outro homem?

– ...

– Por que não diz nada? Há outro alguém?

– Seria mais simples se houvesse outro homem... – foi a estranha resposta de Louise.

Depois ela me disse:

– Eu já não o amo.

– Desde quando você sabe disso?

– Não sei. Aconteceu progressivamente. Não sei nem sequer se a coisa esta ligada a você. Mas já não gosto de minha vida assim.

Pedi a Louise que refletisse bem. E que não embarcasse apressadamente na destruição de nossa história. Disse-lhe que as coisas podiam mudar, se ela expressasse desejos. Ela me disse: "Não, não há nada para mudar. É assim..." Continuei a lutar para manter um estado suspensivo e não definitivo. Diante de minha convicção, ela aceitou retardar um pouco sua decisão. Ficamos um pouco nesse estado intermediário, na impossibilidade de definição. Certas horas, eu me dizia que tudo isso fora anunciado, e que eu simplesmente fechara os olhos para essa evidência que se tramava; outras horas, eu me dizia que não vira nada acontecer, e que levara uma bordoada na cabeça. Já não sabia muito bem onde estava minha própria verdade. Eu precisava falar, precisava me sentir menos só, mas não queria desabafar com os amigos, ou com familiares. Não queria seu olhar sobre minha vida. Não queria seu julgamento sobre o comportamento de Louise. Eu estava perdido.

Uma noite, entrei no carro, e tomei a rodovia de Le Havre. Mas não era Louise que eu ia ver. Eu não ia fazer a besteira de chegar em plena noite para implorar-lhe que voltasse para casa. Dirigi até o posto de gasolina; aquele mesmo posto em que parara, oito anos antes, bem no início de nossa história. Quando senti vontade de falar, pensei imediatamente no caixa. Ele já não devia estar lá havia muito tempo, mas era preciso tentar. Entrei calmamente e o vi imediatamente. Estava sentado em seu lugar, vestido do mesmo modo, com a mesma cara. Há pois homens que não se submeteram à modificação. A única diferença era a ausência do papagaio. Devia ter morrido. Não sei qual é a duração da vida de um papagaio: não deve viver mais tempo que um casal.

Aproximei-me dele e fiquei sem me mexer diante de seu balcão.

– Sim?

– ...

– Bem, você quer o quê? Se é alguma armadilha... tenho de lhe dizer imediatamente que há uma câmera bem ali – disse-me ele mostrando o teto.

– Não... não... bem... há oito anos... você me vendeu Twix.

– Há oito anos eu lhe vendi Twix... E daí?

– ...

– ...

– E daí que nós também conversamos um pouco. Você me deu um conselho muito bom... não se lembra?

– Há oito anos? Não, não me lembro. Vejo tanta gente passar aqui... Mas alguém vir me dizer que lhe vendi um Twix há oito anos, isso devo dizer que nunca vi. Bem, quer o quê? Outro Twix?

– Sim... Enfim, não. É minha mulher. Ela quer que nos separemos. E eu queria saber sua opinião. Queria falar disso com você. Parece idiota, agora que estou aqui. Mas há pouco eu me disse que você era a única pessoa que podia me dar um bom conselho.

– ...

Eu devia ter o ar sincero, dessa sinceridade que perturba. Ele endireitou seu ar desconfiado, ofereceu-me uma cerveja. Não havia ninguém àquela hora da noite. Sentamo-nos do lado de fora. O céu estava bem claro para um mês de novembro. Um céu de fim de verão. Tudo estava tão calmo... Ao fim de um momento, ele me disse: "Não há nada a fazer." Ele tinha razão, é claro. Não havia nada a fazer. Eu sabia bem que Louise não era do tipo de comunicar coisas sem manter-se nelas. As palavras sempre tiveram importância para ela. Ela matriculara Paul na escola, eu me concentrava neste fato: era um acontecimento concreto que me impedia de esperar a etapa da confusão dos sentimentos. Não havia confusão em Louise. Ela marchava sobre evidências. A dificuldade para mim era aceitar a situação, ao passo que ela não se apoiava em nenhuma razão precisa. Ela sempre fora atravessada pela ideia da fuga, tomava suas decisões subterraneamente, ninguém podia vê-las, tramava-as na penumbra como um atentado. Um atentado de que eu era a única vítima. Ela queria viver. Dizia sempre isto: quero viver. A brutalidade da morte de sua mãe a impulsionava a viver sua vida de maneira totalitária. Ela se tornara um tirano de sua própria felicidade; sua ditadura não tolerava o relaxamento do desabrochar. Não havia pois nada a fazer. Nada a dizer, nada a fazer. Ao fim de um momento, levantamo-nos, e anunciei:

– Bem, vou afinal comprar um Twix. É sempre assim.

– Vá, eu lhe ofereço.

Isso realmente me tocou; era uma vírgula em minha depressão.

Passaram-se alguns dias, e fiquei bastante surpreso por não sofrer muito. Investi em meu trabalho, e com isso esquecia que ia ter de enfrentar um divórcio. Era talvez isso o que me doía. Eu me disse que esses laços afetivos podiam desfazer-se assim, simplesmente. Como um tipo de anestesia progressiva. Louise e eu nos falávamos todas as noites. Era extremamente perturbador, porque tínhamos conversas doces, e me sucedia já não saber se estávamos juntos ou não. Sentíamos uma ternura tão grande um pelo outro... Cuidávamos de não estragar o passado. Às vezes, eu lhe perguntava: "Você tem certeza?" E ela me respondia: "Por favor." Eu a conhecia tão bem... Sabia que não era o caso de insistir. Eu deveria começar uma nova fase de minha vida. Mas nunca fora muito talentoso para começar ciclos. Não era muito bom na arrancada. Para isso, era preciso comunicar a notícia a meus pais. Eu retardara o momento. Dizia-me: no dia em que lhes confessar a situação, isso quererá realmente dizer que seu presente se tornou passado. Tudo o que eu vivera estaria oficialmente terminado.

Sugeri a meu pai que jantássemos os dois num restaurante em Paris. Ele começou por resmungar (tinha o hábito de que eu fosse à casa dele), e depois se deixou convencer. Pôs uma gravata para a ocasião. Isso me surpreendeu. Não vestira uma fazia muito tempo; compreendi que esse jantar era *realmente* uma saída para ele. Nós nos encontramos num pequeno restaurante italiano, no Grands Boulevards. Quando me viu, apressou-se para mim. Imediatamente anunciou que era impossível estacionar ali:

– Tive de rodar por vinte minutos!

– É assim que me diz boa-noite?

Para se retratar, cumprimentou-me pela escolha do restaurante. Manifestava um bom humor estranho. O problema era escolher entre massa e pizza, comentou ele, mas com um tom schopenhaueriano na voz. A garçonete, uma jovem muito bonita, veio nos ver. Num primeiro momento, eu me disse que podia talvez tentar seduzi-la, dar-lhe meu telefone, sei lá, eu tinha de pôr de volta o traje de solteiro. Depois, pensei melhor, subitamente consciente de que não tinha nenhuma chance com ela. Eu não sabia como obter os dez algarismos do número de telefone de uma mulher (pareciam-me realmente muito dez algarismos; no máximo, eu me sentia capaz de ter um ou dois deles). Diante de meu pai, eu compreendia mais que nunca que ia começar um período de solidão. Toda a minha vida eu pensara que não tivesse nada que ver com aquele homem, e eis que nós estávamos ali, em situação quase idêntica. Estávamos ali os dois abandonados. Isso acentuava meu mal-estar. Eu não vivia muito mal minha condição, mas a ideia de que ela pudesse ser parecida com a de meu pai era insustentável. Ele pediu massa, e eu pizza; era já um passo na reconquista da diferenciação.

Mas era insuficiente. Enquanto ele mastigava penosamente diante de mim, eu não podia evitar continuar a ver nele uma projeção de meu próprio futuro. Durante esse jantar, ele não evocou nenhum projeto, nenhum livro, nenhum filme.[16] Parecia não ter nenhuma perspectiva. Nada. Só extravasou um problema de vizinhança, e o fizera de modo que dominasse, naquele momento, uma leve inclinação racista que progredia nele de maneira irremediável. O ódio aos outros sempre foi a melhor maneira de encher sua própria vacuidade. Eu não sabia muito como agir para dizer-lhe o que estava acontecendo com Louise. Como ele observava minha vida com uma ponta de inveja, eu tinha medo de destruir o último bastião de sua esperança. E, no entanto, era preciso que eu lhe dissesse.

– Papai, eu queria vê-lo também para falar-lhe de algo.

– Eu também, você sabe. Cai bem. Devo até dizer que fiquei surpreso quando você me ligou ontem para jantarmos juntos.

---

[16] Ele abandonara o cineclube. Reconhecera que sua súbita paixão pelo cinema não fora senão uma tentativa de realizar o desejo de minha mãe. Uma tentativa como outra de preencher sua existência, para contrariar as repreensões de sua esposa sobre sua letargia. Após o divórcio, ele admitiu logo que não adiantava nada continuar. Reconheceu que se lixava, completamente, para o cinema. E depois, sim, podia dizê-lo agora: ele não compreendera nada de *A aventura.*

Pois eu queria lhe dizer uma coisa e preferia fazê-lo pessoalmente a fazê-lo por telefone.

– ...

Esse diálogo me recordava um episódio precedente.

Como de costume, ele tinha prioridade sobre as palavras.

Então o escutei:

– Bem... você certamente vai achar isto muito surpreendente.. mas me aconteceu algo muito bonito... oh, sim, realmente... eu nunca pensara que isso pudesse existir de novo...

– Quê? Você encontrou alguém?

– Não.

– Então o quê?

– Sua mãe voltou.

– ...

– Sim. Na semana passada. Ela bateu à porta, uma manhã. Eu não estava fazendo nada de especial. E vi seu rosto ao abrir. Eu não disse nada. Ela entrou na cozinha. Eu lhe ofereci um café, e ela disse sim. E é isso. Nós quase não nos falamos. Ela voltou para casa. Começou a chorar. Disse-me que nossa vida lhe fazia falta. E eu comecei a chorar por minha vez. Nós nos reencontramos. Você se dá conta? Nós nos reencontramos. Não sabíamos como dizer a você. Espero que isso o deixe tão feliz como nós estamos.

– ...

Meu pai deve ter se decepcionado com minha reação, pois fiquei sem voz. Eu me repetia, circularmente: no momento em que lhes comunico meu casamento, eles se divorciam; e, no momento em que lhes comunico meu divórcio, eles se reconciliam. Essa frase batia em minha cabeça, e não era o momento de tirar dela uma teoria qualquer. Eu me sentia mal, muito mal, incrivelmente mal. Tinha a impressão de que a vida queria me estragar. De que a vida brincava de agenciar os acontecimentos com o objetivo de me enfraquecer. No momento, era incapaz de perceber o grau de absurdidade e o humor ácido dessa cena patética. E, no entanto, naquela noite, eu não estava no fim de minhas dores. Como que para me surpreender, minha mãe chegou para a sobremesa. Sentou-se no colo de meu pai. Eu observei os dois em sua juventude renovada. Observei-os sorrindo idiotamente como miraculados da vida amorosa. Sua idade mental parecia ter dado marcha a ré. Ao fim de um momento, meu pai me perguntou: "E a propósito, você não queria me dizer alguma coisa?" Balbuciei que aquilo podia esperar. E saí sem liberar as palavras que eu preparara sobre minha separação.

Uma vez sozinho em minha cama, pus-me a sorrir. Eu não estava feliz, e não ia conseguir dormir, mas tudo aquilo me parecia derrisório. Eu acumulara suficientemente passado e experiência para poder sorrir do desastre. Eu era pai, e meus pais voltavam a ser crianças. Uma parte de meu corpo estava paralisada pela ausência de Louise, mas outra estava feliz pelo que eu vivera com ela. Estranhamente, a excitação subia em mim naquela noite. A vida era uma erva daninha, e eu devia ir arrancá-la. Vesti-me de novo e saí à rua. Devia ser um pouco mais de meia-noite. Quando volto a pensar nisso, digo-me que o acaso não existe. Somos impelidos pelas boas pulsões. Eu ia compreender em alguns minutos por que quisera sair de novo.

Havia gente na rua, as pessoas passeavam e pareciam felizes de noite. A noite é o mundo dos adultos. Eu estava de acordo com minha idade, e talvez até estivesse sereno pela primeira vez havia muito tempo. Encontrei-me diante do restaurante onde havia jantado, algumas horas antes, com meu pai. A garçonete terminava seu serviço, e ela ainda tinha muito charme, apesar do cansaço. Quem sabe ela não me tivesse agradado a ponto de deixar meu inconsciente levar-me até ali? Não sei. Todos os tipos de frases se puseram a eclodir em minha cabeça, numa confusão, para não dizer num caos. Se eu fosse vê-la... que podia dizer-lhe? Acho ridículo pedir a uma garçonete que acaba de trabalhar por oito horas: "Boa-noite, posso lhe oferecer uma bebida?" Eu julgava absurdas todas as frases que me ocorriam. "Obrigado mais uma vez pela massa", era talvez o cúmulo de minha inaptidão para abordá-la. Nunca fora muito talentoso para abordar quem quer que fosse; era melhor eu esquecer imediatamente qualquer pensamento concernente a essa possível maneira de encontrar uma mulher. E, aliás, tinha eu realmente vontade de um encontro? Nem estava certo disso. Podia somente me dizer que aquela moça me agradava. E, agora que ela estava ali, na rua, a alguns metros de mim, eu sentia meu coração bater como se quisesse me dizer alguma coisa. Ela tinha cabelos lindos; devíamos proibir moças assim de trabalhar em restaurantes italianos. Há um grau de feminilidade que é absolutamente antinômico com o serviço de pizzas. Como eu não tinha palavras, utilizei os pés, e me pus a segui-la um pouco. Sentia que essa noite não fazia senão começar.

Infelizmente, alguns metros depois, ela se aproximou de um homem sentado numa moto. Ele lhe deu um capacete, mas, antes de colocá-lo, ela o beijou em plena boca. Seu beijo me paralisou na rua. Minha excitação nascente (mais pela história que pela moça) se espatifava com uma rapidez patética. Eles partiram a toda a velocidade através da noite, e eu senti simpatia por aquele casal. Eu também, eu também fora feliz.

E eu era feliz também agora. Gostava desta liberdade que podia conduzir tanto ao desastre como à luz. Pensei que Louise partira para me deixar viver esta vida que era a minha, e que eu não vivia. Ela compreendera antes de mim a que ponto eu não era feliz. O traje de homem responsável em que eu me encerrara me separara do jovem que eu fora. Nossa separação me impulsionava novamente para a instabilidade necessária à criação. O que eu acabava de viver ali, ainda que parecesse insignificante, era matéria de alguns parágrafos. Havia algo da ordem da balbuciação romanesca. Depois em minha vida, eu ia aliás viver acontecimentos surpreendentes. Na primeira fila dos quais podíamos pôr este: pelo mais completo dos acasos, eu cruzei de novo com a moça do cemitério. Aquela moça com quem havia trocado olhares anos antes no túmulo de Sonia Senerson. Foi num café. Eu a olhei, ela me olhou, e acho que nós dois nos lembramos de nossos antigos olhares. Eu havia sonhado tanto em revê-la na época em que seu rosto ficara gravado para sempre em minha memória...; meu desejo a tornara inacessível à amnésia. Aproximei-me dela, as pernas um pouco bambas.

– Não sei se você se lembra...

– Sim, eu me lembro – respondeu ela.

Esboçamos um sorriso, como o início de uma cumplicidade. Mas após um momento de desconforto, bastante doce é preciso dizer, saí desejando-lhe um bom-dia. Deixei ao acaso a decisão de saber se íamos um dia ou outro nos rever.

Algumas semanas após essa noite em que vi sair a garçonete com seu namorado, foram as férias de fevereiro. Paul veio passá-las comigo, em Paris. Já não era a sua cidade, a de todos os dias, mas a das férias. Íamos descobri-la como turistas. Eu planejara um belo programa. Descobri então uma coisa estranha: a felicidade de ser pai solteiro. A felicidade de estar sozinho com uma criança. Eu sempre fora próximo de meu filho, mas, desde a partida de Louise, nossa relação se modificara. Eu o levei para ver os quadros em Orsay, e entendo agora seus risinhos abafados diante de *A origem do mundo* de Courbet. Pegamos o *Bateau-Mouche*, e fui incapaz de explicar-lhe por que esses barcos se chamavam assim. E depois fomos ver o Guignol no jardim de Luxembourg. Como estávamos atrasados, pusemonos a correr como loucos na rua. Eu não pensava em nada. Estávamos felizes. Eu esquecera que já ia ali com meu avô. Ao chegar diante do teatro, o passado bateu-me às costas, como um velho conhecido. Fui tomado por uma emoção, e não sabia o que fazer dela. Paul saltitava, e o rosto de meu avô estava ali diante de mim. Eu pensara tão pouco nele nos últimos tempos... E, no entanto, eu sentia perfeitamente a que ponto ele navegava em meu espírito. Eu o amava, e ele me fazia falta. Ele me fazia falta terrivelmente. Meu filho me pegava a mão, e eu era também uma criança nesse instante. Tudo voltava a mim. Eu podia sentir meu avô, ouvia sua voz, sentia sua transpiração, podia quase beijá-lo de tanto que ele me parecia próximo. Senti um calor em mim, um calor tão tranquilizador... Sabia que tudo era possível agora. Entramos, e o espetáculo começou. Era exatamente como no tempo de minha infância. Havia Guignol com seu bastão, e as crianças que gritavam todas para avisá-lo da presença do malvado. Ali, nada havia mudado.

# 68

## *Uma de minhas lembranças*

*Eu me lembro do dia em que algo se desbloqueou em mim. Foi como se eu tivesse acumulado a melancolia necessária para a escrita. Sim, foi certamente nesse instante que as palavras vieram enfim. Quando repensei nesses instantes de felicidade, pensei também em meu avô em seu leito de morte, na casa de repouso com minha avó. Pensei sorrindo em nossa visita ao pintor da vaca, e me lembrei também dessa moça que eu teria querido rever no cemitério. Pensei na fuga de minha avó, em nossa angústia, e na maneira como Louise chegou à minha vida, no fim de minha busca. Pensei em sua primeira frase: "Posso ajudá-lo?" Lembrei-me também da frase de meu pai que está na origem de minha vida: "Você é tão linda que eu prefiro nunca revê-la." Tudo veio de maneira organizada em minha cabeça, e eu me lembro de ter pensado: é o momento.*

Impressão e acabamento Gráfica Stamppa Ltda.
Rua João Santana, 44 – Ramos – Rio de Janeiro – RJ